INK INK INK INK INK INK
INK INK INK INK INK
INK INK INK INK INK INK
INK INK INK INK INK
INK INK INK INK INK INK
INK INK INK INK INK
INK INK INK INK INK INK
INK INK INK INK INK
INK INK INK INK INK INK
INK INK INK INK INK
INK INK INK INK INK INK
INK INK INK INK INK
INK INK INK INK INK INK
INK INK INK INK INK
INK INK INK INK INK INK
INK INK INK INK INK
INK INK INK INK INK INK
INK INK INK INK INK
INK INK INK INK INK INK
INK INK INK INK INK
INK INK INK INK INK INK
INK INK INK INK INK
INK INK INK INK INK INK
INK INK INK INK INK

INK INK INK INK INK
INK INK INK INK INK INK
INK INK INK INK INK
INK INK INK INK INK INK
INK INK INK INK INK
INK INK INK INK INK INK
INK INK INK INK INK
INK INK INK INK INK INK
INK INK INK INK INK
INK INK INK INK INK INK
INK INK INK INK INK
INK INK INK INK INK INK
INK INK INK INK INK
INK INK INK INK INK INK
INK INK INK INK INK
INK INK INK INK INK INK
INK INK INK INK INK
INK INK INK INK INK INK
INK INK INK INK INK
INK INK INK INK INK INK
INK INK INK INK INK
INK INK INK INK INK INK
INK INK INK INK INK

文學叢書 286

氣味

里程 著

科學家最新研究發現，人類對氣味的感受存在個體差異，而且氣味同時影響了兩性間的相互吸引。

如果站在你身邊的一個出汗男人，使你聞到的味道有如香草味或尿騷味，那麼你可能吸入了他的體味，它也叫作「雄淄烯酮」。當人們吸入雄淄烯酮，大約有三分之一的人說聞到香草味，三分之一的人說聞到尿騷味，剩下三分之一的人說根本沒聞到什麼味道。這個研究第一次把人體化學物質所呈現的氣味與受體基因差異聯繫在一起，因而十分重要，氣味是人類感官的一部分。雄淄烯酮可能是男人的一種特性，它源自於睪丸激素。

——摘自世界科學核心期刊《自然》網站

以色列科學家發現，無論對孩子還是成人來說，有氣味的物體會在他們的大腦中留下鮮明印記，這就是為什麼氣味往往能勾起回憶的原因。

——新華網

目錄

上部 我的大學

第一章 海邊 9

第二章 狼 67

第三章 跳龍門 107

下部 在人間

第一章 林蔭道 149

第二章 吻 193

第三章 草原 257

後記 個人經驗和虛構 301

上部　我的大學

第一章　海邊

1

無論是夢裡還是醒著，只要一想到海邊，我的眼前就會浮現五彩繽紛無休無止升騰漫游的泡泡。

關於海邊，即便是像我這樣不善言辭的人，也可以對你不停地說上幾天幾夜。海海漫漫的紫褐色的鹽蒿子草，驕陽烈日下像鋪了一層冰霜的無邊無際的鹽鹼地，還有夕陽中隨風搖曳的蘆葦，綿延幾百里總似在喃喃低唱的、常有黃羊和田鼠穿梭其間的防風林，縱橫的溝渠，散落的村舍，靜靜的衛河，小跑的驢車，突突疾馳的拖拉機，當然，還有那——海，不是我們通常所能想到的蔚藍色的含情脈脈的大海，而是鐵鏽色混濁無比的海，在一道道防風林相隔的遠處翻滾咆哮——

但為什麼，每次首先想到的總是那冷冷的燈光和滿天飛舞的泡泡？

泡泡猶如童年時百看不厭的萬花筒，二姨媽喜歡把它叫做西洋鏡，萬花筒輕輕轉動，恬靜的柚子就緩緩出現了，她坐在衛河前的一隻小凳上，袖管卷起，露出白皙的臂腕，雙手使勁搓揉塑膠盆裡的被單，當我們的豐收拖拉機停靠在她前面的空地上，柚子笑盈盈地起身朝我走過來，她身體的輪廓輕盈漂浮在空氣中，空氣為之湧動……

萬花筒再度轉動，柚子戴著塑膠袖套、身掛黑色圍兜，手裡捏著一把鐵鉤，在昏朦路燈斜斜的照射下，拖拽著一筐筐冰凍過的海魚。也許這樣的見面過於突兀，看到我和熊貓，她的神色慌亂，臉一下紅了。那時候，柚子已回了城，結了婚，她嫁給了犀牛。犀牛是誰？犀牛是海邊聞名遐邇的打架高手，堪稱海邊一霸。只要在海邊生活過的人誰也不會相信，純潔嫵媚的柚子最後下嫁犀牛，做出這樣一個匪夷所思的選擇。我相信，柚子出嫁的消息，讓離開海邊或留在海邊的很多人無比震驚和糾結。海邊，真是我們心頭永遠的痛。

那是數年後的一個場景，在都市一個嘈雜無比的夜市菜場。隔著一筐筐凍魚，隔著鼎沸的人聲，我和熊貓沒與柚子說上什麼話，我們幾幾乎是狼狽逃離而去。只有我知道，熊貓在海邊曾經長久地暗戀柚子；而我，則是在柚子有心無心的誘導下，品嘗到青春期甜蜜初吻的同時，也經受了一場生不如死的失戀煎熬。

二姨媽去世後不久，我高中畢業了。為了離開這個讓我討厭之極的家，有一天我突然衝上眾目睽睽下的講台，奪過麥克風，發誓要去海邊創業。一夜之間，我成了學校裡的公眾人物，成了那年頭的明星。這可能是我從小長大，最帶有好萊塢英雄情節的一次秀。我被安排到各個中學去演講，把我從未去過的海邊描繪成人間天堂。說那裡的電燈比別處亮，說那裡每日三餐都有土豆和牛肉。平心而論，沒人要求我這麼說，包括班主任老太太、紅團老師，以及我最好的同學熊貓。我像一個得了幻想症或癔病的患者，發著高燒，憑空虛構，信口開河，滔滔不絕。當一切過去之後，在等待畢業通知的日子裡，我的高燒退了，平靜下來了，像生了一場大病，需要靜養，躲在家裡哪兒也不去，完全忘記了自己曾經說過些什麼，或是做過些什麼。

離家出走的日子終於來了。我記得那是初春時節，碼頭上人山人海。強烈的燈光從高空輻射下來，使得攢動的人頭，猶如一鍋滾沸開水之上浮泛的泡沫。喧囂聲咿哩哇啦升騰，升到空中被南來的江風一吹，緩緩四溢，隨著夜靄時隱時現。我夢遊一樣隨著人群往前走，那一刻，只有冷冷的燈光刺痛了我的眼睛，使我感到瑟瑟的寒意。

後來，我像一頭被鬥敗的疲獸，蹲伏在艙門後面的黑暗裡。憑藉廊燈透進的餘光，我的同學熊貓翻下爬上，忙碌著將行李擱放妥貼。他已經反覆調整了好幾次。熊貓就是這樣一個對什麼事都很認真的人。在學校的籃球場上，誰要是發球的時候踩線了，他會從很遠的地方奔過來，不依不饒地要求你重發。

船艙內空空如也。所有上了船的人都湧在舷梯通道上，與岸邊堆積如雲的親人揮手告別。我眺望著星空下波光粼粼的江面。江水悄悄地流淌，點點燈火閃爍在遙遠的江岸線。浮標上下起伏，似乎要被江水吞沒捲走，懸懸浮浮，總也逃離不了我追索的目光。我視力極好，五官中就數眼睛最健康，小學時目測二．〇，據說已達到參加空軍的標準。但參軍這樣的好事和我有什麼關係呢？想都不敢去想。我的家庭，我的出身，使我對很多事不敢存有奢望。走出小街回眸一瞥的瞬間，清晰地看到跌跌撞撞衝出小院的母親，臉頰上掛著晶瑩的淚珠。我迅疾轉回頭去，一頭扎進黑暗裡，再也不敢回望。

其實，當我提著行李，穿越車燈流曳的大街，內心異常的恐慌。我知道，生活要重新開始了。我對以後的日子一點把握都沒有。是我自己選擇了孤身一人去闖蕩世界，那麼離家出走時的孤單、沒有依傍，都只能靠我自己去征服。

四周的燈火明滅不定，街道閃爍其間，恍若夢境。倏地響起一串自行車的鈴聲，才將凝神車窗外的我拉回到現實。我的腦子一片空白。空白，是我成人之後一種基本思維常態。這麼說，並不表示我缺乏想像能力，我常常希冀奇蹟的出現。少年時代，總期待有那麼一天，一個壯實巍峨的男人，從遙遠的異國他鄉來到我身邊，對我說：跟我走吧，你沒有其他地方可去，因為你是我的孩子，我是你的父親。後來呢，長久的期待因為沒有著落而變換了內容，那個幻想中突然降臨的人物由男子變成了少女。少女說：跟我走吧，我帶你去尋找天堂。

我就是不甘心放棄期待，才突然萌發衝動，強烈地希望離家出走。因為我覺得，期待，擁有無比遼闊的疆域；期待，包含亙古永恆的時間概念。難道期待不是誘惑的代名詞，期待不是人的美好情感嗎？

靠近碼頭的時候，人群蜂擁，我內心掠過一絲暖意。起始不明白為什麼會這樣，稍稍定神之後，終於找到了根源：我和熊貓，畢竟是這支幾百人隊伍的領隊。那些來自各個中學、素不相識的畢業生，將由我和熊貓帶隊奔赴海邊。按照原先的安排，我要和熊貓一起在指定地點出現，和人數眾多的屬下們見面。

我沒有去履行一個領隊的職責。那絲暖意僅僅像火星倏忽一閃，便迅速寂滅。

我在船艙裡待了許久之後，熊貓來了。他的到來，緩解了我低落的情緒。他沒有責怪我的失職，他甚至提都沒提我為何沒在指定地點出現這件事。熊貓以前是這樣，以後也是這樣，在未來幾年的海邊生活中，他一次都沒責怪過我。儘管我做出的很多選擇，常常和他所希望的相反，他對我的包容和遷就好像是寬闊無邊的。

熊貓也是一個人來的，他也阻止了家人的送行。當熊貓面帶微笑沉穩地走進船艙，從他臉上看不到一點沮喪的神情。相反，穿著寬大軍衣軍褲的熊貓理了個短短的平頂頭，顯出幾分英氣和領袖的氣質，熊貓天生就要領導很多人，他的意志天生就要決定很多人的命運。二十多年後，熊貓因為經濟問題而鋃鐺入獄。要不是他在我們城市的財貿部門重權在握，實在抵擋不了金錢的誘惑，他的仕途遠遠沒有到達終點，他本來是可以做更大的官。

熊貓笑微微地走到我身旁，順著我的目光遠眺江景，輕輕打了聲招呼：嗨，什麼時候到的？

熊貓的這聲「嗨」，帶有同舟共濟的意味，使得被燈光刺激到的我好受了許多。

熊貓將行李安頓好，又把我的行李重新合理地放好。這時，我聽到了一聲沉悶而悠長的汽笛，碼頭上頓時人聲飛揚，如同滾燙的油鍋裡撒了一把鹽。

輪船緩緩離岸，冷冷的燈光漸行漸遠。我站起身，走出艙門，濕潤的江風吹拂過來，吹亂了頭髮，江水輕輕拍擊船體，發出嘩嘩的聲響。一個船員從底艙舷梯爬上來，帶出機艙一片轟鳴聲，宛如放飛一群鴿子，在江面上盤桓。

「我們去看看同學們吧。」熊貓不知什麼時候站到了我的身後，熱情地邀請我。他沒有忘記我們的領隊身分。

我搖搖頭。此時此刻的我，更需要在船舷邊自由呼吸。

我不知道這艘輪船將駛向何方，就像我不知道那麼堅決地作出抉擇之後，下一步該怎麼走。船有舵手在把握，而我從一踏上舷梯的那一剎那起，就控制不了自己的惶恐和迷惘。面對茫茫的黑夜，神祕莫測的江水，我覺得自己猶如一塊飄浮不定的木板，我連自己都把握不了，怎麼去扮演一個把握別人命運的角色？

熊貓悄無聲息地走了。他從來不強迫我做什麼，這讓我感到舒服和愜意。也許正是這一點，很多年裡，他一直能夠成為我的好朋友。

輪船行駛著。兩岸燈火及巨型萬噸輪緩緩朝後推移。輪船駛出江海交接處，那像條鏈子一般的燈光倏忽隱沒了。

風愈來愈大，愈來愈冷。甲板上原先圍成一堆的人群躲進了艙內。只有幾盞航標燈隨著搖晃的江水在遠處一沉一浮，一沉一浮。

2

五彩晶瑩的泡泡在升騰，在飛舞，它們擁有球狀的外形，像是自由的精靈，嫋嫋飄向空中，它們飛翔的線路是那樣的短暫，也許稍縱即逝，也許倏忽寂滅，但它們還是源源不斷的生長，頑強地升騰，輕盈地漂浮。

柚子坐在衛河前的一隻小凳上，袖管捲起，露出白皙的臂腕，雙手使勁搓揉塑膠盆裡的被單，泡泡宛如一個個小天使，圍繞她的周身，當我們的豐收拖拉機停靠在她面前，泡泡就神奇地朝我們撲面而來，頃刻間，我們也被嫋嫋的泡泡包圍了。

柚子笑盈盈地走過來，從我手中接過行李，她的手上還沾滿著泡沫，她穿著白襯衣綠軍褲，走動起來短髮飄拂。她靠近我的時候，我一激淩，腦袋似乎忽然清醒，我聞到了一股奇異的香味，這香味是如此的奇特，它像一支興奮劑，一下激活了我的軀體，我的靈魂。

這就是我和柚子的第一次相遇。

此刻，午後開始的細雨已經消停，只有寂寥曠野上的風還在呼呼的吹，遠處的防風林發出瘆人的巨響。被雨水打濕的衣服粘在身上，讓人感到陣陣的寒意。我癡癡地望著來回跑動的柚子，麻木又無所適從。

一路走來，先是一宿的輪船，接著是長途汽車不停的顛簸。輪船靠岸大約在黎明時分，我被熊貓推醒，睜開眼簾，朝艙門外一望，看到迷霧籠罩下的陸地緩緩駛近。

熊貓叫醒我後，便迅疾竄出船艙，照應其他人去了。熊貓其實也並不十分清楚漫長征程中的具體事宜，但他總是不會忘記自己的使命。

熊貓重返艙內時，手腳麻利地抓起行李，對我說了句「快走」，轉身朝艙門外走去。我稍稍遲疑片刻，也顧不得多想，提起行李隨後跟了出去。

濃濃的晨霧四處瀰漫，堅實的江岸變得撲朔迷離。強勁的江風猛然刮過來，身體情不自禁的哆嗦起來。濃霧稍稍驅散開去，顯現慘澹的碼頭晨景。但要不了多久，一股股濃霧又不知從何處冒出，陸地重新陷入一片虛無之中。

我跟隨人流湧出碼頭，回首一望，身後煙霧騰騰，真像是雲中踏出的天路。來到街口，熊貓拍了拍我的肩膀，將兩大捆行李往我跟前一撂，倏地消失了人影。

我非常佩服熊貓的能力，他居然在能見度極差的情況下，找到了我們的長途汽車。放行李，找座位，一陣忙亂過後，汙垢滿身的長途汽車，發出粗重刺耳的聲響，載著一車懵裡懵懂的人上路了。

長途汽車足足顛簸了十幾個小時，一車年輕人昏昏沉沉，搖頭晃腦，東倒西歪，個別女生已趴出窗外開始嘔吐。車速其實很慢，路途坑坑窪窪，臨近中午，車窗被淅淅瀝瀝的雨點擊打，發出劈啪的聲音，雨水垂掛下來，變幻著形狀各異的圖案。

汽車在途中曾停靠過一陣子。那時候天地已豁然明朗，雨水無情地傾注。站在車站飯店前的屋簷下，我看到一條長河，從公路一側蜿蜒而來，又傍著公路蜿蜒而去。我這才知道，汽車一直沿著海岸線行駛。前方是一大片一大片泛出些許綠色的灘塗。南方四月的田野，應是鬱鬱蔥蔥的豐盈景象，而這兒的田地還是荒蕪光禿，只有遠處矗立在滂沱大雨中的一排水杉，才給這塊死寂的土地增添生命的氣息。

操著濃重方言的司機，嘴裡還大口嚼著菜肴，就含含混混吆喝我們上車。

汽車很快又爬上泥濘的公路。司機一路怨天艾人，罵罵咧咧。小河裡的帆船，公路旁的驢車，都誘惑不了這些從未出過遠門的城市人的目光，受寒冷和疲倦的困擾，這幫學生難以撐開滯重的眼皮，輕易忽略了所有的窗外景致。於是，長路上的奔波也就變成了雨水打濕的沉沉回憶。

我在回憶中跨下長途汽車。記得那時候天色已開始暗淡下來，四野茫茫，雨水變小，而暮色和寒氣從曠野上合攏而來。

我忘了我們在一幢大樓前等候了多久。大樓孤零零地矗立在荒原上，後來知道這就是農場場部。那鋪天蓋地壓過來的狂風源自海上，像是大海的喘息，又像是大海的怒吼。我們冷得哈不出一點熱氣，單薄的衣衫逐漸被雨水淋濕，那滋味真叫難受，這時候恐怕連一向沉穩的熊貓，也和大家一樣感到絕望了。

豐收拖拉機的嘭嘭聲就是在那一刻挽救了我們。

我們這夥人開始騷動。幾輛拖拉機尚未在大樓前停穩，一些人已將包裹行李往車斗上扔。其中一輛拖拉機駕駛員旁邊的座位上，躍下一個長長的身影，他一身軍裝，戴頂軍帽，又黑又紅的鼻樑上，架了副淡黃色的賽璐珞眼鏡，這種眼鏡在那時候的學生幹部中很流行。他剛飛身著地，便吼了一聲：誰是帶隊的？

熊貓將我拽至瘦高個的面前，我發覺同樣穿著軍裝的熊貓雖說比瘦高個小一圈，但他倆很相像。什麼地方相像？我一時想不出。瘦高個說他名字叫鹿，他負責把我們這些新職工送往各個連隊。他說話時喉音很重，共鳴很好，你難以想像那樣宏亮的聲音，竟發自一個如此瘦弱的軀體。

副連長鹿就這樣走進了我以後的生活。

鹿在雨幕中將頎長的手臂伸向荒原，給我和熊貓指指戳戳，告訴我們整個農場內各個連隊的分布情況。他指著遠處微微隆起的一條坡脊說，那是界河。河那邊便是勞改農場，河這邊是知青農場。他又指著遠處的一座碉堡說，那是抗戰時期日本人留下的，大家都把它叫做「古堡」。

鹿把座位讓給了我們，他自己站在機頭的一塊踏板上，一隻手抓扶把手，半個身子傾向外側，雨水從他的帽沿滴下，又順著臉頰流淌。他這副英武瀟灑、環顧四野的神情，在我的記憶裡久久難以磨滅。很多日子過去以後，我和鹿、柚子之間發生了意想不到的事情，我仍會常常想起第一次看見鹿時的情形。

豐收拖拉機駛過了一座橋。龐大的機頭一旦爬上橋身弧度的頂點，路旁陰森森的一棟建築物迎面撲來。這棟頂部倒塌的圓形建築物便是鹿剛才說的古堡。古堡帶點神祕的氣氛，在雨幕中更是如此。幾年後那件轟動海邊的案件就發生在古堡裡。

回憶猶如翩翩起舞的鴿子。

三十年後，我坐在歐洲著名的鴿子廣場——倫敦特拉法加廣場一側的露天咖啡館喝摩卡，那是一個雨霽初晴的夏天傍晚，椅子是陰涼的，遠遠的廣場中央，矗立著納爾遜的雕像，一大片一大片的鴿子在廣場上尋尋覓覓，周邊圍觀的如織遊人，紛紛給鴿子們拋撒食物。忽然間，不知什麼原因，鴿群像受了驚嚇或聽到了某個指令，倏地集體騰空起舞，飛向暗藍色的天空。那真是壯觀無比的一幕，整個天空被鴿群遮蔽了。就在那時候，我的耳邊竟然響起了豐收拖拉機的嘭嘭聲，天上的鴿群開始變得模糊，牠們變成了無數的泡泡，慢慢飛翔，漂移。應該把這種心理變化叫作什麼呢？後來我想出了一個詞：時光的變焦。對，就是時光的變焦。儘管人到中年的我，已經到了可以正視內心疾病的年齡，已經可以變換角度思考問題，但當我想到這個詞之後，無邊無際的憂傷還是將我吞沒了——

鹿領著我們去四連。這時豐收拖拉機上已剩下為數不多的學生了。

不知是事先安排好的，還是鹿臨時的決定，我和熊貓跟隨鹿去四連，在當時看來似乎是順理成章的事。要說人跟人相熟相知需要緣分的話，我們和鹿大概算是有緣分的了。他不僅一路上不停地給我們介紹情況，而且每到一個連隊，他似乎根本就沒考慮過要打發我和熊貓下車，他好像就是來將我和熊貓接回去，融進他以後的生活，去演變一場算不上轟轟烈烈但不可謂不慘烈的青春悲劇。

好像都是一種冥冥中的安排，於是，我看到了漫天飛舞五彩繽紛的泡泡，看到了一路小跑過來頭髮飛揚的柚子，聞到了那股縈迴不去、把我折磨得死去活來的香味。

柚子提著我們的行李，直接去了一座矮平房前，其實矮平房的後側，還矗立著兩排樓房，那裡才是連隊職工的主要宿舍區，矮平房裡有廣播站、醫務室、工具室和倉庫，還有，它是連隊的「大腦」——連部的所在地。

鹿對前來的一個老職工吩咐了幾句，其他人隨著那個老職工朝後側的樓房走去，鹿對我和熊貓說了句「走」，便提著我們的行李大步流星而去，我和熊貓遲疑了一下，也拿起包裹網兜跟隨其後。

矮平房前是一片開闊的空地，空地延伸出去是一條人工衛河。衛河將整個村子圍起，像是古代城池的壕塹。衛河相交處留下一條窄窄的通道，走出通道，便是一望無垠的土地。衛河裡挖出的土方堆成一座幾百米長的土丘，土丘上種滿了密密麻麻的樹苗。

這時才發覺，我們非常幸運。副連長鹿帶著我們走進的是一個已經建設得像模像樣的村子。而在此之前，所到的其他村子，有些甚至連磚房都沒有，僅僅是一些蘆葦和茅草搭成的簡易棚。

走到矮平房中央的一間屋子前，鹿推開虛掩著的木門，將我們迎了進去。屋子收拾得很乾淨，朝北的窗邊放著一張床，罩著白色的蚊帳，窗下有一張寫字桌，桌上放著一盞玻璃罩熏得烏黑的煤油燈。那是鹿的單人床和辦公桌。屋子朝南的窗邊放著一隻鐵製雙人床。鹿說，你們倆就睡這兒吧。

沒想到能夠和鹿同住一間屋，短短的交往中，我們已經體味出他對我們的照顧，而我們似乎也同他有某種默契在漸漸形成。

接下去的情形更讓我們意想不到了，尤其是對我來說。熊貓一向穩重，他能夠遇事不慌，從他平靜而缺少變化的臉上，你很難看出他有驚訝的時候。

我指的是我們剛準備拆開包箱，緊挨著的旁邊那間屋子的門，吱呀一聲打開了，走出一個人來。他朝我們睃了一眼，當我們覺察後抬起頭打量他時，他已回過頭去，雙手插腰，昂著頭眺望寬闊的田野，僅把結實魁偉的背對著我們。

我和熊貓當時感到了一種威嚴的氣氛，一種壓迫感。我們面面相覷，沉默不語。

鹿朝我們微笑著擺擺手，示意我們繼續收拾行李，他走了出去，走到那個人的身後，那個人好像會意地轉過身，同鹿一起返身走進隔壁的屋子。他轉身的時候，鹿高瘦的身影恰好擋住了視線，我們未能看清這個人的面容。但憑直覺，我和熊貓都隱約感到，那是一個掌握很多人命運的人。

以後，隔壁那間屋子不斷傳來幾個人嗡嗡的說話聲。一個尖細如女人嗓音的叫喚聲，總高懸在那些雜亂的交談之上，它單薄而又果決地穿梭往來，有如行雲流水。隨著尖厲嗓音的不斷響起，隔壁屋子的那扇木門一會兒開啟，一會兒關閉。在這期間，鹿幾次跑回來，拿了什麼東西又急匆匆跑去隔壁的屋子。

我們很快意識到，隔壁房間的忙亂，以及那些雜遝的腳步聲與我們是有關係的。鹿終於又跑回來，告訴我們：連隊食堂已煮好了麵條，讓我和熊貓去打飯。鹿正對我們這麼說著的時候，隔壁房間又傳來那尖厲的叫喚聲，鹿不敢怠慢，趕緊疾步過去。他重新回到我們面前時，手裡拿著兩副碗筷遞給我們。

黃昏逝去，天色終於緩慢地黑了下來，鹿跑過來點燃了煤油燈。這時已吃完麵條的我，忍不住問了一句很蠢的話，我說旁邊那間屋子是幹嘛的。

是連部。鹿回答說。

連部？也就是說，我和熊貓被安排住在連部的隔壁？

聽完鹿的回答，當時我的第一反應就是：那個雙手插腰把背對著我們的人是連長。那麼，那個女人又是誰呢？我想問卻把話嚥了下去，畢竟和鹿還不是很熟。

後來才慢慢知道，連裡職工們通常說連部的時候，也包括我們居住的這間屋子。我和熊貓住進了連部，這件事讓我暗暗吃驚。熊貓則好像早有所料，他只是輕輕地嗯了一聲，便拿著一本書，一骨碌爬到上鋪去了。按照我們中學班主任那位老太太的話說起來，熊貓就是一個可以不斷往他身上壓擔子的幹部。

這天晚上還有一位人物，應該進入我的記憶。他叫蝙蝠。那天晚上他不請自來，推門而入後，與我們有一種自來熟的架式。他的肩膀一高一低，走起路來下巴頦勾起，有一種特殊的魅力。他的眼睛非常有神，靈敏閃忽，顯得聰慧和機智。最有個性的是他的鼻子，你倘若仔細觀察的話，會發現鼻梁略略歪向一邊，但這絲毫不妨礙他的鼻子具有那種雕塑感，他的相貌給人一種很有教養的印象。

蝙蝠進來後，笑嘻嘻地俯下身拍拍我的肩膀，又隨意地一把奪過熊貓手中的書，與熊貓插科打諢了一番。最後，他走到鹿的床前，撩起蚊帳，把手伸進去摸摸鹿的臉，鹿唬著臉說你不要亂來哦，蝙蝠一副不依不饒的樣子，怎麼亂來了怎麼亂來了，他邊說邊去撓鹿的胳肢窩，鹿噗哧一下笑出來，從床鋪上躍身而起，兩人扭成了一團。

打鬧消停後，蝙蝠在屋裡旁若無人地走來走去，他轉過身，黑黑的眼眸骨碌碌打量我和熊貓，那會兒，我覺得他的鼻翼微微翕動，仿如嗅覺靈敏的犬鼻，他在尋找著什麼。很快，他把眼光停留在我打開的箱子上，忽地撲過去，從我的箱子裡搜尋到幾本雜誌。那些雜誌我全沒看過，準備帶到海邊閱讀的。蝙蝠迅疾地抽出雜誌，自言自語地說，好久沒看到什麼有價值的書了，對枯燥的海邊生活抱怨一番，朝我大聲嚷嚷說這些雜誌借我了，沒容我反應過來，他已裹挾著那幾本雜誌揚長而去。

幾個月後，我曾羞澀地向蝙蝠提起這件事，想問他要回那些雜誌，他笑嘻嘻地說弄丟了。

一九七七年，全國恢復高考制度，蝙蝠在人數眾多的藝術類考生中，憑藉扎實的素描速寫功底和出色的文化考試成績，以壓倒性的優勢拔得頭籌。離開海邊的前夕，我幫蝙蝠整理行李，理著理著，我愣住了：從他一隻巨大的木箱裡，看到了我一年前帶到海邊的那幾本雜誌，它們整整齊齊地躺在那兒。

我驚訝得說不出話。後來，我猶猶豫豫地指著木箱說：它們，可以還我嗎？

孰料，蝙蝠聽後大吃一驚，像是聽到了一則海外奇聞，笑哈哈地將箱蓋猛然蓋上，然後在我肩膀上挑釁性地重重擊打一下，他涎著臉，怪模怪樣地湊近說：怎麼樣？想打架啊？

當時對蝙蝠很崇拜的我，竟有些不知所措，似乎還有些懊悔剛才所說的話。

那天晚上最後進入我們宿舍的是女排長柚子。

柚子夾著一本紅絨布封面的日記本，從二樓女生宿舍下來，輕盈飄進我們屋子大約在十點光景。海邊的天氣變幻莫測，傍晚還下著雨，這時候村子衛河的上空，朦朦朧朧，居然出現了一輪如鉤的細月。

擁有一雙兔子眼睛、細皮嫩肉的柚子走到我們屋子前，用腳很隨意地踢開了門。我睡下鋪離門最近，反應也最強，我敏捷地坐起身體，心莫名的撲撲亂跳。柚子依然是穿著綠軍褲白襯衣，興許是剛洗過頭，飄拂的短髮濕漉漉的，既清新又嫵媚。

被這突如其來的聲響同樣嚇了一跳的鹿，正伏案寫著什麼，他猛然起身而掀動的一股驟風，吹得煤油燈撲扇不止。

你幹什麼你？鹿跳起來指責柚子的口吻似乎很嚴厲，但柚子的臉上沒有一丁點畏懼，更沒有自責的神情，她將一頭短髮的腦袋縮進脖子裡，一溜煙地從副連長鹿的面前穿過，然後在靠窗的辦公桌前，大模大樣地坐下，半天才突然回過頭來，朝鹿大笑起來。

鹿一邊走過去擺好姿勢準備抬腳踢她，一邊也露出潔白的牙齒咯咯笑個不停。

在以後長長的日子裡，我習慣於柚子每天晚上夾著那本紅絨封面的日記簿，從我的床前走過，倘若哪一天她沒出現，那一定是出了問題。

可以這樣說，過了九點之後，我們的屋子就格外的安靜，鹿、熊貓，慢慢的還有我，差不多每到這個時刻，都在沉默中懷揣一種期待和渴望。奇怪的是，只要柚子走進我們的屋子，就會帶來一股奇特的濃濃的馨香。那是一種什麼香味呢？那香味是從哪裡散發出來的？我一直沒有想明白。那時候還沒有人用香水，用香皂洗澡都已經是很奢侈的一件事，而柚子帶來的馨香清新而濃郁，滿屋暗芬，絕非香皂所能匹配。

柚子每天像例行公事似的，要將當天的日記，或長或短的內心記錄拿來給鹿過目。這看起來有點像上下級在交流海邊磨練的活思想，我沒和熊貓溝通過，但我覺得從第一天起，熊貓的想法肯定和我差不多，都明白這件事情的實質，雖然那時候的我們，在感情生活方面幾幾乎都是一張白紙。

所以，當副連長鹿和女排長柚子的頭湊得很近，兩張臉在微弱的燈火下布滿紅暈，談話聲由高漸低，最後變成了呢喃，熊貓與我都知趣地縮進了蚊帳。倒是柚子不時回頭看看我們，好像很詫異我們這個角落那麼安靜，跑過來放肆地撩開我們的蚊帳，朝裡窺望一下，與我們搭訕幾句。

這第一天的境況，決定了以後的歲月中，我與女排長柚子見面時，從不敢與那雙眼簾長長的兔子般的眼睛相互對視。每次見到那雙充滿靈氣的眼睛，我的眼神總是倉皇逃走。

夜宿海邊的第一個晚上，隔著一條衛河，五連方向傳來一片女高音合唱的歌聲。五連叫做創業連，那時還沒有樓房，城裡來的女學生住進四面透風的蘆葦草棚，沒電沒水，海風呼呼地在草屋外逡巡，夾帶遠處的狼嚎狗吠，一路的勞累困頓，難以入眠的恐懼感，還有那鄉愁一併襲上心頭，於是，一群高音喇叭開足音量，放聲歌唱。

歌聲在空曠陰森的荒原上久久迴蕩。壯觀、悲愴、淒涼，後來慢慢的，歌聲演變成了清晰的哭聲。

我就是在穿越曠野的哭聲中漸漸睡去的。

3

風猛烈拍擊著食堂四壁的窗扉。四月的陽光透射進來，仍然驅散不了乍暖還寒的潮濕陰冷。新職工們顯然意識到了海邊氣候的反常，他們也同老職工們一樣，或套上絨線毛衣，或披了棉大衣，瑟縮著雙肩，一溜排開坐在前面的小板凳上。

從破敗的窗扉望出去，我看到一條小河橫亙在陽光下，粼粼的波紋反射出海邊早晨冷冷的光芒。河岸傾斜的褐色泥土上，生長著一叢叢紫褐色的鹽蒿子草。幾棵蘆葦的莖稈探頭探腦地伸出水面，泛綠的蘆葉輕輕拂動，彷彿在傳遞從海上而來的春天消息。

連長鷹身披綠色軍大衣，靜靜佇立在前面。他的目光望著窗外，這時的小河河面上游晃過來一群黃絨絨的雛鴨，一葉扁舟緊隨其後，緩緩駛進連長鷹的視野。手持一根竹竿的養鴨姑娘枇杷將小船撐向岸邊，箭步跳下，款款朝這兒走來。連長收回目光，瞥了一眼坐得滿滿的會場，嘴裡蠕動了一下，舉起雙手朝下擺了擺。

剛才還發出嗡嗡聲響的會場，頃刻間寂靜下來。幾個從後門進來的遲到的職工，躡手躡腳放輕腳步，悄悄放下板凳入座。枇杷從後側閃進來，她也許感覺到了會場肅穆的氣氛，吐了吐舌頭，從牆角揀來幾塊磚頭，墊在泥地裡當作凳子坐下。

連長鷹咳嗽了一下，寂靜的四周聽得見空氣的流動聲。他徐徐啟口說話，很難想像，連長身材壯碩魁偉，聲音卻尖細如笛。他首先代表連部歡迎十多名新職工加入到農場建設的隊伍中來，接著他簡明扼要地對即將開始的春季挖渠戰役作了動員。他說改良海灘鹽鹼地，行之有效的途徑有幾條，這裡流行的做法是挖渠引水，用淡水沖走泥土表層的鹽鹼成分。鷹的這番話，顯然說給我們這些新職工聽的。

隨著話音的漸漸提高，我多次偷覷那張海風雕刻出來的臉。那張臉黝黑威嚴，它所具有的震懾力，很大程度來自鷹臉龐左邊的那只假眼。這個祕密一經發現，我再也不敢去直視那只起裝飾作用、凝然不動鑲嵌眼眶之中的假眼。鷹的嗓音穿來穿去，我開始懷疑起自己的耳朵來了。閉上眼睛，你分明聽到了一個女人的尖細聲音，在會場的梁間迴繞。女人嗓音再加那只假眼，不知怎地，一種不寒而慄的恐怖感倏地攫住了我。我強烈預感到，連長鷹，曾經有過驚心動魄的經歷。

會議開得很短。散會之後，老職工一湧而出，紛紛返回寢室拿工具。新職工跟著副連長鹿來到保管室。

幾分鐘後，村子通往原野的一條大道上，卸去軍大衣的鷹，手持一把大鍬站立在那兒，陽光把魁偉的身影拉長，投射在陰冷的土地裡。

鷹的周圍陸續出現了一些手持大鍬的老職工。其中，一個又高又黑、頭髮鬈曲的男職工和另一個又小又矮、長相古怪的男職工，一左一右，像兩名保鑣分侍鷹的身邊，為其護駕。那個高的叫犀牛，矮個叫猴子。

後來，我從老職工嘴裡知道，犀牛和猴子都是打起架來兇猛無比、遐邇聞名的角色，他們心甘情願臣服於鷹，並不僅僅因為勞改農場管教出身的鷹，擁有無數流傳甚廣且頗富傳奇色彩的軼聞，也不僅僅是懾於鷹可以一分鐘之內，用麻繩將人麻利捆綁在椅子上的神奇功夫。海邊自有海邊的法則。要讓犀牛和猴子這些赫赫有名的人物折服，作為連隊最高的統治者，不但需要膽魄和手段，而且還要有讓手中那把大鍬飛起來的真功夫。

犀牛和猴子，都是鷹親自帶出來的名鍬手。隆冬季節，據說在十幾米深的河床底，將那些淤泥迅速裝筐，而又要穩穩站立於緩緩湧動的淤泥之上，只有犀牛和猴子能夠做到。他們在鷹的指點下，是能堅持到最後的拿得起的鍬手。同樣是服從，犀牛和猴子對連長鷹，含有敬畏的意味；對副連長鹿，更多是礙於面子。這在以後發生的事情裡，我一次次體味到其中耐人尋味的差別。

領好工具的新職工，從保管室方向聚攏過來。在鹿的帶領下，新職工排成方隊，跟隨在老職工的後面，朝荒原深處進發了。男職工拿著鍬，女職工拖著釘鈀，鐵器摩擦地面的咣咣聲一路響去。老職工的隊伍散漫成長長的一列，在望不到盡頭的公路上蜿蜒蠕動。

海邊初春的陽光溫煦慘澹。簇擁公路兩側的茂盛雜草沐浴在陽光裡，隨風輕輕擺動，叮咚作響的水渠掩映草叢之中。無邊無際的田野上，海海漫漫的鹽蒿子以及雜草荊棘宛如地毯般鋪捲過去，延伸到快要與天際交接處，兀地隆起一條氣勢磅礡的防風林帶，這條蒼茫的林帶由西向東巍峨雄峙，林帶上空有嫋嫋的紫煙升騰瀰漫，幾隻灰白色的海鳥在遠處起起落落，上下盤旋，點綴著陽光變幻煙氣迷濛的海邊景觀。

隊伍走了近幾里地，鷹帶著他的「亨哈兩將」，拐進公路一側的田野。剛開冬不久後的土地濕漉漉的，鬆柔而富有彈性，踩過的雜遝腳印裡冒出滋滋的水泡。我的褲腿和那雙球鞋已被沾滿露水的野生植物打濕，幾里路走下來，渾身汗津津的，呼吸已有些急促。

隊伍深入到原野腹地，在一條被草木覆蓋的乾涸小溝前停住了，然後一字排開。副連長鹿跑前跑後，和其他幾個排幹部拉起樣繩，用卷尺丈量溝渠長度。很快，鹿分配好了任務：老職工每人八公尺，新職工每人七公尺，用一天時間，將這條小溝改造成寬闊的水渠。

鷹站在排頭，緊隨其後的是犀牛和猴子，其他幾個重量級的鍬手很默契地依次站好。這樣的座次好像早就排定。在我印象中，以後只要鷹到場，大凡都是這樣的陣容。

鷹的話音剛落，呼嚕一下，鍬手們幾乎是同時將鋥亮的大鍬深深扎進泥土，鍬刃斬斷草根的刷刷聲響成一片，飛揚的土塊沉悶落地的聲音，好似一支樂隊渾厚的低音部。不一會兒，鍬手們紛紛脫卸衣服，結實的軀體環繞一團團蒸騰的熱氣。

新職工受到老職工那種迅猛氣勢的感染，也躍躍欲試，舞動大鍬幹了起來。開始時，新職工們似乎並不遜色，憑藉年輕，他們的動作節奏也差不多能跟上。

我的前方是鹿，與鹿並排的是熊貓，他們倆是新老職工的分界線。任務一明確，熊貓二話不說，也揮舞大鍬，像老職工那樣將土塊甩得很遠。他的動作顯得有些笨拙，甩出去的土塊不像老職工那樣方方正正的一塊，而常常是碎土迸濺，惹得與他搭檔的女職工跳開去，逃得遠遠的哇哇亂叫。

在海邊有不成文的規定：兩名鍬手的地塊接壤，速度快的鍬手首先開完第一鍬，第二鍬他擁有往後退縮的權力。每一鍬大概半尺來長，往後退縮一段，五、六鍬開到渠底時，速度快的鍬手完成的土方要大大少於速度慢的鍬手。

女職工都喜歡與有經驗的快鍬手搭檔，快鍬手自然速度超人，幹完活拖著大鍬揚長而去，與其搭檔的女職工也可以提早收工，像隻欣喜的小鳥蹦蹦跳跳尾隨而去。另外，快鍬手使用力量勻均，自始至終保持一種節奏，並且每一鍬的土塊不遠不近，都穩穩地落在離水渠五、六米遠的地方，女職工只要站在原地，很省力地用釘鈀將土塊敲碎，平整出一條高出地面的土路來。

這就是為什麼在鹿分配任務的時候，女職工們都悄悄移動腳步，不願跟在新鍬手後面的原因。有幾個專橫的女職工，乾脆直接跟在犀牛和猴子的屁股後面團團轉。精明的女職工，即使是給鹿這樣的老職工作搭檔也並不情願。她們知道副連長舞文弄墨是行家裡手，而幹起活來就不敢恭維了。在海邊，嚴酷的事實是：一個名鍬手有許多女職工願意跟在他後面，願意做他的搭檔，願意奉獻她們吃不完的飯票，願意為其洗被子洗衣服；一個幹活拿不起來的鍬手身後是空蕩蕩的，身後空蕩蕩的鍬手在海邊是臉上無光的。要想在海邊站住腳跟，就必須努力把自己修煉成一名好鍬手。熊貓興許正是明曉這一點，才把土塊甩得遠遠的，不管搭檔的女職工如何叫嚷，都無法阻止他向一名好鍬手挺進。

我則不行。從一開始便注定成不了名鍬手。我的體質從小便弱。進中學後，籃球運動使得我的身體狀況有所改觀，但我依然適應不了大運動量的劇烈活動。通常情況下，我都是站在離籃板不遠處，等著同伴傳球給我。稍不注意疲勞過度，中耳炎、扁桃腺炎便一齊向我襲來。我一時衝動毅然決定來海邊，並沒有作好吃苦的思想準備，我沒想到那麼快就直接讓我們新職工參加艱苦的勞動。我甚至對連長鷹的發言如此簡短都感到驚訝，本以為要開一個長長的會，起碼辦一個星期的學習班，帶領我們到處轉悠轉悠，參觀一下，然後再慢慢適應海邊的生活。

周圍的人都埋頭幹了起來，在這種情形下，我不得不揮起大鍬，投入了緊張的勞動。起先我不甘示弱，也將土塊甩得遠遠的，速度也不慢，只覺得白晃晃的鍬面在眼前轉動。開完第一鍬，我已大汗淋漓，頻率明顯下降，雙臂酔痳，似乎再也提不起來，腰部弓曲酷似一隻大蝦，漸漸地，我的土塊再也無法甩得像先前那麼遠了。大口喘氣的我，後來只能把一鍬鍬沉重的、體積如同炸藥包的土方提到渠邊。

給我作搭檔的是枇杷。枇杷很少下田幹活，今天因為女職工人手不夠，臨時被抓差下了田地。面對渠邊漸漸隆高的土堆，眉清目秀面容姣好的枇杷苦著臉，顯得一籌莫展。她已使出了渾身解數，但我的土塊甩得實在太近，她實在無法阻止土堆在渠邊漸漸增高。後來她乾脆橫下心來，不顧不管，聽憑事態發展。

與枇杷並排的是鹿的搭檔柚子。女排長柚子平素也是常常病假的虛弱身體，看到愁面苦臉一籌莫展的枇杷，主動跑過來，幫她一起清除那座土丘似的小山包。這邊的小山包剛剛矮下去，前面鹿那邊的土方又堆了起來。柚子和枇杷趕緊又跑過去，救火似的猛幹一陣。幾個回合下來，兩人累得胸脯一起一伏，只剩下張嘴喘氣的份兒。

午飯是由手扶拖拉機送來的。吃了午飯，稍事歇息，老職工們開始了最後衝刺。兩點左右，犀牛和猴子緊追鷹的後面，已挖到了渠底。半小時後，不用徵得任何人同意，犀牛與猴子拿起衣服往肩上一甩，在田野上揚長而去。尾隨其後的兩名女職工，也神氣地朝其他人眨眨眼睛，一蹦一跳地像兩隻歸巢的小雀。

老職工漸漸離去，給體力不支的新職工的心理增加了無形的壓力。這也許就是鷹嚴酷的一面，他覺得真正的快鍬手誕生於激烈的競爭之中。他僅僅給予新職工少於老職工一米的優待，而事實上這一米的優待，並未給初試鋒芒的新手帶來什麼便宜。剛剛走出校門離開大城市的這些學生，和老職工的差距遠遠不止預設的指標。

老職工差不多要走完了，我才剛剛開到第三鍬。後來新職工也陸陸續續往回撤了，人要開始垮，一定是因為喪失了信念。用盡了最後一點力氣的我，只覺得天旋地轉，腿腳一軟，身體順勢倒在了階梯形狀的土坡上——柚子和枇杷見情況不妙，跑過來從我手中奪下大鍬，將我扶到田野草叢中躺好。

我醒來時，已是夕陽西下的傍晚時分。我四肢乏力，腦袋像鉛一樣沉重。雙耳嗡嗡鳴響，眼瞼難以睜開。我聽到鹿哇哇叫嚷，讓柚子過去清除漸漸隆起的土堆，而這時的柚子正揮動大鍬，替我在挖餘下的土方。

田野上冷冷清清。幾隻海鳥在遠處的霞光中撲動翅膀。我頹唐地躺在草叢裡，心情黯淡，覺得自己很丟臉。

4

我佇立在衛河邊上，內心正經歷著痛苦的煎熬。

皎潔的月光灑向靜靜的水面，宛如一張鋪展著的銀色之網。坡岸上一株株樹苗默默挺立，細密疏朗的樹影，模糊了我投射水波之中的孑然身影。寂寥的夜空星河流瀉，藍寶石般的天穹呈拱形一直伸向遙遠的大海。

歌聲從遠處的曠野上傳來。悠揚的女聲合唱穿越幽深的荒原之夜，帶給我無邊的憂傷和惆悵。每逢斷電的時候，歌聲總會響起，而且一呼百應，高亢整齊的女聲從樓房窗戶，從茅草棚的門扉裡飛出，似乎在向遠方吶喊，提請外部世界不要忘了生活在海邊的這一群人。而在我聽起來，這種呼喊式的歌唱只會讓人心境更加蒼涼。

斷電是家常便飯。斷電後的荒原到處是微弱明滅的燭火，像是朦朦朧朧的睡眼。西邊一團燈火的地方，據說是縣城的發電廠，但永遠供電不足，海邊只能常常陷入無邊無際的暗夜之中。海邊沒有電，姑娘們就用歌聲為自己壯膽。

通常斷電後，柚子就像會精靈似的挾著一本日記薄，潛入我們的房間。我與熊貓已經習慣於在這種時候加以迴避。熊貓找了個好去處——醫務室。醫務室有一位常常顧影自憐的女醫生，斷電時也希望有人來，伴她度過這寂寞難熬的暗黑時光。熊貓泡醫務室沒人會計較，比女醫生小得多的熊貓從不有求於她。來海邊這麼些日子，他從沒請過病假，若逢身體不適，也僅僅是從女醫生那兒拿些藥吞下去，早早睡下，第二天村口掛著的那只廢鐵齒輪一敲響，穿著軍裝的熊貓又第一個出現在村口的大路上。

要說熊貓的迴避中，帶有知趣識相、與人方便的意味，我的迴避則還蘊含另外一層涵義。在我藉故離開房間之際，這層說不清道不明的涵義，總會從我心底隱隱浮起，我似乎怕見柚子。

從第一次出工我暈倒在荒原上，柚子和枇杷將我攙扶上拖拉機回村後，我就再也不敢直視柚子那雙鬼靈鬼靈的兔子眼睛。那天我躺在手扶拖拉機上，神志剛剛清醒，就聞到了一股馥郁的馨香。隨著手扶拖拉機的顛簸，我被濃濃的馨香所包圍。我微瞇眼睛，暗中貪婪地深深吸吮那股誘人的氣味。要命的是，不久後我發現，自己開始像嗜毒者一樣迷戀——柚子身上的氣息。

我臥床一星期。期間，柚子好幾次突然像陣風似的飄進來，那股好聞的馨香也隨之飄進。她會走近我的床鋪，猛地撩開垂掛著的蚊帳，伸進一張調皮的鬼臉，或詢問幾句，或扔給我一包牛肉乾之類的零食。其實那次回村後，柚子也病了好幾天。太陽升高了，出工鐘聲響過之後的村子格外寧謐，臥床的我一聽到二樓水泥地板上踢遝的腳步聲，心就會驟然收緊。我仔細聆聽辨析頭頂上的腳步聲逐漸走下樓梯的聲音，我說不清是希望還是懼怕那腳步聲的臨近。柚子的每次出現都會出些花樣，她一會兒附在窗台上學貓叫，一會兒從門縫裡探出半個腦袋扔點什物在我的蚊帳上，一會兒將下樓的腳步聲踏得震天響，但半天不露人臉，當我以為她不會再出現時，她又突然一腳踢開門闖了進來，喊一聲「不許動」，然後嘻嘻哈哈笑個不停。

柚子和鹿的關係已明擺在那兒，鷹作為連隊最高統治者，曾經親自制訂了一些諸如不准談戀愛、不准抽菸之類的嚴明紀律，但即便是鷹，要是無意間拐進我們的房間，恰逢柚子和鹿頭湊得很近地竊竊私語，他也會神色尷尬、若無其事地退出去。

鷹所制訂的那些紀律，有一條是規定晚上十點以後，不准男職工上二樓的女宿舍。鷹不知道，他的法令實際上把女宿舍變成了一塊更加誘惑人的禁地。一些男職工趁人不注意，滋溜一下便輕手輕腳潛上了二樓。後來，鷹為了整飭連隊風氣，實施極端手段，他每天派出治保隊員，分別隱藏於東西兩面樓梯道口下，每隔半小時，治保隊就會上樓在走道裡巡邏一次，治保隊還專門設置了當值的巡邏口令，口令由鷹親自擬定，且每天都會換，每晚九點正，治保隊長準時來到連部，由鷹面授當晚他即興想出的口令。青春期的情欲猶如曠野上的火，哪裡是隨便可以撲滅的。男職工想出的最簡單的應付辦法，就是晚飯後早早地上了二樓女宿舍，十點後全部躲進了女職工的蚊帳。那些女職工也故意把洗好的衣服密集地晾在窗前，擋住不時會出現的治保隊員逡巡的目光。

我也去過一次二樓女宿舍。我是在鹿的慫恿下，猶猶疑疑踏上通往女職工宿舍的樓梯。

那天晚上我找不到蝙蝠。鹿說你要找蝙蝠啊，一邊就將我推至門外的場地上，鹿指著二樓走廊一扇緊閉的門，讓我大聲喊蝙蝠。我愣在那兒不知其所以然。

喊啊喊啊，鹿竭力煽動我。我的喊聲一起，鹿很快跳回到黑暗處隱蔽起來。

二樓那扇門打開了，燈光隨即透射出來，柚子笑嘻嘻地走到欄杆邊上，俯身對我說蝙蝠不在她們房間。說完，她並未返身回屋，忽閃著眼睛，朝下搜尋了片刻，然後她說你要不信可以上來找一下。這時我看見躲在黑暗裡的鹿朝我比劃著手勢，像是極力鼓勵我上樓去找似的，我愈發糊塗了。鹿為什麼一定要我上樓去找蝙蝠，後來的事情發展又為什麼是這樣，我直到很久以後才慢慢明白過來。

那天晚上我提心吊膽步上樓梯，朝神祕的禁地攀援時，內心充滿了緊張和畏懼。快要達到樓頂之際，一個男職工從後面敏捷地超過了我，他與我並肩的剎那間，眨了眨眼睛朝我詭祕地一笑，突然冒出一句：口令?!我下意識地回答：蘆葦！我隨即反問：口令?!對方回答：蘆葦！蘆葦！

口令，是鹿剛才告訴我的。

然後我聽到了嘿嘿的笑聲，我這才認出，那是身材高大的犀牛。他很顯然是在嚇唬我，他嚇唬我的時候，輕易套出了今晚的口令。犀牛的神情裡有一種通往禁地的路上居然也碰得到我的詫異。我的目光追蹤他的背影而去。當我來到樓頂，一望到底的走廊上，已無犀牛的蹤影。

我慢慢地小心翼翼地走過去，一間間女職工宿舍的紛雜景觀從我眼前掠過。幾乎每間宿舍裡都有男職工的聲音，從而洋溢著男女歡聚的融融氣氛。在鐵一般的紀律下，在嚴酷的管束下，以往無數個寧謐月夜，當我龜縮在人際關係拘謹的連部，我無法想像，通向二樓女宿舍的樓梯上，老鼠般流竄過雜遝紊亂的腳步聲，我無法感受到女宿舍蚊帳內、煤油爐旁男歡女愛的動人情景。此刻我才知道，我所經歷的海邊生活是狹隘的，偏頗的，死氣沉沉的。

我在一扇門前駐足輕叩。窗帷掀起一角，閃過一張臉龐，我尚未看清那張臉龐，房門忽然打開，開門的女職工快速向我招手，邀我進去。我剛剛跨進身子，女職工又迅即將房門緊緊關閉。這情形我只有在反映地下工作的電影裡看到過。

我看到了蝙蝠，果然不出鹿的意料。蝙蝠坐在屋子的中央，他的前面放著一隻煤油爐，包括柚子在內的五、六個女職工圍著他，不停地給他斟酒、倒茶、遞毛巾，那謙恭的態度猶如伺候皇上的眾侍女。蝙蝠一邊用勺舀著煤油爐上煮著的鍋內菜肴，塞進嘴裡大口咀嚼，一邊慢慢悠悠繼續將他講到一半的故事往下說。

我被一個女職工拉到一張小凳上坐下，在那個撩人的晚上，我和女職工們一起，聆聽眉飛色舞的蝙蝠講述一個扣人心弦曲折迴旋的故事。很久以後，我在大學圖書館裡讀完了《基督山恩仇記》，遠眺窗外一片綠草坪，才知道這本書裡的故事，就是當年在物質極度匱乏、兩三個月還要憑票吃一次肉的海邊，蝙蝠用來換取那些女職工私藏罐頭的本錢。那些罐頭是遠方家中郵寄來改善伙食的，姑娘們平時自己都捨不得吃，全拿來孝敬蝙蝠了。而那酒，則是她們用節省下來的一點零花錢，湊分子在場部小賣部買的。

我坐在昏黃的燈光下，忐忑不安的眼神漸漸被蒸騰的水氣化解，我忘記了門外巡邏的腳步聲，忘記了踏入禁地的使命，忘記了鹿還在樓下等著我的回音。凝視蝙蝠飛快蠕動的嘴唇和那極富個性的下巴頦兒，還有那魅力無窮的自負的鼻子，我感到困惑不解的是鹿、柚子和蝙蝠以及這些女職工之間錯綜複雜的謎一樣的關係。柚子剛才為什麼要騙我（鹿）？鹿為什麼又那麼準確無誤地斷定蝙蝠的行蹤？蝙蝠與鹿的關係平日似乎非同一般，但看他在柚子宿舍裡如歸的隨意姿態就知道，他是這裡的常客。那些女職工好像在掩護蝙蝠這件事情上步調一致，配合默契，她們明明知道鹿和柚子之間的曖昧關係，又為什麼要這樣做……

我內心焦慮地佇立在衛河邊上，周身沐浴著星光月輝。我仰望天空。我知道，只有這樣，我才不會舊病復發。

高亢悠揚的女聲合唱已換過好幾支歌了，而曠野上依然是沒有光明的漆黑一片，看來一時半會兒海邊是不會來電的。歌與歌之間的間隙，衛河邊被攪得煩躁不寧的青蛙也突兀地聒噪幾聲，像是不滿，又像是呼應。每次聽到曠野上響起的女聲合唱，總帶給我憂傷的情緒。此時此刻，我想念母親，想念大姐，甚至還想念二姨媽，我想到她背著我，一步步登上外白渡橋，嘴裡還哼著我從小就熟悉的兒歌：

篤篤篤，買糖粥，

三斤胡桃四斤殼，

張家老伯伯呀，

吃儂的肉還儂的殼……

抵達海邊的第一天，我才理解「思念」這個詞的涵義。但那時的思念是沒有對象的，儘管也帶著濃濃的憂傷。那時只是因為想到：我拚命要逃離家庭來到海邊，而來到海邊的第一天，隨著悠揚的歌聲響起，我的第一反應又是逃離！我的一生要在海邊度過嗎？我要與無邊無際的荒原終身為伴嗎？這裡就是我人生最後的停泊地嗎？我在夢中一次次大聲的喊叫：不——不——

明天一大早，熊貓要跟著鹿去防風林種樹，這是海邊的規矩，或者說是一種儀式一種象徵，在海邊，這叫種扎根樹。當然，不是隨便什麼人都有資格去種扎根樹的。種下一棵扎根樹，意味著你將一輩子不離開海邊，你就生是海邊人，死是海邊鬼。而只有種過扎根樹的人，才有可能當排長、副連長，甚至是連長，才可以比別人多拿三元錢的工資。也許幾十年後的中國沒人會相信，當時的海邊，三元錢可是一筆可觀的財富啊。

在鹿和熊貓的眼裡，明天參加這個儀式的自然還有我。後來才知道，那天，熊貓甚至還把屬於我的樹苗也替我準備好了。

吱啞一聲，復歸安寧的四野傳來房門打開的聲音，我側轉身，看到了正對衛河的一排矮平房中間有扇門搖曳不止，這時，我看見連長鷹從從門洞裡衝出，他的嘴裡罵罵咧咧，身後帶出一片喝斥聲。

那間屋子是連隊的治保室。我知道，那裡關著一個逃犯。

白天中午時分，正在打盹的我，被一片嘈雜聲吵醒。然後我看到鷹從隔壁房間衝出，他的身後，跟著一大群連排幹部和治保隊員。

鷹很快登上了二樓女生走廊，他用一架老式笨重的望遠鏡眺望幾十里外的公路，搜索一個逃跑的男職工。那個男職工已是第三次逃離海邊了。近來，其他連隊也不時發生同類事情。海邊交通不便，鄰近的小鎮本身都很窮，加上老百姓經常受到海邊職工的騷擾，關係日趨緊張，他們開始拒絕向海邊供應肉類副食品。快兩個月了，連隊食堂黑板上寫著的白菜和茄子的字樣還沒擦掉過。每天的菜譜，要麼是油水不足淡而無味的白菜，要麼是肚子裡一包籽的茄子（這被大家戲稱為「芝麻茄子」），讓這些幹著強勞力重活的年輕人倒盡了胃口。大夥兒開始拿出庫存的家裡寄來的香腸肉鬆，葷腥吃完了，就吃大頭菜醬瓜，吃完自己的便去吃別人的，先是文明的要，發展到後來乾脆就是搶了。

男職工中，像犀牛、猴子這樣飯量大、食欲旺盛、最先吃完庫存食物的人，一到吃飯時間，端著飯碗四處掃蕩，嚇得一些平時懼怕他們的人，通過轉移，通過電影裡對付日本鬼子堅壁清野的方法來對付他們的突然襲擊。有的人出於不得已，深更半夜躲在蚊帳裡偷偷咀嚼食物，發出的聲響驚擾了別人的酣夢，或是夢中人也被食物瀰散的香氣饞醒了，於是，便聽到有人大叫，老鼠，老鼠！分不清是夢中人在叫，還是咀嚼者的搪塞。男職工宿舍唯一免遭侵襲的一塊淨土就是連部。連部後來也縮小到僅剩鷹的那間屋子，我們的屋子也不安全。倘若聞到我們屋子裡燉在煤油爐上冒出肉腸的誘人香氣，犀牛和猴子會笑嘻嘻迅即趕來，掀開鍋蓋，把將熟未熟的食物撈個精光。犀牛和猴子一點都不怕鹿，鹿見他們過來掠奪我和熊貓的食物，又罵又打，擼下犀牛頭上的一頂軍帽扔向門外，可犀牛縮著脖子，涎著臉，大口嚼著食物，一邊還大聲說：好吃！好吃！

男宿舍掃蕩一空之後，就輪到女宿舍遭殃了。吃飯時分，常可聽到從二樓傳出的一陣陣撕心裂肺的尖叫聲。犀牛和猴子面帶搶劫成功的獰笑，從女宿舍逃逸而出時，嘴裡常塞得鼓鼓囊囊，臉色漲得紫紅，透不過氣來，但發出的含混不清的嚎叫聲裡，卻充盈了一種快樂滿足的成分。女職工從房間裡衝出，緊追其後，辱罵聲尖厲刻薄不絕於耳。

有一天，身材矮小的猴子潛入一間女宿舍，將一個女職工蒸在煤油爐上的兩條香腸叼走了。這個女職工平日裡打扮得山清水綠，沒人敢惹她，倒不是因為女職工本人具有三頭六臂，而是誰都知道，女職工的男友是工程連的一霸，工程連在海邊打架是出了名的野蠻兇狠，令人聞風喪膽。

被飢餓折磨得瞎碰瞎撞的猴子草率地叼走那兩條香腸的時候，不知道他無意間挑起了一場海邊歷史上前所未有的殘酷戰爭。那個受了委屈的女職工哭哭啼啼，跑到工程連她男友那兒告了猴子一狀，她男友二話不說，操起一把泥刀緊攥手中，衝到門前一座磚塊壘成的山丘上登高一呼，工程連的人非常抱團①，一大幫素來愛惹是生非的男職工，紛紛手持泥刀聚攏過來。

幾十名手持泥刀理著光頭的小夥子，氣勢洶洶朝四連開發過來的時候，犀牛剛剛分享完猴子進貢給他的一根香腸，他正抹著嘴唇，美美地回味香腸入口那甜膩膩的滋味。這時有人驚惶失措地跑來，告訴他工程連的人要來踏平四連的消息。

皮膚黝黑、頭髮鬈曲的犀牛顯得異常冷靜，鐵板的臉上毫無表情，作為海邊一霸的犀牛聽說有人要來踏平四連，慢慢起身，把軍帽往側面一拉，拿起一塊破碎的鏡子開始整理額前的頭髮。

---

①結成一伙，團結。

容易衝動的猴子熬不住了，一聽說這個消息，操起一把大鍬就往外衝。

犀牛走出屋子時不是拿了一把大鍬，而是從門背後抱起一捆大鍬，他魁偉的身軀沉穩向村外走去的時候，另外兩名都是打架好手的男職工自告奮勇地跟了上來。犀牛來到村口，他的身後已跟隨了長長的一支隊伍。犀牛的面前，一場遭遇戰已經打響。個子矮小卻勇猛無比的猴子，揮舞大鍬亡命徒一般與十幾個人展開了格鬥。犀牛見狀，將十幾把大鍬一把把扎進村口的泥地裡，然後喚回了正在興頭上的猴子，犀牛對工程連的那一大幫人平靜地說：

你們誰想進村，就先問問這些大鍬同意不同意。有不怕死的就過來吧。

工程連的人依仗人多勢眾，有幾個人遲疑片刻，邁開步子逼近過來，犀牛等他們走近至七、八米遠的地方，突然單手操起一把大鍬，像古希臘勇士投擲長戟般地讓大鍬在空中明晃晃飛了出去，那大鍬在空中高速滑翔，陽光下鍬面熠熠閃光，工程連的人見狀趕緊朝兩邊躲閃，只聽得嗖一聲，那把大鍬直直地飛落下來，木質鍬柄落地後微微晃了幾下，鋥亮閃光兩尺長的鍬身全部深扎進泥土。鍬柄豎插在大路中央，像一個巨大的驚嘆號。

工程連的人愣了半晌，很久才有人跑上前想拔起那把大鍬，誰知那把大鍬像生了根似的紋風不動。這真有些匪夷所思，我一直沒有弄明白，那些工程連的人個個也都是力大無窮，扛起一包水泥或挑起兩筐磚來疾走如飛，怎麼就拔不起犀牛手中飛出去的大鍬呢？

工程連領頭的那人不樂意了，他不能在女朋友前丟了面子，這以後還怎麼在海邊混啊。他高舉泥刀怒吼一聲朝犀牛衝過來，其餘人也吶喊著向前突進。海邊的許多人在這個太陽當空的燠悶午後，目睹了一場人數對比懸殊卻格外精彩的械鬥。在村口開闊地的上空，陽光下，銀光閃閃的大鍬像密集的導彈穿梭飛翔。這場空前絕後的激烈毆鬥，使工程連的小夥子們丟盡了面子。他們使慣了短傢伙，面對大鍬飛舞的技藝缺少操練，雖說人員眾多，最終不但未能踏進村子半步，還在混戰中傷亡慘重血流滿地。除了一人的腳趾頭是被犀牛的大鍬不幸斬下之外，其餘的皆是他們自己互相誤傷的。四連方面，受傷的就是猴子一員大將，他的腦殼上被砍了一道大口子。這道口子經包紮後，不足以妨礙他在這天晚上當眾羞辱那個肇事的女職工。他在指著她的鼻子用惡語穢言教訓她的同時，還掀倒了她的一隻儲存衣物的樟木箱，將她床上的蚊帳剪成絲絲縷縷。出了一口惡氣之後，他的恣意妄為導致了對他極為不利的後果：鷹叫了幾個治保幹部將強頭強腦的猴子關了一個晚上的禁閉。在此之前，鷹手下的人誰都無法制伏個子矮小的猴子，只有當鷹親自出馬，一雙迴異的眼睛嚴厲地瞪視他，這時的猴子才古怪地笑了笑，低下了頭，說：你要綁……就綁好了。這樣鷹不費力氣用麻繩三下五除二，將猴子綁在一張靠背椅子上。

第二天一早，鷹派出連裡的拖拉機，命人押送被麻繩捆綁著的猴子去強勞連。所謂的強勞連，就是模仿勞改農場的做法，把一些不法份子、搗蛋分子集中起來強制勞動，一支龐大的管教隊伍對這些送進來的強勞對象管束甚嚴，稍有不軌則科以重罰。被理了光頭在強勞連待了一個星期，鷹派人將猴子接了回去。鷹的明智做法顯然對平息事端起了良好作用，但真正一錘定音解決問題的，還應當歸功於犀牛。他在某個黃昏時分，帶領幾個死黨，隔著暮氣靄靄的運河，與工程連那幫人進行了一次祕密而有效的談判。

一起罕見的爭端悄悄地平息下來。但導致事端發生的誘因並未徹底剷除。每天有人從海邊逃跑。海邊通往內陸的公路只有一條，逃跑者必須橫穿過戒備森嚴的勞改農場，抵達位於兩條河流交叉匯合處的長途汽車站，才能踏上自由之路。而阻截捉拿逃跑者也很簡單，只要封鎖通向內陸的唯一交通咽喉——河流交叉口，逃跑者便只能在海邊的蘆葦叢裡遊蕩躲藏，最終飢渴難當，還得乖乖返回連隊。

令人奇怪的是，具有傳奇般經歷的鷹，蝸居在連部那間象徵權力的房間內，卻能夠洞悉連隊所發生的一切。這只能說明他對連隊的控制和管理是非常有效的，他總能及時獲悉逃跑者的資訊。

當他攜帶望遠鏡迅速登上二樓憑欄瞭望時，那個逃跑的男職工尚未涉過勞改農場一條雜草叢生的河流。具有逃跑經驗的那個男職工沒有像以往那樣從公路上倉皇狂奔，他選擇了溝渠縱橫的原野田埂作為逃亡之路，希望那些葳蕤的野生植物在到達交叉口之前能夠遮掩住他的行蹤。不幸的是，他的對手是一隻真眼一隻假眼的鷹。一隻眼的鷹像獵手般的反應機敏，一旦獲知有人逃跑的消息，立即往長途汽車站掛了電話，讓他們停止發車，自己挎著那架笨重的老式望遠鏡，登上了二樓女宿舍的走道，他的身後緊跟著幾個治保幹部。

公路上渺無一人，路旁兩側的田野裡茂盛的青草隨風起伏，鷹的嘴角浮現一絲冷冷的微笑。他先命令鹿駕駛手扶拖拉機立即出發，在公路上遊弋堵截，然後他又讓一個治保幹部率領十幾名精幹的男職工，跨過與勞改農場交界的那條大河，從田野裡包圍搜尋過去。布置停當，他掃了一眼女宿舍門口眾多的觀望者，轉身下樓回到了連部。

晚飯開飯前，鹿駕駛著手扶拖拉機嘭嘭嘭駛進村子，那個逃跑者被押在車斗上捉拿回來。先不理他！鹿讓治保幹部將逃跑者關進矮平房的治保室，派人看管起來。

晚飯後，鷹在眾人簇擁下走進了治保室。面對垂頭喪氣的逃跑者，鷹拿起了一根很粗很長的麻繩。在場的其他人屏氣斂息，大家都知道，鷹只有在極度生氣的情況下，才會親自出馬去懲罰他的屬下。與那次對猴子象徵性的捆綁不同，這次鷹是要動真格的了。鷹動真格時，將人捆綁在一張木椅上前後要不了一分鐘的時間，麻繩經逃跑者的胸前一套，三下兩下，就結結實實把人像蟹一樣捆紮起來。很粗的麻繩深深勒進了逃跑者的皮肉，三分鐘後，逃跑者的額前已漸漸沁出汗珠，接著很快是滿頭大汗，嘴唇痛苦地顫抖起來。被鷹捆綁過的人，都牢牢記著那種三日不去的深入骨髓的疼痛感和麻木感。鷹見情形差不多了，肉體和精神一齊癱軟如泥的逃跑者微啟嘴唇，只有進氣沒有出氣，於是他揮揮手，示意旁人鬆綁，自己大步走出門去，餘下的審訊工作就交給治保幹部去辦了。

身後的那扇門開啟又關閉，燭光和爭執聲稍縱即逝，四野又歸復平靜。也許是唱累了，遠遠偶爾傳來一兩聲領唱，已無人呼應，孤單的女聲猶如暴風雨過後的幾道微弱閃電，再也形不成緊鑼密鼓的氣氛。我佇立在衛河邊上。一個手電筒漸漸向我搖晃過來。走近後才看清，是枇杷。

這麼晚了，你怎麼還站在這兒？枇杷一副驚詫的神情。

你不是也沒睡嗎？我說。

你已經在這裡站了好久了，我一個小時前去鴨棚的時候就看到你了。枇杷說。

枇杷長得很標致，說話聲音格外悅耳。她的長相讓人覺得，她就應該划著一葉小舟漂在河裡，前面鳧著慢慢移動的鴨群，這是多麼愜意多麼自然多麼公正的一幅畫面。她似乎天生就和田地裡那些重活沒有什麼聯繫。誰也沒去細想，為何養鴨的美差要落到枇杷的頭上。但我想過。起先我以為這一切既然都是鷹的安排，枇杷在鷹眼中的形象也和大家一樣，後來發生的事情才讓人知道，其中有一樣的地方，也有不一樣的地方。

晚上你還要去照看鴨子？一個人不害怕嗎？我說。

來海邊的這些日子，和枇杷一聊起來我會一反常態，膽大，而且話也特別多，說話的欲望特別強烈。

有什麼好害怕的？別忘了你姐姐是老職工，小弟弟，海邊晚上水氣大，你還是早點去睡吧。明天一大早還要上防風林哩。枇杷說。

枇杷其實僅比我大一歲，她也就比我早到海邊一年，但自從我們認識後，她一直在我面前倚老賣老。

你怎麼也知道這件事？我很奇怪。

別忘了我是連裡的業餘播音員。枇杷說。

那？你在海邊種過樹嗎？我問。

種樹……枇杷很迷茫。

就是我們明天要種的那種樹。我提示她。

你說的是扎根樹？哈，怎麼會輪到我呢，別忘了我是什麼人、你是什麼人哩。枇杷的聲音很響，在夜空裡飛行。

那我是什麼人、你是什麼人？我好奇地問。

你不一樣，你是重點培養對象，你們這批人還沒來之前，大家就知道你和熊貓了。你們種了樹以後就可以提幹，入黨，還能比別人多拿三元錢的工資呢。三元錢哪，可以買很多零食，可以買幾十包洗衣粉，你想多幸福啊。枇杷滔滔不絕地說。

那這些條件都給你，你會去種扎根樹嗎？我嚴肅地問。

哎呀——這種事，怎麼會輪得到我呢？枇杷說。

這些條件都給你，你會種嗎？我還是不依不饒地盯住她在黑暗中美麗的眼睛。

——不！她說得很堅決。

為什麼？

我不想把根扎在這裡。我要回家——我爸媽身體不好，哥哥結婚了和我們分開住。我從沒想過要長期待在海邊。

哦，你是孝順女兒。

也不完全是。我從來沒想過這個問題，也沒人要我想。我不明白我為什麼要一輩子留在這個枯燥乏味、永遠看不到希望的地方。

哦，謝謝——謝謝你。我喃喃地說。

5

也許有了那天晚上的談話，我以為，我和枇杷之間發生了一些微妙的變化。

在內心沉重如鉛的關鍵時刻，我的周圍沒有人可以對話。本來熊貓是可以對話的，但這件事情卻無法和他商量。枇杷的直率，使我備受煎熬的內心平靜下來，在人生需作重大抉擇的當口，枇杷的話給了我答案，使我下了決心。從那以後，我的心目中，枇杷就平添了一種親近感，有了一種親人的感覺。每次見面，她都一口一個弟弟，叫得我滿臉通紅。

在海邊，無論年齡，男職工都會把和自己來往密切的女職工叫做「姐姐」。認了姐弟之後，姐姐就會時時想著弟弟，有好吃的給弟弟留著，縫縫補補的活兒，自然都是姐姐包了。所以，在海邊，有姐姐的和沒姐姐的男職工一眼都能看出來，穿的、床上蓋的，乾淨整潔的那是有姐姐的，反之，那一定是單幹戶。當然，姐姐對弟弟的照顧還遠遠不止是生活上的，弟弟都是強勞力，身體裡除了肌肉，還有青春期旺盛的情欲，當晚上弟弟躲進姐姐的蚊帳，撫摸到姐姐豐滿的胴體，聽著隔壁蚊帳裡急促的喘息聲，到了那份上，什麼樣的事情都是要發生的。那時候，鷹規定我們一年只能在春節期間回城探親一次，但很多女職工會找出各種理由軟磨硬泡批出假條，一年中要回去兩次。很久之後，我才知道，當時很多女職工是回城去墮胎的。海邊的姐弟關係，用現在香港媒體常用的一個流行詞來說，就是「拍拖」。現在想來，這種關係還是很時尚很科學的，之所以要以姐弟相稱，就是因為大家誰也不知道將來，誰也看不到前途。我沒有作過調查，海邊的「拍拖」們，事隔多年之後有多少成為夫妻的，但可以肯定的是，大多數的姐弟都是海邊的過客，也是情場的過客。

這就是枇杷叫我弟弟讓我臉紅的緣由。

枇杷幫我洗過衣被，那也是因為鹿的慫恿。他說枇杷你一口一個弟弟，那就應該付諸行動呀，弟弟的被子那麼髒，你也不幫著洗洗？枇杷抹不開面子，說洗就洗，有什麼大不了的。說著便走到我的床邊，拆開了被子裹挾而去。

我不懷疑，鹿是真心希望我與枇杷建立所謂的姐弟關係的。這在以後我要講述的故事中可以得到證明。

除此之外，我還和熊貓一起去過枇杷的宿舍。枇杷住在連部邊上的廣播室，她一開始是單住，後來城裡來了一個帶隊女幹部和她同住。於今想來，枇杷叫我弟弟是合情合理的，在她眼裡，我確實像一張白紙。可悲的是，我是從小患有心理疾病的人，幼年我去醫院做扁桃腺切除手術的時候，那耳鼻喉科大夫和母親談過我的心理問題，他說我是一個過度敏感過度自我過度封閉的孩子，也是敏感到有些偏執的孩子，可惜他的話沒有引起母親足夠的重視。令人驚奇的是在那個年代，那位耳鼻喉科的專家，居然也是一位心理學方面的高手。要知道，六〇年代，即便在西方，心理學也還是一門年輕的學科。

用現在的話來說，年輕時代的我不會換位思考，當然也就無法去解讀枇杷的心思。如果我當時的心理疾病沒有那麼嚴重，如果我稍稍成熟一些諳事一些，我想，也許能阻止事態朝著悲劇的方向發展。

那天晚上，我從衛河邊踏著露水打濕的草地回到房間時，柚子還沒有走。柚子輕輕吟誦著鹿寫成不久的兩句一段的詩歌，鹿已寫了幾百首這樣帶有馬雅科夫斯基風格的詩歌。鹿的詩明朗激越，宛如泉水汩汩流淌，滋潤著柚子年輕而多情的心田。

柚子見我疲疲遝遝踅進來，像是剛剛意識到時間不早了，把手中的詩集一合還給鹿，隨後一蹦一跳地向外走去。途經我的背後，她用日記本敲打了一下我的肩膀：嗨！如同身患夜遊症的我，遭受這突如其來的一擊，猛醒過來，回頭一望，柚子的身影已飄飄忽忽隱沒於夜色中了，留下的一縷馨香經久不散。

柚子走後，鹿很快躺下睡著了，並發出幸福而均勻的鼾聲。我睡不著。眼皮滯澀，思緒卻異常活躍繁亂。留在屋子裡的那股馨香還是那麼濃郁，那麼清晰。我是如此迷戀柚子身上的氣味，我知道我的老毛病又犯了，我掙扎著和自己的內心作鬥爭，只要柚子一來我們宿舍，我總會找到機會偷偷溜走，幾天沒聞到那股馥郁的香味，我又會拚命地想，想得很苦，像一隻沒頭蒼蠅東突西撞，我會用大鍬把棉花樹連根斬斷，我會跑到連裡司務長用來採購物品的驢車前，趁沒人時，用樹枝猛烈抽打驢屁股，可憐那驢被我抽打得亂叫亂踢，那一刻，我覺得自己的內心很陰暗很變態。我為什麼要去虐待那匹驢呢？道理很簡單：我曾搭乘過驢車，毛驢一路小跑過去時，周身散發出一股難聞的騷臭味。我用處罰騷臭味的辦法來排解對那股馨香的思渴。

很奇怪，那股香氣苦苦折磨我的時候，腦子裡會跳出枇杷嫵媚的臉龐，論漂亮，柚子沒法和枇杷比，還有，我非常清楚地知道柚子是屬於鹿的，即便沒有鹿，也還有蝙蝠，哪有我什麼事？我想，倘若走在大街上，柚子屬於那種回頭率很低的女孩，而枇杷的情況則就完全不同了，我敢擔保，走過十個人一定會有九個回頭，沒回頭的那個一定是白癡。枇杷的美幾乎是無可挑剔的。那我為什麼還被那股馨香折磨得死去活來呢？

月色透過窗櫺射進來，映在垂掛的蚊帳上。輕輕搖晃的床使得月色也如同水中的倒影恍恍惚惚。不知何故，漫長而寂靜的這天夜裡，那張床不僅僅因為我的緣故才晃動。上鋪的那個人似乎也一宿沒睡，翻來覆去，和我一起將這張床變成了駛進浪穀隨風起伏的一葉小舟。

天色微明，鹿第一個起床。他起床後過來撩起我和熊貓的蚊帳，把我們也叫醒了。臨近黎明方才迷糊過去的我，在床上輾轉反側，困倦不堪。上鋪的熊貓一骨碌翻身下床，穿衣套鞋，很快拿了一把大鍬走了出去。

我是在鹿的第二次催促下才起床的。我拖拖拉拉遲遲疑疑，起身後看到樓房前面晨霧迷濛的空地上，晃動著幾個影影綽綽的人影。我在床沿耽擱了一會兒，然後下床走過去，從門背後拿了一把大鍬站到了門口。這時，我又聽到鹿在叫喚我的名字：

駱駝呢，駱駝在哪？

我想，鹿也是一個敏感的人，這天他好像有某種預感似地不停關注我的行蹤。

鹿集合好隊伍，簡單地說了幾句，便帶領大家朝村外走去。按照慣例，種過扎根樹的連排幹部都要出席今天的植樹儀式，隊伍稀疏地拉成長長一條。隊伍中沒有柚子，她是唯一一個沒有種過扎根樹的排幹部。這是鹿為她力爭來的特權，但也為以後柚子的背叛埋下了伏筆。

隊伍走到村口拐彎的時候，我落在了末尾，這時我想解手，還欲望強烈。我猶疑片刻，轉身朝孤零零蹲伏在原野上的那間茅屋走去。

我走進那間茅屋，就再也沒有出來。我在裡面待了整整一個小時。

這一切都不是我預先設計的，我事前沒想得那麼周到。但那一刻的抽身而去，卻是我本能的反應，它符合我內心的抉擇。

我猜測，鹿帶領隊伍走到防風林的坡下時，天色應該已經大亮。身材頎長的鹿回頭一望，馬上就會發覺有什麼地方不對勁。他大概會停下腳步，挨個將隊伍裡的人員清點一遍。他的目光一定如電如炬，逐個搜尋過去。

最後，他差不多應該走到熊貓跟前，我能想像出他臉色異常難看、鏡片後面閃爍著嚴厲目光的那副神情。

怎麼回事?!鹿發火的時候常常這樣問道。

熊貓的目光瞥向一棵晨風中的小草。

駱駝對你說過什麼嗎？你有什麼事情沒有向我彙報嗎？

……為什麼？為什麼你的搭檔是一個可恥的逃兵?!

……

幾年後時過境遷，我向熊貓求證那天早晨我逃離隊伍後的情形，得到的結果居然和我的猜測一模一樣。

我祈願鹿的在天之靈能夠寬恕我，我辜負了他對我過高的期望，我在那個早晨給他丟了臉出了醜。

一九七七年中國大陸恢復高考制度，在第一批離開海邊的人群中，有一個名叫鯨魚的人。因同在一所大學裡，又有幾個相同的朋友，他後來與我交往密切，畢業後幾十年的時間裡，他的事業愈做愈大，最終變成了億萬富翁。但就是這個鯨魚，是他所在連隊第一個種下扎根樹的新職工。從那以後，短短的一年時間，他就完成了人生的三級跳：入了黨，從副排長、排長、副連長，一直升到連長兼支部書記。當時的海邊，他的名聲遐邇皆聞，誰都知道這個海邊最年輕最能幹的青年幹部。

在樹蔭遮天的大學校園的甬道上，我曾詢問過鯨魚當年種扎根樹時的內心感受，我問他那時候想沒想過一輩子留在海邊，內心深處有沒有矛盾過，有沒有猶豫過，後來恢復高考制度，又是任何平衡自己內心的？我怎麼也猜想不到鯨魚的回答，讓我猜一百遍都猜不到。

鯨魚沉吟片刻，許久，他的眼神從鏡片後奇怪地打量著我，他用一種怪模怪樣的語氣說：

你能不能不要問這麼幼稚的問題，你能不能心智成熟一點好不好呵？

我傻了。那一刻，我覺得自己真是一個弱智。

6

雨點淅淅瀝瀝打在塑膠布遮蓋的簡易頂上。幾十隻雙人床拼湊在一起搭成的臨時住所像是敗軍之營，在遠離樓房的一片空曠地上散漫地分布著。油布和塑膠布依靠竹竿的支撐，經風一吹，鼓鼓的，猶如野地裡盛開的碩大無比的蘑菇。

連裡所有的人都撤離了樓房，箱櫃也轉移到臨時住所，偶爾，會有女職工不顧一切地跑回樓房去拿遺留的雜物。

一個星期以來，地震和海嘯將臨的消息不斷傳來。恐怖的氣氛緊緊攫住每個人的心。那種等待災難降臨的不祥之感和無奈情緒到處瀰散，令人窒息，令人發瘋。男女職工們糾集龜縮在臨時宿營地，打牌喝酒，發出一陣陣嚎啕怪叫聲，聽後叫人毛骨悚然。

長長的海岸線在戰慄。綿延的防風林在顫抖。此時此刻的海邊，酷似一座煉獄。暴怒的大自然隨時可能舉起懲罰之鞭。所有廁身其間的生靈們的爭鬥，都不過是徒勞的小伎倆。

叭！皮帶抽打腿腳的尖嘯聲驟然飛來。

迷迷糊糊的我不由得一驚，緩緩睜開眼睛。一根很寬的棕黃色皮帶高懸在我視線的上方，我閉上眼睛，叭！又一聲皮帶抽在皮肉上的刺耳聲音。

長時間的停頓。我微睜眼瞼。

皮帶高懸然而久久未落。視線艱難地下移，扭作一團的猴子，捂著收縮起來的腿腳在床沿翻滾，面容古怪得讓人很難辨別他表情裡的含義。皮帶無力地垂落下來。視線旁移，沿著一條長長的臂彎向上攀援，鬈曲頭髮覆蓋著的犀牛黑亮的額角進入畫面，視線順著鼻梁下滑，停留在蠕動的嘴唇上。犀牛稜角分明的臉龐側影退出畫面後，皮帶又高高上升，上升，升到視線抵達不了的地方。這時，猴子從床上一躍而起，發出虎嘯般的吼聲，朝畫面的右側撲去，叭！皮帶堅決地落了下來，猴子來不及閃身躲避，後背又遭受了重重的一記鞭打。

來，你再來呀，犀牛冷酷無情的面容重新占據視線的核心部分。你來呀，犀牛甩了一下皮帶，咬牙切齒地說。

不玩了，我不玩了。猴子伏在床上嗚咽道。

坐好！犀牛說，你坐不坐好?!

猴子起身坐好，臉上竟然漸漸綻開笑容。

你老實不老實？犀牛邊說邊在猴子的腿腳上又抽了一下，這一下並未真正擊痛，倒是鐵製床架發出了清脆的回音。

好了好了，猴子的眉頭皺了起來，不悅的臉上尖突的嘴咕咕噥噥。

噢，打你不得，你又要生氣，你生氣好了。犀牛板著臉，皮帶左右開弓，劈劈叭叭火星迸濺。

猴子的臉上迅疾又綻開古怪醜陋的笑容，彷彿一朵色彩淫逸的鬱金香，迎向臉色鐵板的犀牛，是諂媚，又像是挑逗。

古怪的媚笑使事情的性質變了，如果朝一個願打一個願挨的方向發展，就大大削弱了原先場面的緊張性和觀賞性。我對皮帶膚淺庸俗的上上落落失去了興趣，閉上困頓酸澀的眼睛，昏沉沉睡去。

熊貓進來的時候天色晦冥不堪。他低頭彎腰，鑽進塑膠門楣垂掛的宿營地，脊背和雙肩被雨水淋得很濕。儘管他輕手輕腳，我還是在床架的搖晃中漸漸甦醒。

從連部開完緊急會議回來的熊貓，在這天開晚飯之前，悄悄透露給我一個消息：半夜全連可能要上防風林搶險。

從熊貓嘴裡知道，現在的情況已經非常危急，暴怒的海水漫過了兩道堤壩，防風林是阻止海水繼續朝內陸滲透的最後一道屏障。防風林不能垮，鷹在連部會議上斬釘截鐵地說，防風林一垮，海邊的所有連隊所有人就沒有一個可以倖存的。熊貓拿著飯碗走出宿營地時，告誡我吃了晚飯早點睡覺，並準備好雨披和工具。

熊貓種了扎根樹之後，成了連部機關領導層的當然成員。他雖說還沒被任命什麼職務，但大大小小的會議他都要參加，大大小小的事情他都比別人早知道。

那次從防風林回來，熊貓對我的態度似乎什麼都沒改變，他還是一如既往地和我一起合夥吃飯，我們倆的飯菜票也依舊放在一起，輪流由一個人保管。我們之間沒有任何交流，但我很清楚，維繫我們之間關係的紐帶鬆掉了，有什麼東西在悄悄地流失。

至於鹿呢，他也只是有一天突然掀開我的蚊帳，怔怔地看了一眼臥床不起蒙頭大睡的我，嘴裡支吾了一陣，欲說還休地走開了。

我一直等待著讓我搬出這間屋子的指令。我已作好了充分的心理準備。想到以後要被塞進七、八個人合住的骯髒不堪的某間男宿舍，想到要和好朋友熊貓分開，曾經是攜手並肩的同路人，從此將要離開各住不同的宿舍，我的心裡不由得黯然無比。一星期、兩星期，歲月流逝得緩慢而又湍急，一些日子過去了，並沒有人要我搬出這間屋子。一切都好像什麼也沒發生過似的。原先寡言少語的熊貓和我在一起，話反而多了，鹿也時不時找機會走來與我搭訕幾句，開開玩笑。我起先很有些為此而感動，我覺得自己沒被他們拋棄，他們沒有歧視我，沒有因為我的逃跑行為而遠離我。我不知道在沒讓我搬出去這件事情上是誰起了作用，但我心裡面卻是很感激熊貓、鹿，甚至是鷹的。

漸漸地，敏感的我還是察覺到了一些細微的變化。比如，鷹再也不輕易跨入我們這間屋子，碰到什麼事，他總是用尖嗓子召喚他的兩名屬下，每每此時，熊貓和鹿總是立即應召而去；再比如，以前鹿談論連裡的工作從不迴避我，而現在鹿和熊貓很少在我面前談論正兒八經的事，他們似乎都在外面談完了才進入這間屋子。有好幾次，我看到鹿和熊貓面對面站在衛河岸邊，神情嚴肅地談著什麼，他們迴避我使我覺得他們談論的話題似乎與我有關，所以當他們談完了回到屋子來，顯得異常輕鬆地和我攀談幾句，我自然而然覺得他們的行徑是多麼的虛假和偽善。當我察覺到這些猶如暗流般潛伏在河底的變化之後，內心豁然明朗起來：熊貓的多言和鹿的愛開玩笑其實不過是一種憐憫自己的高姿態。他們只是像可憐一個落魄者，可憐一隻迷途的羔羊那樣來可憐我，沒話找話地給我四周編織起一道錯覺的網。將這一切想通之後，我感到十分恥辱，更加鬱鬱寡歡，常常在熊貓和鹿去隔壁房間或開會或閒聊的時候，躲進蚊帳看書，記筆記。

如果不是有一天柚子突然闖進屋來，如果不是膽大妄為的她一把搶走我的筆記本，也許陷入苦惱之中的我，不會很快改變這種鬱鬱寡歡的狀態。

柚子奪走我的筆記本，在屋子裡大聲地朗讀起來：

我沒去防風林，我是一個逃兵。逃兵就是罪人吧？我為什麼要當逃兵？但我為什麼要去防風林？我不想把根扎在海邊，海邊不是我想要長久駐留的地方。海邊沒有我所期待的一切。我期待什麼呢？我渴望飛。我要飛，飛，飛。

我惱怒萬分，急速穿好衣服跳下床來，柚子已將我的內心獨白非常舞台化地念完了。我一把奪回筆記本，臉色通紅通紅。我是真的生氣了。

柚子見事情有些糟糕，趕緊走過來，態度誠懇地說她也是一名逃兵，她也沒有種過扎根樹。

我驚訝地緩緩抬起頭，我從柚子靈秀的臉蛋上看不到一絲一毫開玩笑的跡象。我與她美麗的眼睛凝然對視的剎那間，我的心一熱，迅速移走了視線。但那可怕要命的馨香又開始來困擾我了。

那鹿可是種過扎根樹的呀。我莽撞地脫口而出，好像要力圖甩掉那香味。

他種過扎根樹跟我有什麼關係？柚子忽閃著黑眼睛說，一道淺紅浮上了她的臉腮。

柚子的反詰給我留下了深刻的印象。它讓我模糊的雙眼撥開雲層，窺探到迷霧籠罩的隙縫。不過，我對她的話依然似懂非懂。礙於羞怯心理和當時的情形，我沒有再繼續追問下去，我讓謎一樣的疑問在腦海裡轉動了幾下，留存於心中。

這一天柚子的闖入不僅僅是對我所棲身的這間屋子而言。柚子的闖入是深入的，全面的。它扭轉了局勢，安撫了一顆悸動的心靈。有女排長柚子作為參照對象，我沉重的心理負擔開始變輕，繼而有種如釋重負的輕鬆感。

熊貓透露的風聲在這天夜裡得到了應驗。子夜時分，一聲哨子緊急吹響。接著，噹噹噹的鐘聲穿越雨幕中的曠野久久迴蕩，啟動引擎的拖拉機猶如萬馬齊鳴，轟鳴聲震耳欲聾。

披著雨披的鷹和鹿大聲吆喝著，挨個叫起被窩裡熟睡的男女職工。他們不容商量的口吻預示著情況的緊急性和嚴重性。

我被推醒後，懵裡懵懂聽到嘩嘩的雨聲和急促雜遝的腳步聲。幸好有熊貓的提醒在先，我忙亂中還是找到了雨披和工具。走出宿營地，拖拉機頭打出的兩束強光前，已站滿了手持大鍬和籮筐扁擔的人們，瓢潑大雨在兩束橫射的光柱中紛落如注。

鹿清點人數，發覺少了犀牛和柚子。經詢問，柚子已發燒數日，而犀牛稱病不起，沒人再敢去叫他。鹿低聲和鷹說了幾句，鷹的眼光在雨水模糊中變得冷酷無情，他尖叫一聲，讓鹿去把那兩個真假病號全部叫起。

幾分鐘後，在這個天昏地黑大雨滂沱的深夜，裝病的犀牛和燒得暈暈乎乎的柚子，一齊被人架上了擁擠的拖拉機。

燈束四處搖曳晃動，噹噹的鐘聲還在原野上迴響。風狂雨驟，泥濘的道路坑坑窪窪，拖拉機載著滿滿的一車人顛簸前行。淒厲的風劈面而來，刮在人身上發出嗚嗚的尖嘯聲。

我瑟縮著腦袋，擠在人堆裡，身體隨車晃動。我眼睛眯縫著，借助一束手電光，看到病病懨懨被人攙扶著的柚子。隨著昏冥的腦袋漸漸清醒，我開始意識到這群人要到什麼地方去，要去幹什麼。熊貓曾經對我說過，海邊發生地震是最可怕的。據資料記載，一百多年前，這一帶發生過八級地震，海嘯緊隨在後，漫天的海水浩浩蕩蕩吞沒了縱深幾百里地的內陸。

希望是儀器測錯了，熊貓目光幽幽地說。在那一瞬間，給我的感覺好像是一場賭博，賭注就是海邊幾萬人的生命。

那為什麼不能撤走呢？我問。

來不及了。再說防風林需要有人看護，我們一走，後面的老百姓勢必引起騷動，沒人會去管防風林。熊貓這樣說的時候儼然是一個主留派。

儀器假如沒有測錯的話。我們不是在等死嗎？我追問道。

你不要想得太多，熊貓皺起了眉頭，有沒有地震，多少級，離這兒遠不遠，都還是個未知數，通知僅說這一帶近日可能發生地震，僅僅是一種可能。

熊貓在說這些話的時候顯得很沒有信心，所以我的神情有些煩躁。

我沉默了。我不想再與熊貓激辯下去。我從熊貓所表現出的不自信當中看到：主宰海邊幾萬人生命的是一股神祕巨大的、超越整個海邊指揮系統之上的自然力量，面對這股不可抗拒的力量，連部、場部乃至更高的權力機構都無可奈何，都不過是聽任命運安排的一坯黃土。既然如此，我又何苦要去刺激表面鎮靜、內心紊亂的熊貓呢？

拖拉機在兩束射得很遠的強光照耀下艱難爬涉前行。從四周彙集過來的微弱燈光明滅閃爍，在風雨肆虐的黑洞般的荒原上苟延殘喘。看來海邊的幾萬人現在都出動了。這種架式表明防風林危在旦夕，海水恐怕是漲上來了。我不知從哪本書上看到的，地震之前往往伴隨狂風暴雨，不要說幾萬人，就是幾十萬，幾百萬，幾千萬人，也統統是瞎折騰瞎忙乎，大海只要打一個噴嚏，無論多少人，意氣再奮發，無一可以逃脫葬身魚腹的慘烈下場。拖拉機穿過暴風雨的茫茫黑夜，像載著一車昏昏沉沉的醉漢，穿過長長的隧道，朝死亡之海駛去。真是一場僥倖碰運氣的賭博，我望著東倒西歪的許多頭顱，渾身感到冰涼。難道就這麼完了？我莫名其妙選擇通往海邊之路其實是一條死亡之路？什麼都還沒有開始就要草草結束了？我還沒有盡情呼吸過清新的空氣，馥郁的花香，我還沒有胃口大開盡情品嘗過美味佳餚山珍海味，我沒還有尋找到一片供我自由飛翔的天空，實現我人生的蔚藍的夢想，我甚至還沒有……愛過，還沒有占有過異性的胴體，還沒有暢飲過愛的美酒，並為此而深深沉醉……就這麼完了？生命就這樣單調無聊？這樣的安排豈不是太不公平了？在我還沒有觸摸愛之前，先讓我觸摸……死。二姨媽的死，讓我看到了遙遠的地方稍縱即逝的一道陰森森的白光。但那離我很遠，離我的生命軀殼以及靈魂都很遙遠。現在則不同了，死就伺伏逡巡在前方，它陰險地等候我前去，它要掠走我的生命其實很容易，很簡單，以後太陽升升落落，人類生生死死都與我無關了。我還會以某種物質形態出現在世上嗎？我還會來人間走一遭嗎？

拖拉機笨重地駛過一座橋面，機身下坡讓我的心不斷下沉。拖拉機再往前爬行一段路，就到了防風林。霎時間，狂風漫捲樹林的呼嘯聲一陣陣如雷貫耳。備受風雨鞭笞的綿延無邊的林帶東倒西歪，宛如敗軍之陣，堤岸上的刺槐樹或枝條折斷，或根鬚暴露，昔日巍峨的氣氛消失得無影無蹤。一大片一大片的堤壩泥土被沖走，海水要漫過這最後一道屏障，後果將不堪設想。幾萬大軍的任務就是要用泥土和草包堵住那些缺口，加固危險地段，增高堤壩高度。

我隨著人流湧上防風林，目光急切地恐懼地尋找漫過來的大海，然而黑壓壓的前方什麼也看不見，只有風聲雨聲從四處鋪天蓋地地席捲過來。

暴風雨停止咆哮是東方漸白的黎明時分。長長的堤岸上，蠕動的疲憊不堪的人流漸漸明晰起來，從天地的那一頭蜿蜒過來，又伸展散落到天地的另一頭。奮戰了幾個小時的海邊人，渾身被泥水澆過似的面目不清，很多人都光著腳，在泥濘的防風林上啪唧啪唧艱難移動。曙色漫過來以後，我第一次看到了大海。那時候的我已腿腳發軟，全身無力地仰天斜躺在堤坡上。黃黃的海水急劇後退，已退到了天邊，在那兒緩緩喘息游動，像是縱欲過度後的平靜如初。

水天一色。遼闊無比的海面被曙光塗了一層亮色，熠熠閃耀，明淨光滑得像綢緞，像美人的肌膚。人是一次次劫難後遺留於天地間的倖存物。我這樣想。

警報在這天中午解除了。六級地震發生於昨晚距海邊幾百公里外的一個縣城。沒有人員死亡。

第二章　狼

1

馬隊從南北兩個方向成鉗形朝海邊飛速包圍過來。塵土在雜遝的馬蹄聲中洋洋灑灑。偶爾還有一兩聲槍聲傳來，使得寂靜的海灘上驚起幾隻灰褐色的海鳥，聒噪著發出翅羽拍擊長空的清脆而不安的聲響。

一群身穿軍衣、理著光頭的勞改犯手持各種工具，龜縮在一間臨近運河邊的矮平房內。他們一個個神情緊張，屏氣斂息，靜聽馬隊奔馳的蹄聲由遠而近。

走，上古堡去！一個領頭的勞改犯一腳踹開木製的房門，把手一揮，牆角被推出一個五花大綁的勞教幹部。他十八、九歲模樣，嘴裡被塞了團回絲②，怒瞪著雙眼，在幾個勞改犯的推搡下，步履踉蹌地朝外走去。

馬隊穿越茅草地斜刺裡又向運河，茂草的海洋淹沒了奮勇向前的馬身，只留出腰背拱曲的士兵在草叢之上浮游。馬隊爬上高坡的時候，士兵們看到，隔著運河，一溜勞改犯倉皇跑向一座高聳雲天的碉堡。一名士兵舉起了衝鋒槍，被一個當官的阻止了。因為他從望遠鏡裡看到了那個年輕的被劫持的勞教幹部。

勞改犯在碉堡的門洞裡魚貫而入，隨後關閉了鐵皮包裹的木門，用幾塊巨石鎮在門後。一小時後，兩列馬隊迂迴過來，將荒原上的這座孤零零建築物團團包圍起來。大汗淋漓的軍馬長途跋涉後猶如奔馳過猛的列車，一時難以煞車，它們圍繞著古堡繼續散漫地小跑，或打著粗重的響鼻，或仰頭高抬前腿，發出幾聲嘶鳴。

士兵們開始喊話。

勞改犯們蹲伏在碉堡的頂樓，從牆孔裡窺視耀武揚威的馬隊來回疾駛。不一會兒，在帶頭鬧事的那個勞改犯的指使下，勞改犯們對士兵們的喊話給予了回答：他們將五花大綁的勞教幹部順著一杆旗杆像面旗幟似的高高吊起，兩個勞改犯手拉一根粗痲繩，隨著士兵們勸降的喊話節奏讓勞教幹部在旗杆上滑落上升，滑落上升。年輕人頸脖被勒得愈來愈緊，嘴裡又被回絲塞住，呼吸極為困難，臉色憋得豬肝一樣紫紅。

雙方對峙著。一小時，兩小時。一天，兩天。

懸掛在旗杆上的年輕人垂下了腦袋，像一棵蔫了的向日葵。勞改犯們也一個個意志頹廢，圓睜雙眼，向下望著碉堡四周安營紮寨的士兵們咀嚼餅乾和豬肉罐頭。

這天晚上，勞改犯們於午夜時分悄悄打開了木門。他們借助依稀的月色，朝散布四周的帳篷偷偷匍匐過去。

②紡織過程產生的廢料，可回收利用。

他們撂倒一個持槍的哨兵後才發覺事情不妙，那個哨兵原來是用茅草紮成的。勞改犯們剛闖入士兵們的帳篷，幾十支手電筒一齊從草叢裡射過來，他們明白中了計，急速後退已來不及了，通往碉堡的小徑被一排持槍的士兵堵截了。除了領頭的和另外幾個為數不多的勞改犯，所有的暴動鬧事者一併被拿下。

半小時後，這些勞改犯們狼吞虎嚥地咀嚼士兵們施捨給他們的食物，暫時忘卻了以後難以逃脫的懲罰，對眼前一時的滿足眉開眼笑。

第二天凌晨，碉堡頂端傳來一陣咆哮聲。那個領頭鬧事的勞改犯像頭困獸般來回逡巡，他一手提著一根皮帶，一手端著一把從勞教幹部那兒繳獲過來的手槍。他用皮帶抽醒兩個迷迷糊糊的勞改犯，然後命令他們放下那個年輕人。

碉堡四周被吵醒的士兵和昨夜做了俘虜的勞改犯們紛紛鑽出帳篷，抬頭仰望那個雄獅般發怒嚎叫的人，不知他要幹什麼。

那個年輕人被推至碉堡堞牆前，飢渴和折磨已使他軟癱如泥，不過他還是強打起精神，回過頭來朝身後那個傢伙狠狠瞪了一眼。

不許回頭！領頭鬧事的勞改犯大吼一聲，抬起腿往年輕人的屁股上踢了一腳。然後，他用手槍頂著年輕人的腦殼，朝下面大喊大叫。他要士兵們派人送水送吃的，他要部隊撤離海邊，若不答應他的條件，他將立即把那個勞教幹部從碉堡頂樓推下來。暴怒的、瘋狂的勞改犯的頭兒一邊嚎叫一邊還用手槍托敲砸年輕人的腦袋。年輕人痛苦得緊閉雙眼，發出嗚嗚的呻吟聲。

部隊沒有及時作出反應，碉堡頂端的那個狂人開始用皮帶抽打年輕人。帳篷內，部隊當官的正緊張地商量著對策，叫罵聲不斷從碉堡上傳來。

備受凌辱的年輕人似乎並未屈服於強暴，他在皮帶落下後疼痛難熬的間隙，依然回頭去怒瞪身後的人。他的目光雖說已不如以前那樣炯炯有神，那樣懾人心魄，但還是保持了幾分威嚴。他的不屈更加激怒了那個亡命之徒。

不許回頭！不許回過頭來！你再回頭老子挖掉你的眼睛！皮帶在吆喝辱罵聲中雨點般落在年輕人的身上。年輕人的衣衫被抽得綻開，肩胛上露出一道道血印。但雨點般的鞭打一停下，他還是倔強地轉過頭，目光狠毒地瞪視那個人。

部隊幾個當官的商量好對策，從帳篷內走出，這時，他們聽到碉堡頂端傳來一聲撕心裂肺的慘叫。

他們趕緊抬起頭，看到那個狂人一隻手摁住年輕人的頸脖，另一隻手伸張兩隻指頭，像一雙巨大的蟹鉗扎進年輕人的眼眶，手指輕輕一勾，水汪汪的眼球便彈了出來，血像噴泉似的從年輕人的眼眶裡傾注而出。年輕人的身子搖晃了一下，臥倒在堞牆上，兩個勞改犯欲上前去扶持，又恐懼地不敢挪動雙腿。

帳篷門口圍觀的勞改犯和士兵們紛紛低下了頭，不忍目睹那一幕慘狀。

部隊當官的迅即命人送水送食物去碉堡。水和食物是由兩名勞改犯拿著的。碉堡大門打開的一剎那，埋伏在草叢中的士兵一躍而起，箭鏃一般射向門口，用槍頂住開門人的咽喉。隨後，兩名勞改犯在士兵的威逼下慢慢向碉堡頂樓爬去。

那個咆哮的狂人發覺樓梯口有人上來時已經晚了，兩名勞改犯的身後伸出了一支黑乎乎的槍管，裡面的子彈一發不漏地全部射進了他的身體。

事後驗屍時軍醫數了數，那被斃的領頭鬧事的勞改犯身上，留下了數十個槍洞。

那個被剜了眼珠的青年管教人員就是鷹。因為在這次平暴行動中的傑出表現，他受到了特別嘉獎。

那次暴亂距今大約二十年。

2

被海邊人叫作古堡的那座孤零零矗立在荒原上的碉堡，據說是當年日本人從海上漂過來，爬上陸地後建造的。日本人為什麼要在這塊人跡罕至的地方造一座碉堡，一位研究二次大戰史的專家搖搖頭，面對我的提問，表示無可奉告。

這漫漫灘塗幾百里，蘆葦茅草一望無際，即使站在砲樓的頂端，也只見海風浩蕩，草浪滾滾，野兔出沒其中，海鳥翻飛其上。從軍事意義上考慮，倘若作為瞭望迎候海上船隻的耳目，它又似乎離海邊太遠了。事實上，翻開歷史書，日本人除在一九三八年夏天有一個中隊編制的士兵從附近海面登陸外，以後數年間便再也沒有利用過這片綿延百里的灘塗。要有地圖的話一望而知，這是一個死角。日本人當年匆匆而過，卻要在這無人區費盡艱辛，不知從何處運來磚塊水泥，建造一座沒有實用價值的碉堡，莫非想為大日本帝國樹起一塊豐碑，以便於從飛機上鳥瞰沿著海岸線長長綿延的這片灘塗時可以滿足一時的虛榮，或者是那支登陸部隊的長官倏地心血來潮，想為他日後領取勳章留下一個佐證。排除這些想入非非的猜想，只有一個解釋是說得過去的，那就是當年日本人在大舉進攻中國大陸的時候，曾考慮過把這一塊死角作為俘虜營或天然監獄，在這兒挖些萬人坑的話，活埋成千上萬的抗日將士，恐怕是天不曉地不覺的祕密了。

有意思的是，二十年後，當二次大戰的硝煙在人們的記憶中漸漸變得遙遠之際，這片擁有漫漫灘塗的死角，真的悄悄地建起了一個犯人基地。而荷槍實彈的看押犯人的士兵就站在高高的碉堡頂樓，用望遠鏡嚴密監視那些蘆葦叢中慢慢悠悠捆紮茅草的重刑犯。

不知道在海邊建立服刑地這個點子是否受到當年日本人的啟發，事實證明它是合理的和有預見性的。自服刑地建立後的幾十年間，勞改犯在這塊荒涼的土地上，發動過大大小小的騷亂和暴動，但沒有一次不以他們的慘敗而告終。最嚴重最危急的一次暴亂發生後的結局，就是蘆葦波蕩裡橫屍幾十具。而這兒所發生的一切，都被呼號的海風掩沒捲走了。犯人們漸漸懂得了權衡利弊，他們開始學乖變老實，忍受歲月的流逝和繁重的體罰。從善的道路給他們帶來人生的希望，在他們漸漸變得馴順且步入晚景之時，政府允許他們成家立業，繁衍子孫。嫁給這批人為妻的，多數也是從良的婦女和附近窮得沒一件衣服遮體的農家姑娘。當這批人再也不可能成為不安定因素之後，部隊撤走了。那座碉堡經年歷月的廢棄不用，日曬雨淋漸漸頹圮，堞牆磚塊紛紛掉落，木門倒塌雜草叢生，一座曾經高聳入雲驕傲無比的建築物失去了昔日的威風，如條喪家之犬，被遺棄在天地之間。狂風呼嘯的雨天，碉堡嗚咽著，那巨大的聲響在曠野上飄來蕩去，宛如一個孤魂，陰森可怖。

古堡常常鬧鬼，我到海邊後聽司務長這麼說過。司務長是一個膽小謹慎、人緣頗好的老知青，他對我這麼說的時候神情很虔誠。司務長的胸前總掛著一枚小小的從不示人的十字架，他對我說過他是一個教徒，因為有一次洗澡時，我不小心看到了那枚十字架。

司務長告訴我，那天他一個人駕駛手扶拖拉機從外採購蔬菜回來，抵達海邊已是陰雨綿綿的黃昏時分。臨近運河橋面的時候，雷電大作，雨勢突然迅猛起來。渾身淋得精濕的司務長在拖拉機慢慢駛上橋面的時候，憑藉拖拉機的燈光，看到前面站著一個女人。於是他大聲嚷嚷讓她靠邊，女人置若罔聞，仍舊站在橋中央。司務長趕緊急煞車，抹了抹雨水涔涔的臉，發覺那女人不見了。那時他以為自己眼花看錯了，不料拖拉機下坡後那女人又突然出現在前面，這時已無法煞車，心地善良的司務長急中生智，一手緊握拖拉機把手，另一隻手伸出去推那女人，殊料司務長用足力氣伸出手去，只摸到軟軟的一團衣服，衣服裡面空空如也，他使勁抓也無法抓到那個女人，女人就像稻草人似的在地上生了根一動不動，他只能眼巴巴地聽憑拖拉機從那女人身上輾壓過去。女人滾向輪下之前，司務長清晰地聽到了她俯在他耳邊說的一句話：去救救孩子——

拖拉機徐徐停下，司務長返身上坡，只見坡上除了一灘淋漓的鮮血之外什麼也沒有。司務長正處於重重迷惑之中的時候，從古堡方向傳來嬰兒的啼哭聲。他急速跑向古堡。他在古堡內上上下下找尋了半天，嬰兒的啼哭聲似乎就在他四周盤旋，但他怎麼也找不到嬰兒。他在走出古堡的時候，被什麼東西滑了一下跌倒在地，他伸手一摸，是粘乎乎的什麼東西。走到拖拉機前，借助車燈司務長伸手一看，才知道手上沾滿了鮮血。他恐懼之極，跳上拖拉機加大油門朝連隊疾駛而去，一路上他不時回頭，覷望身後黑魆魆的大路和那座陰森森的古堡……

司務長的故事並未真正引起我的注意。我不懷疑司務長為人的誠實，我只是覺得人處某種特定環境，譬如風雨交加的夜晚，是會因為害怕或孤獨而產生幻覺的。後來枇杷悄悄告訴我的一件事，使我的態度變得猶疑起來。

我後來才知道，那段時間枇杷一直心神不寧，常常失眠。在她內心孤立無援的時候，作為她的「弟弟」——我卻毫無感覺，於是她只能鼓起勇氣來找我。

枇杷自從和我姐弟相稱後，對我一直是備加關懷。她常常拿走我的被單蚊帳，去河邊洗濯乾淨，曬乾後又悄悄地送回來。由於勞動強度大，消耗大量體能，加上光吃素菜沒有油水，到海邊半年，我每餐居然能吃一斤飯，以至於定糧常常不夠，枇杷原本飯量小，她又不下田，最多是搖著一隻船將鴨群趕往運河深處放養，於是，她經常把多餘的飯菜票塞給我。枇杷比我大，枇杷所給予我的照顧，在我看來，更多意義上是一種姐姐對弟弟的情感。海邊不乏姐弟相稱的冒牌，那其實是臨時湊合的情人關係。而枇杷和我心裡都明白，我們不是拍拖，儘管很多人眼中也流露出對我們之間關係某種心照不宣的態度。直到最後，枇杷和我的關係都非常的純潔，充其量只能算作是一種較為默契的友誼。枇杷天生標致，她酷愛表演和朗誦。海邊有一次舉辦賽詩會，我為她寫了一首題為《大鍬歌》的詩，這是枇杷跑來要我幫她寫的。我非常清楚寫這樣的詩歌鹿最擅長，但我無法拒絕枇杷。枇杷背誦這首詩的時候，把我叫去就某些句子提出了修改建議。我聽從她的建議逐句進行了修改。後來她又邀我留下來，成了她朗誦的業餘導演。我們合作得很好，友誼就這樣不斷的加固。為了酬謝和回報枇杷對我的照顧，我也常把家裡寄來的巧克力或香腸之類的東西送去給枇杷。那麼，如果沒有發生後來的事，我和枇杷的關係會不會朝情人方向發展呢？

我得承認，私下裡我無數次想到過枇杷。奇怪的是，每次腦海裡一出現枇杷的形象，一股股濃郁的清香就會襲來，它們環繞著我的全身，環繞著我的靈魂，像迷魂藥一般攪得我顛三倒四，魂不守舍。那時候的我，內心深處一種癲狂狀態，但在熊貓和鹿面前，我還只能裝得很平靜。我把自己偽裝得很好。在當時的這種狀態下，我怎麼會去洞察到枇杷的反常，怎麼會知道枇杷一直在尋找我呢？

篤，篤，篤，枇杷終於在晚上十點敲響了我們宿舍的門。

是鹿跑去開的門。我和熊貓都躺在床上沒動，可能是覺得這麼晚了，沒人會來找我們。鹿在門外低聲嘀咕了一陣，返身進來，撩開我的蚊帳，大聲說：你姐姐來找你了！

我匆忙穿上衣褲，跟隨枇杷來到衛河邊。月色撩人，河水粼粼。我記得，種扎根樹的前夜，我和枇杷也曾在這裡相遇過。一晃兩年過去了。枇杷神色憂鬱，她告訴我近來她常常失眠，常常在睡夢中聽到嬰兒的哭聲，還常常覺得深夜有人在她門外徘徊。我問她怎麼會這樣的？她說自從上次遇到一件怪事後就變成這樣了。

在枇杷的記憶裡，那天，她是在暮色降臨的傍晚駕船途經古堡的。黃昏中的運河霧氣嫋嫋，鉛灰色的河面流動著瀲灩黯淡的波紋。羽毛未豐的鴨群昂頭嫋水前行，枇杷手持一根竹竿將小船緩緩驅動，兩岸斜坡上迎風搖晃的蘆葦紛紛朝後退去。就在這時候，枇杷聽到了岸上傳來一陣陣嬰兒的淒絕悲啼。枇杷迅即駕船靠岸，登上斜坡，枇杷的眼睛分別有四百度和五百度的近視，環顧暮色蒼茫的曠野，她無法看清目標。機敏的枇杷只得循聲尋去，她沿著彎彎曲曲的土路走了許久，不經意已來到古堡跟前。

太陽早已墜落，地平線遼遠的地方呈現微弱的天光，暮色籠罩下的古堡灰不溜秋，瑟縮著蹲伏在那兒，像個古怪的巫婆。

枇杷踩過茅草地進入古堡時，感到一股陰氣撲面而來，她那時候曾經回頭瞭望天色黯淡的曠野，她的腳步遲疑地徘徊不前。奇怪的是，哭得死去活來的嬰兒彷彿聽到逐漸走近的腳步聲，他（她）竟然放低嗓門，讓啼哭聽起來像一種輕輕的呼喚。我不知道枇杷這天傍晚時分走進古堡的經歷，與她以後的不幸有什麼內在的聯繫，我只是常常會有這樣的念頭：倘使那天枇杷感到害怕了，膽怯了，她退出了古堡，或者她不去理會那嬰兒的啼哭聲，她是否會成功地避開那朝她大步走來的劫運呢？

在那一刻，嬰兒低低的哭聲，呼喚般的嗚咽將她深深地迷住了。薄暮中的嬰兒啼哭聲帶著悲涼和惆悵，感染了酷愛朗誦的枇杷一顆多愁善感的溫柔心靈，使她忘掉了隻身一人的害怕，她在一陣陣迷人的召喚之下，借助從古堡頂樓斜射下來的一縷微光，沿著盤旋的石級攀援而上。離開頂樓還有一層的地方，枇杷停住了腳步，然後她貼著圓壁磚牆拐進深處。古堡四周的瞭望孔隱隱約約透進些微亮光，幫助眼睛近視的枇杷漸漸適應了幽暗的環境，她看清一堆乾草鋪上蠕動著一件軍大衣，啼哭聲就是從軍大衣下面發出的。那會兒她什麼都沒考慮就走了過去，俯下身子抱起類似襁褓的軍大衣。她抱著軍大衣走向外面，古堡頂樓的亮光照射下來，她忽然有了一種衝動，她想看看這個被她拯救的嬰兒面容，這個極具女性化的想法讓她激動不已。

她奮勇登上餘下不多的幾步台階，來到了頂樓。頓時，一股涼風沁襲她肌膚，拂動她掛落前額的瀏海，晦暝的暮色從四處一齊湧來，寧靜無邊的曠野煙炊浮動。

她輕輕用一隻手掀開軍大衣的一角，她看到了一張異常古怪的臉：滿臉黑色毛髮，嘴巴前突，尖耳豎起，張開的嘴裡伸縮著一條鮮紅的舌頭……那是一頭陰險的狼。看到她，牠又發出一聲嬰兒的啼哭。

枇杷尖叫起來，此時，天空四周瀰漫一種慘烈的白色。

3

鷹站在大路旁邊。隨風拂動的綠草掩沒了他的褲腿。他身後的幾十米處，是那座陰森森的古堡。

西天的晚霞壯麗絢爛，遼闊的、雲彩紛呈的蔚藍天空下，原野無邊無際的延伸。一種花草的薰香瀰漫在海邊的黃昏裡，徐徐的晚風，將水渠中青蛙的聒噪聲傳得很遠。空氣溫和而濕潤。

鷹一動不動地凝立著。三三兩兩的人群從他前面走過，他們翻過不遠處的架於運河之上的水泥橋，消失了影蹤。當他們的背影再度出現於大路上，已變成一個個小黑點。無數的小黑點聚集匯攏，湧向南面的一幢建築物。那是場部，今晚那兒豎起了一塊銀幕要放電影。

四連一大幫男男女女走過來了。

他們肯定感覺到了一股冷峻威嚴的目光注視，於是，手拉手的男女職工倏地分開，一反先前的親暱態度，將彼此間的距離拉得很長；吞雲吐霧的男職工，反應極快的拔下叼在嘴邊的香菸，像個老農似的往腳底心摁滅了菸頭。誰都知道，鷹不允許如何人在他的專制王國裡抽菸，但這裡已走出四連的地界，所以流動的人群裡，其他連隊的職工則故意顯得很輕鬆，他們肆無忌憚地抽著菸，我行我素，偶爾轉過頭，吐出一圈圈淡藍色的煙霧，似乎是在嘲諷四連職工那麼懼怕鷹的怯懦行為。

晚霞被雲層覆蓋，天色漸漸墜入昏暝的時候，有人看見鷹走向了那座陰慘慘的古堡，他的寬闊背影，被濃重的夜色團團包裹起來。

那些遲到的電影觀眾事後提供的證詞，顯然為這一天晚上電影散場後所發生的事情，蒙上了一層迷離的玄祕色彩，正如暗浮的潮濕空氣使這個夜晚變得反覆無常一樣。

需要補充的是，平素蝸居在連部的鷹，除了公務，一般很少出門看電影，或辦其他私事，他也幾乎從不喝酒。這天傍晚隨暮色到處流淌的那股濃濃的花草薰香，猶如釣餌似的引誘他步出房門。鷹朝西南方向抬眼望去時，色澤不同的眼珠在一種憂鬱的氤氳裡閃閃爍爍，他聞到自己身上散發出的一股股濃濃的醉意。在一剎那的時間裡，他忽然果決地移動腳步，搖搖晃晃朝黃昏中的原野走去。

這天晚上海邊狂風大作。淒厲嘶吼的風使得門窗互相碰撞敲擊，整整一夜不斷發出令人心悸的聲響。海邊的老職工都說，他們還未遇到過春風刮得如此猛烈的天氣，而且光颳風不下雨。他們說這天氣有點妖有點邪。

4

鹿在星期天的上午，突然敲響了掛在村口的廢鐵齒輪。噹、噹、噹，急促而洪亮的鐘聲東奔西突，使得一些沐浴在懶洋洋的陽光之中的海邊人驀地一驚，用恐慌不安的眼睛望著村口方向，一種不祥的氣氛籠罩著大家的心。

幾分鐘後，鹿扔掉那根敲鐘的鐵棒，走到樓房前的空地上，大聲催促人們去食堂開會。人們三三兩兩朝食堂那幢矮平房走去，這時大家看到：村口停泊著一輛北京吉普。海邊人都知道，只有場部的頭頭，才會坐北京吉普，而場部的頭頭通常是很少下連隊的。

果然，人們從食堂那扇朝南的木門魚貫而入後，很快看到了披著軍大衣來回踱步的場長。場長是一位五十開外的中年人，飽經海風的老圍墾歷史使得他膚色黧黑，滿頭華髮，看上去像個老頭。他也戴了一副黃色賽璐珞眼鏡，鏡架中央連接處用膠布紮牢。橡皮膏在海邊非常走俏，因為它有許多妙用：蚊帳或者衣服破了，就用一塊膠布從裡往外粘上，但像場長這樣將摔斷的鏡架也用膠布包紮起來，不能不說是一大發明。曬黑的鼻梁上一小截白色膏布格外醒目，乍一看，像是京劇中詼諧的丑角。

此時此刻的場長卻是緊繃著臉，倒剪雙手，來回走動的身影被陽光投射在牆角上游弋不停。幾個場部領導板著臉肅立門口，儼然像是幾尊氣勢洶洶的金剛。

這一天最後進入會場的是鹿和枇杷。枇杷在鹿的陪同下走進來時頭髮凌亂神情哀戚，兩隻平素嫵媚動人的眼睛又紅又腫。

我心裡一陣吃驚，不由得暗暗叫苦。

嘈雜的竊竊私語聲也許分散了人們的注意力，使得很多人忽略了這一幕情景。然而坐在靠近視窗的一個角落裡的我，卻將這一切全看在眼裡。我曾在抵達海邊後的最初幾日，也是處於這個角度，觀望身材窈窕的枇杷從一葉扁舟上跳下，而後姍姍走來。同樣的春日，同樣的場景，枇杷的出現當然逃不過我的眼眸，她的神情讓我暗暗憂慮，我感到事情有些不妙。直覺告訴我，枇杷所遭遇到的不測恰恰與我誠摯善良的願望相反。我不希望厄運降臨到她的頭上，但我又做過些什麼呢？除了被那股勾魂的香氣熏得神魂顛倒自顧不暇之外，我還能做什麼？

我只能用憂戚的目光，靜靜地注視枇杷瘦削的肩胛、沉默的背影以及因為腦袋低下導致形狀拱曲的頸脖。

場長開始講話了。場長的講話出人意料的簡短。他用夾帶濃重地方口音的普通話宣布場部連夜開會討論後作出的決定：解除四連連長鷹的職務，在場部沒有派人來四連之前，由副連長鹿暫時代理行使連長職權。

就在人們睜大眼睛、準備聽到場長對場部作出如此重大決定的解釋和說明時，滿頭蒼髮的場長忽地打住了話頭，然後邁著堅實的步子走出了會場。伺候在門口的場部頭頭們，迎上來簇擁他登上北京吉普揚長而去。

我隨人流湧出食堂大門的時候，看到一輛豐收拖拉機停在通往村口的大道上。從連部方向走過來臉色灰暗神情委靡的鷹，他的手裡提著一隻滿滿的網兜。一個眉清目秀皮膚白皙的中年婦女身穿白大褂，腋下挾著一床被子尾隨其後。

四連的男女職工放慢了腳步，默默站立於拖拉機的兩側，看著背光走來的鷹垂著腦袋，一聲不吭地爬上豐收拖拉機的翻斗，他登上車斗之後又將那位中年婦女攙扶上去。大家用眼光無聲地探尋前連長黯淡的面容，而鷹卻並不理會這些，他始終低著頭，昔日炯炯有神的眼中似乎看不到任何人，直至拖拉機緩緩啟動駛出村子，鷹的眼光也沒和誰接觸對視過，他像一個患有嚴重健忘症的病人，對不再可能返回四連這樁事實絲毫沒有惋惜之情，對他的舊日部下們也沒有告別前的離愁別緒，他的那隻真眼也仿如假眼一般木然凝聚，在眼眶內一動不動，他像個夢遊人一般連頭都不回地離去，綠色軍大衣緊挨著白大褂，隨著拖拉機的顛簸起伏，在發黑的陽光下漸漸遠去。

鷹的離去和枇杷的沉默，使那個狂風大作的夜晚所發生的事，猶如雲遮霧罩一般撲朔迷離。隨著歲月的流逝和推移，人們只是根據支離破碎的傳聞，漸漸拼接組合起那個夜晚裡的故事。

據說那天晚上電影散場後，站在銀幕背面看電影的枇杷，忽然被人拽住了。

當她還沒看清那個男人的面容時，她感到一隻手已經捂住了她的嘴唇。枇杷在那一刻稍稍感到有些意外，她有深度近視，但她憑直覺知道身後的那個男人是誰，很長時間以來，他經常在她的宿舍門外徘徊，應該說，她對身後的男人不僅充滿了敬畏，還有感激之情。他和她非親非故，卻給她安排了一個美差。她願意把他的忽然出現看作是一種生活的巧合，我們不是在任何地點、任何時刻都有可能邂逅某個熟人或者朋友嗎？興許天性單純的枇杷根本來不及細想，野外黑壓壓的，單憑一隻眼，那個人怎麼可能憑藉依稀月色，憑藉電影銀幕裡的一點亮光，尋找到想要尋找的目標。

我們想像枇杷跟隨男人離開場部廣場時，四周皆是急匆匆趕回各自連隊的人流。男人緊緊架住了她，男人的胳膊格外健壯。枇杷這時聞到了一股濃烈的酒味。人流漸漸遠去，枇杷和男人落在了後面。那時候，枇杷是否對他們的步履遲緩產生過疑慮？枇杷是否對他們漸漸遠離人群、面對寂寥幽黑的曠野曾經感到過恐懼？

對於這些疑問，枇杷不說，人們是無法用想像來填補的。憑我和枇杷的交往對她的瞭解，我大概可以確定的是，當枇杷和男人一起走到了古堡的跟前，枇杷肯定會提出異議的。如果在此之前，枇杷還相信男人找出的什麼理由，那麼來到朦朧月色下猙獰的古堡，我敢斷定枇杷不會像隨波逐流的一尾蘆葉，聽憑命運將她拋之浪谷峰底。她一定抗拒過，掙脫過，她會說時辰不早了，她會說起風了該早點回連隊。我想她肯定這樣對男人說過，肯定，不會錯的。因為只有我知道枇杷不會漠視他們走近古堡的舉動，因為只有我知道枇杷在古堡裡遇到過狼，她害怕去古堡。

男人是怎樣將枇杷引進古堡的？他拽她、抱她、抑或使用蠻力將她強行拖進古堡？我無法制止人們這樣去猜想，但我更願讓浪漫的思緒無邊無際的蔓延，我更願這個故事這個夜晚蒙上一層玫瑰色的夢幻色彩，我更認同這樣的場景：古堡一旦出現於星月迷濛下的曠野上，男人就喝醉了酒一般的喃喃絮語，在一種迷人薰香的侵襲中，男人傳奇般的歷史宛如蘆花一樣在枇杷迷離的眼前徐徐開放，滿灘遍野的蘆花飛飛揚揚，古堡在那一刻像是被點亮的宮殿通體透明，熠熠閃光，枇杷被迷人的薰香和飛舞的蘆花驅動著，飄飄忽忽進入了仙境般的古堡。枇杷進入古堡時只覺得風從她耳邊呼呼掠過，她是不是也有喝醉的感覺呢？

風是信使，風在那個夜晚像是知道枇杷有難。

陰慘慘的月色下，陣陣呼嘯的曠野之風，讓電影散場後重返辦公室的場長心裡很不踏實，坐立不安。他憑窗遠眺，點燃一支香菸。早些時候，他給負責防汛抗汛的副場長打了個電話他是不放心防風林。半小時後，幾輛北京吉普停在場部大樓門口。去巡視防風林的車隊駛離場部幾里地光景，耳朵靈敏的場長，從撲擊玻璃車窗的呼呼狂風中嗅到了什麼異樣的聲音，他很快指揮司機朝相反方向駛去。

車隊掉頭，尾隨而來。

大約幾分鐘以後，車隊在古堡前停下了。場部一撥人湧進古堡，碩大的手電筒刺眼的光滿天亂舞。一柱耀眼的電光下，場部頭頭們看到一具白色裸體一步步朝牆角退縮。

幾支手電筒一齊追蹤過去，發現牆角龜縮著另外一個人。那人的腳旁，一件軍大衣扭作一團趴在地上。

抬起頭來！場長突然喝斥道。

牆角邊的男人死活不抬頭。

媽拉個巴子！場長憤怒之極，他走上前去，揪住那個男人稀疏的頭髮猛然一拽，於是，數支大電棒強光的照射中，人們看到了一隻凝然不動的狗眼……

場長肯定不會料到事情的結局竟會是這樣。他一甩袖子，箭步走出了古堡。

在場的人誰也不會料到事情的結局竟會是這樣。

過了很長時間，人們都沒有從這件事情中緩過來。奇怪的是，雖說誰都感到很意外，但四連的男女職工，甚至包括那些曾經被鷹捆綁過的人都沉默了，誰也不會主動去提這件事，大家噤若寒蟬。即使是枇杷，一直到她離開，我也沒能從她那兒聽到詛咒那個傷害她的人的隻言片語。

枇杷很快調離了四連，第二年就離開了海邊。

事情發生後，我曾去找過枇杷。她把自己關在屋子裡，誰也不見，任我怎麼敲門她死活不答理我。站在枇杷宿舍的門外，我一直想，枇杷的閉門不見，除了羞恥，是否還包含了怨懟？是否還有恨鐵不成鋼的成分？假如我那時在情感方面不是那麼低能，稍稍成熟一點，主動向枇杷挑明我對她的傾慕，她是否會接納我呢？不管接納與否，我的勇敢和大膽也許能制止悲劇的發生，也許能挽救枇杷，甚至是挽救鷹。因為如果那天晚上我和枇杷能夠像真正的情人一樣站在一起看電影，鷹就很難把她從我身邊拽走。可枇杷怎麼會知道，那些日子我正被那股馨香折磨得死去活來，我既痛苦又癲狂。柚子倘若來過我們宿舍一次，聞一聞那香氣，我就會稍稍的平靜幾天。幾天不見柚子，未能聞到那股香氣，我就像熱鍋上的螞蟻。我的這些煩惱無法與枇杷訴說，枇杷那些日子的苦衷也無法對我傾訴，我們真是活在兩個世界，活在各自的心獄裡啊。

鷹離開海邊後人們很少提到他。誰無意間提到他，旁邊的人也絕不會搭腔。人們對待鷹的這種奇異態度，無形中使得鷹變成了一團不散的迷霧，變成了一個象徵。我當然不會相信人們那麼快就忘掉過去，忘掉那個制定了一系列戒律的獨裁者，忘掉那個曾經統治一方土地的傳奇式鐵腕人物。

事情過去快一個月左右，我從蝙蝠嘴裡聽到了另外一個版本的故事，蝙蝠對一月前發生的那件強姦案作了一個頗為費解和權威的注釋，他的話令我驚詫不已。倘若他所說的都是真實的情況，那真是匪夷所思。

蝙蝠提到前任連長的行為時，用非常惋惜的口吻意味深長地說，他說他是何苦呢，他明明知道自己不行還那樣幹，毀了自己的政治前途。

我當時沒聽明白蝙蝠的話，我說什麼叫做「不行」，「不行」是什麼意思。蝙蝠解釋說鷹無法幹那事，別看他將人家姑娘的衣服剝了個精光。

我當時顯然表示出對他這種說法的懷疑，蝙蝠隨即告訴我，事情敗露後，那個專程趕來海邊接走丈夫的女大夫，曾跑到場長辦公室對老頭發誓，說她丈夫絕不可能與別人發生性關係，儘管場部領導可以在道德作風方面譴責她丈夫的行為，她保證事情的性質不會像人們想像得那麼嚴重。她說她作為一個妻子，比任何人都瞭解丈夫的缺陷。

女大夫深怕面前的場長不明白她的意思，所以她用重音提到了男人的暗疾，她問場長懂不懂什麼叫性無能，場長在咄咄逼人的目光下不由得微微頷首。女大夫滿意地一笑，她說她之所以能夠長期忍受夫妻分居的生活，同意她丈夫滯留海邊工作，就是因為他們從來沒有過真正意義上的夫妻生活。她說鷹是國家的功臣，她也是國家的功臣。

女大夫說完後，將一張醫院出具的證明往場長面前一放，然後很瀟灑地走出了場長辦公室。

5

秋天到來的時候，連隊食堂變成了肅穆的靈堂。一段時間裡，連續傳來這個國家高層領導人去世的消息，於是，連隊的追悼會不斷。

連隊整日開赴野外打草割蘆葦，儲備過冬燃料。休息間隙，一些女職工出沒荒郊野地，採擷季節遺留下來的野菊花、星星草，加上蘆花和墨綠枝葉開始泛紅的鹽蒿子草，編成一隻隻簡陋的花圈。寬敞的會堂，光是擱放這些土花圈，畢竟顯出了幾分寒酸，代理連長鹿決定派人去縣城購置幾隻像樣的花圈。

女排長柚子是首先被確定下來的當然人選。

去縣城路途遙遠，買了花圈柚子一個人不好拿，鹿決定再找個人給柚子作伴。他來到醫務室一問，恰巧這天全連沒一個請病假的。他從醫務室走回連部的時候，我正好愁面苦臉地往村口走去，於是，鹿走過來一把拽住了我。

這件事看似平淡、偶然，卻意義深遠。

鹿在那個空氣舒朗的清晨拽住了我，他說：你是不是要去醫務室？算了你不要去了，放你一天假，和柚子一起上趟縣城。

代理連長鹿在那一瞬間如此果決選中我與柚子同行，究竟出於什麼樣的考慮呢？

也許他覺得當初是他把我接到四連來的，並且很長一段時間同住一間屋子，對我比較瞭解；也許他站在柚子的角度，認為文弱的、平素與柚子相處得不錯的我，是結伴同行的最佳人選，倘若讓一個毫無關係、與柚子無話可說的人去，柚子也不會快樂。當然，也許事情沒那麼複雜，那會兒鹿正急於找人，根本無暇考慮那麼多，他僅僅是憑直覺靈機一動，至少在他眼裡，我是一個不會壞他好事的角色。

我是在毫無思想準備的情況下，被鹿一把拽住的。那天我肚子難受，從床下翻出一張舊報紙，心急火燎地往村口的那間茅屋趕去。離出工的鐘聲敲響還有半個小時，我有足夠的時間來解決問題。沒想到突然斜刺裡閃過一個人來把我拽住，這一把拽住的是什麼呢？你似乎可以把它理解為是一種生活的流向，就像漫下山坡的溪水，這兒堵住了，它就往別處流。

臨行前，鹿是千叮萬囑，他說花圈一定要挑好的買，說不準什麼時候場部就會派人前來檢查，這可是非同一般的政治態度問題。一會兒他又拍拍我的肩膀，似乎要我格外小心，別辜負他對我的信任。但我不知怎麼的，從鹿的這份親暱中，還感覺出他話裡蘊含的另外一層意思：他把柚子託付給了我。

晴空萬里無雲，溫熱的秋陽鋪灑寂寥的原野。一條通天大路筆直延伸出去，我和柚子沿著大路快步走去。柚子穿得乾乾淨淨，戴一副袖套，肩上挎著一隻綠書包。相比之下，我的衣服皺巴巴，褲腿上還沾了星星點點的泥漬和鹽蒿子草的漿汁抹過的墨綠色印跡。

縣城離海邊路途遙遠，海邊人平時難得有機會去，況且去縣城還需連部批條。一星期勞動下來，星期天海邊人往往是蒙頭大睡。柚子比我早到海邊一年，她還去過一次縣城，而我則是初次出遠門，隨著村子的漸漸遠去，我聞到了邊上瀰漫柚子周身的一股股香味，我的心情也和天氣一般明朗起來。

我側過頭瞥一眼柚子，誰知這時柚子也正漾著笑容望著我，短短的剪髮隨風朝後飄拂，露出圓圓的、被陽光照得透明的臉龐。我倉促收回目光的時候，臉上無來由地感到一陣火辣辣的灼熱。

我們到達縣城時，已快臨近中午。找到花圈店，沒想到店裡生意興隆，幾十個婦女圍坐在店堂後面的一片空地上，飛快地製作著花圈。柚子和我商量了一下，決定先預訂好有成品樣子的幾種花圈，下午來拿。柚子預付了錢款，接過預訂單後，我們走出花圈店，來到了街上。

縣城很小，較為熱鬧的區域主要集中在一條街上。我跟在柚子後面，把一條街從頭到尾逛一圈，不過用了半個小時左右的時間，而這時的我已感到飢腸轆轆。

柚子在一家店鋪前駐足買了幾袋零食，回過身來拆開一袋給我，看到我愁面苦臉沒精打采的樣子，機靈的柚子立刻拽住我的手臂，將我引領進一家飯店。柚子就是這樣一個聰明的女孩。

日後很長一段時間裡，我久久不能忘懷柚子在縣城請我吃的這頓午餐。那飯菜的餘香似乎一直殘留在我的唇邊舌尖，回味無窮。記憶中那天也就是要了一盤魚香肉絲，外加一大碗油豆腐粉絲湯，等到飯菜上桌，曠久未聞葷腥且已餓昏的我是狼吞虎嚥，發出吧嘰吧嘰的咀嚼聲。直到我慌亂中將湯汁濺到柚子的臉上，誘發一聲輕輕的「啊喲」，我才意識到自己的狼狽和不雅。

我滿含歉意地看著柚子掏出一塊手絹，擦去臉頰上懸掛的水珠，靦腆地朝她笑笑。笑完了，我又埋頭吃飯。誰知一會兒柚子又格格地笑了起來，而且一笑就沒完沒了，還拿著手絹捂住嘴，好像甚怕從口內噴出點什麼來。我僵持在那兒，顯得渾身的不自在。

柚子很長時間也沒緩過氣來，等她稍稍平靜下來，我湊過去低聲問：笑什麼？

不問還好，這一問柚子忍不住又笑了起來，大有欲罷不能之勢。好容易柚子才控制住自己，我便再也不敢問她笑什麼了。

一大碗飯菜下肚，我覺得舒坦多了，心裡也踏實多了，似乎陡然間全身滋生出使不光的勁。我心裡暗忖，這會兒不用說是幾隻花圈，即便要我把柚子背回連隊也不在話下。

吃完飯走出飯店，活泛過來的我兩手摩挲著，跟在柚子後面晃到街上。尚未到去花店的時間，兩人便又說又笑地從街的這頭逛到那頭，又從那頭踅回來逛到這頭。幾個來回下來，我們在一個瓜攤前停下了。

柚子拿起一隻綠條紋的菜瓜問攤主：

這瓜多少錢一斤？

攤主伸出兩個指頭。

什麼？兩毛錢一斤？柚子驚訝地搖搖頭。我上次買的瓜多少錢一斤？柚子回過頭來問我。

我一時沒反應過來，我記不起什麼時候和柚子一起買過瓜，但我突然發現柚子一個勁地朝我眨眼睛，趕緊應聲道：

對，對，上次那瓜比這大得多，才一毛錢一斤，你怎麼可以賣得那麼貴！

攤主嘴裡嘟嘟囔囔，大意是不可能買到一毛錢一斤的瓜。攤主邊說邊側過頭，與旁邊攤位的人用土話咕噥了一陣，攤主的臉上浮現出鄙夷的神色。

我見狀拉起柚子便走。

沒走出幾步，後面傳來攤主咿哩哇啦的吆喝聲。我們回過頭，只見攤主一個勁地朝我們招手。我們走回去，攤主用生硬的普通話問：多少錢？

我伸出一個手指，道：一毛錢。

多少錢？攤主又重複了一遍。

我依舊答道：一毛錢。

攤主無奈地將手中的秤盤往前一推，表示成交的意思，嘴裡還用土話嘀嘀咕咕。

我們買了菜瓜，一切二，刨皮掏瓤，大快朵頤。

你倒是挺會買東西的，離開瓜攤後，柚子笑嘻嘻地對我說。

還不是為了配合你，我說。其實我心裡是明白的，沒有柚子在，我哪會買東西？柚子刺激了我的靈感。

看上去木乎乎的，想不到反應倒挺快的。柚子突然冒出一句。

你說什麼?!我沒想到柚子會這樣說，菜瓜堵在嘴裡，眼睛瞪著她。

柚子趕緊溜開，手上捏著一截瓜。她邊逃邊笑，跑得實在沒力氣了，站住，俯下身子大喘氣，見我追上了，她趕緊舉著手投降說：

笑死了——笑死了，我的意思是說——我們不愧為一對天生的搭檔，以後出門我們就做搭檔，你看好不好？

……好。我支支吾吾地說。

不知為什麼，柚子提到「以後」這兩個字的時候，我的心裡像被蟲子螫了一下，而後，又有一種暖洋洋的感覺湧上來。

這種暖洋洋的感覺持續了整整一個下午。

太陽西沉的傍晚時分，我們從縣城返回海邊。走上第一座石橋，看見原野上遠遠的有稀疏的人影緩緩移動。暮歸的牛群沿河邊蹣跚而來，夕陽在漣灩的河面上流轉，天邊湧動一股股淡藍色的炊煙。愈是靠近連隊，我愈覺得有什麼東西正被海風輕輕吹落，無聲的飄逝。我看了看依舊興致勃勃大步流星的柚子，故意放慢腳步，柚子毫無意識，腳步還是邁得那麼快，我不得不大聲叫了一聲：哎！

柚子回過頭來，兩隻兔眼瞪著我。

我悄悄改變了主意，原先的話嚥了下去，裝得若無其事地說：能不能問你一件事？

問吧，柚子不解地眨著眼睛。

中午吃飯時你為什麼那樣笑？我的話一出口，柚子憋不住又格格格笑了起來。頗感困惑的我被柚子的笑聲傳染了，心裡覺得輕鬆了一些。

你真想知道啊？過一會兒柚子問道。

我誠懇地點點頭。

你吃飯的模樣太像我弟弟，我弟弟從小就那樣，一上飯桌便不顧別人了，風捲殘雲似的。我媽媽老說他前世是梁山上的人，這話什麼意思你懂嗎？

強盜唄。我立即說。

對，強盜。有一次媽媽又這樣說弟弟的時候，弟弟突然抬起頭，冒出一句：人家現在在發育嘛，惹得我們大笑。中午吃飯時，我愈看愈覺得，你也像是未過發育期的青少年。

柚子說完後又格格笑了起來，一路跑去，撒下清脆悅耳的笑聲在曠野裡迴蕩。

我先是一愣，而後猛省過來，朝柚子追了上去。

6

四連代理連長鹿是在一天夜晚突然接到場部調令，隻身駕駛一輛手扶拖拉機，單槍匹馬前往荒原深處的十二連擔任連長。

鹿匆匆忙忙地起身出發，甚至都來不及打點行裝，他披上軍大衣，健步跳上那輛停靠在連部門口的拖拉機，一推離合器，拖拉機便駛出了月色沐浴的村子。第二天早晨，當原來負責治保工作的副連長熊貓，接替鹿站在那面廢鐵齒輪下面，噹噹噹敲響出工的鐘聲，四連的男男女女們方才知道鹿的悄然離去。

幾天後，剛剛升任副連長的熊貓又被任命為三連連長。熊貓調往三連的條件比較優惠，他可以從四連任意挑選十位職工，作為連隊基本班子一同前往三連。自然，女排長柚子以及我、蝙蝠、犀牛等人皆入選熊貓的基本班子。按照人們普遍的看法，熊貓選中的人，幾乎無一例外都是原先鹿的嫡系，這種情形給人的印象，好像是熊貓秉承了鹿的什麼旨意，但熊貓並不在乎別人的風言風語，他一大早就率領十員部下，雄赳赳開進了三連。

三連位於四連的北面。與四連隔河相望的三連原先是機耕連，當熊貓一行徒步朝三連村口開拔進來的時候，機耕連龐大的拖拉機群正轟隆隆撤走，履帶傾軋過的斑斑泥土路上，到處是一灘灘亮晶晶的油汙。

熊貓一到三連，選擇好連部房間後，將十員人馬分別安置在後勤部門的各個要職上，按照各人的意願，蝙蝠管理老虎灶，柚子擔任會計，我進入保管室，犀牛變成手扶拖拉機司機。分配停當，熊貓走到了連部前面的空地上，眺望遠處的大路，等待從別處調來的大隊人馬。理著平頂頭、皮膚被海邊的太陽曬得又黑又亮的熊貓，從什麼時候起也開始像海邊所有的頭頭們那樣披著一件軍大衣，戴一副黃色賽璐珞的眼鏡。除了身材上的差別，熊貓彷彿就是鹿的複製品，他說話的語氣手勢，也酷似鹿。透露出英武之氣的熊貓矗立在衛河之畔，用一種真正海邊人才具有的銳利和機敏的目光，遠眺廣袤無垠的大地。至此，場部對四連所作出的重要人事變動的計畫已全部付諸實行。

現在，我們的目光，要稍稍離開一會兒那個充滿自信、躊躇滿志佇立於天地之中的熊貓，我們的目光甚至要從整個海邊收回，去關注一下沿著綿長海岸線，朝內陸輻射過去的遼闊無比的共和國疆域上所發生的變故。

幾乎與場部對四連的整飭同步，共和國的決策層也由於最高領導人的辭世而發生了更替。一些新政策將逐步出臺③，臨近首都的一些地方，老百姓已嗅到了一股清新的空氣，人們預感到長期的沉悶局面將被打破。

人們等待著，共和國等待著，因為不知道將面臨什麼樣的巨變，等待的心怦怦亂跳。

海邊因交通不便而異常閉塞，海邊人對共和國土地上悄悄發生的變異顯得極為麻木。我們完全不知道外界人心浮動、翹首以待的形勢，我們仍然像以前那樣節奏緩慢地出工收工，日出而作日落而息，過著一種沉悶乏味的生活。

剛剛成為一方之主的熊貓，佇立天空下，大路上走來了他的部下，三三兩兩，浩浩蕩蕩。大路因為不通消息，身處海邊的熊貓，此刻的氣宇軒昂就有了理由。然而，熊貓絕不會想到，他準備大幹一番的念頭，在一夜之間將變得荒唐可笑毫無意義，一條新聞的播出像一場地震，動搖了他給自己設計的人生之路，又像一陣颶風，捲走了他在短期內迅速升遷所帶來的欣喜和自信。

這天晚上十點，新聞聯播節目時間，海邊的廣播站突然打開了高音喇叭，中央人民廣播電台播音員高亢而嘹亮的聲音穿越茫茫夜色，在空曠的原野上此起彼伏不斷迴響。共和國決定恢復高考制度的消息不脛而走，海邊人紛紛衝出屋子，來到田野，來到衛河邊，來到繁星點點的瓦藍色夜穹下，遠望燈火通明的場部大樓，默默聆聽廣播裡的聲音，連大氣都不敢出一口，甚怕因此而遺漏了重要的隻言片語。

我是躺在床上被闖進屋子的蝙蝠一把拽起來的。這個喧囂的夜晚，三連最興奮的人無疑是蝙蝠。

你知道發生什麼了嗎？你居然還躺在床上？喜氣洋洋的蝙蝠，邊說邊毫不客氣地掀走了我身

---

③制定某種政策，開始實行。

上的被子。

蝙蝠見我起床穿鞋，又興沖沖走出保管室，跑去敲會計室的門。蝙蝠的大皮鞋走路時發出巨大的聲響。

我走出屋子，朝曠野走去，這個國家已經發生的變故我還一無所知。後來我聽明白了新聞的全部內容，我覺得喉嚨裡有一種奇怪的咕咕的聲響，我愣愣地站著。

很久以來，我一直在等待著的難道就是這個消息？自從來到海邊，我一直逃避著什麼，從內心一直拒絕思考與未來有關的問題，難道也是因為預感到某一天會出現真正的轉機？

每一個青年都擁有報考大學的權利……我一字一句辨聽著廣播裡的聲音。考大學，大學生，這些字眼本身是多麼遙遠，多麼陌生。還是童年時代，我就從大姐嘴裡常常聽到這些詞。後來大姐為了領養幼小病弱的我而未能實現考大學的夙願，每每提及此事，她都會有一種不堪回首的遺憾與感嘆。小街的鄰里中，有個與大姐同歲的男青年，他以非常勉強的分數成為最後一屆大學生中的一員，這件事讓大姐暗地裡豔羨不已。她告訴我，那個男青年在考大學前夕，經常拿著習題跑來問大姐，她說他基礎很差，她說命運就是這樣的不公平，她那麼想考大學沒能趕上，而那個男青年卻輕易地成了小街上唯一的一個大學生。曾經閃耀在大姐命途上空的理想之星，經年歷月已經隕落沉沒，於今在人們將它久久遺忘的時候，倏忽間又冉冉升起。此刻的大姐在做什麼？想什麼？她一定也收到了來自北京的電波，她是怎樣一種心情？

我抬起頭仰望浩瀚的夜空。

大姐在寫信。幾天後我收到來自都市的一封信，那個晚上大姐在給我寫信。大姐不僅鼓勵我去考大學，她自己也躍躍欲試準備一搏。

站在星空下的我，似乎已經猜到了大姐將會對我說些什麼，我在那個晚上曾經沿著衛河跑出村子，然後又瘋狂地跑向沐浴在皎潔月色下的原野。我一個人跑了很久很久，跑得精疲力竭骨頭像全散了架，後來，我雙膝跪地，仰天大叫一聲：我要考大學——話音悠揚地飄蕩出去，我的身體倒在沾滿露水的泥土地裡，臉上淌著如注的熱淚……

後來知道，那天晚上，三連連長熊貓早早地閉門熄燈，上床睡覺了。蝙蝠興奮地砸開一扇扇宿舍房門的時候，也曾光臨過連部辦公室。處於暈眩狀態的蝙蝠那會兒忘乎所以，他以為每個人都會像他那樣，有一種時來運轉的欣喜和狂熱，他闖進連部時，熊貓正靠倚門背支楞著耳朵低頭沉思，蝙蝠往熊貓肩膀上重重的拍擊了一下，使得熊貓猛地一觳觫④，仿如大夢初醒，用一種迷迷瞪瞪的眼神打量蝙蝠。

直至蝙蝠的背影消失了很久，熊貓依然還是那副魂不守舍的神態。新聞聯播節目剛結束，熊貓便悄悄地關上連部的房門，將田野裡衛河邊咿哩哇啦的議論聲吶喊聲拒之門外。

他脫掉軍衣軍褲翻身上床，放下蚊帳後，背靠床欄，這樣一坐就是幾個小時。

月光投射窗戶，四周已歸於靜寂。熊貓的腦袋裡混亂一片，怎麼也理不出個頭緒。面對突如

④恐懼而顫抖。

其來的變化，他必須對以往的價值觀作一種全新的審視和認識，單憑有限的時空，這個晚上熊貓不可能對形勢的劇變整理出比較清醒的思路，緊緊纏住他不放的僅僅是這樣一個問題：難道想在海邊奮鬥一輩子的念頭錯了？難道日曬雨淋磨練意志渴望成為一個真正出色的海邊人的理想竟是一齣荒誕不經的鬧劇？他的眼前依次出現場長、鷹、鹿等人一張張黝黑的有稜有角的臉龐，但剎那間這些臉龐又變得模糊起來，虛妄起來，彷彿迅速地遁向一個無限深的黑洞……

熊貓不知是什麼時候迷糊過去的，他被一陣急促的敲門聲驚醒時，窗櫺已透進微明的天光。他披上軍大衣跑去打開門，只見門外站著場部派出所的所長，一輛吉普車停在門前的空地上。

場長派我來通知你，你們連立即派出幾班人，上防風林巡邏值班。記住：不允許任何人毀壞一草一木，尤其不准動扎根樹！

派出所所長對熊貓吩咐完，便走向了吉普車。眼瞼滯澀的熊貓好一會兒才緩過神，他不敢怠慢，返身進屋穿戴整齊，迅速召集起七八個人，開著手扶拖拉機朝防風林疾駛而去。

熊貓帶人爬上防風林，天色已大亮，一股清新的草木氣息撲面而來。守護防風林的一個老頭，腳步蹣跚朝熊貓他們顛跑過來。他嘴裡嘮嘮叨叨訴說著，他說是他向場部報告緊急情況的，他邊說邊把熊貓一行帶往防風林南面地段，熊貓跟在老頭後面，很快看到了一幅殘破衰敗的圖景：沿坡一片長成半人高的幼樹被人連根拔起，東倒西歪，有些樹枝被人折斷後，遠遠地扔向荒野。

熊貓朝野地裡走了幾步，回過頭來掃了一眼巍峨蜿蜒的防風林，站在這個角度，他內心湧起一股熟悉的感覺，種扎根樹的那天，他也曾經站在這裡佇立了許久，長長的氣勢壯闊的防風林，在那晨霧繚繞曙光初露的清晨，給他留下了深刻的印象。

一切都源之於昨晚的新聞廣播，種下這些樹的主人要反悔了，他們拔掉海邊這些無辜的幼樹，是想把種過扎根樹的歷史一筆勾銷，為他們的離開埋下伏筆。

7

那天夜裡，我聽到了大海洶湧翻捲的浪濤聲。

我似乎站在堤岸上，隆隆迫近的驚濤聲在海風的裹挾下將我團團圍住，我像一隻準備去搏擊風浪的大鵬鼓起雙翼，有一種騰空而起的嚮往。

那天夜裡，海邊人的心潮就像大海一樣澎湃起伏。激越的女聲合唱持續到深夜，聽上去不再有那種襲人心肺的蒼涼感。可以說，那是個狂歡之夜，不眠之夜，值得永遠紀念之夜。

假如歲月沒給我的記憶留下那個時代的印跡，假如我沒能在海邊生活過，我是想像不出海邊人那個夜晚久旱逢雨的心情。

在海邊，「放行」這個詞人人熟知。放行就是打開了通道，放行就是有了活路。

有一次二號病蔓延的時候，海邊整整被封鎖了五個月。庫存的蔬菜全吃完了，一些女職工家裡捎來的醬菜也吃完了，最後，糧食也消耗殆盡，海邊人只能像餓昏的老鼠紛紛出洞，去蘆葦塘挖蘆根填肚。因為所有的河水都禁止飲用，打深井水的井泵一出問題，口乾舌燥的海邊人就去採鹽蒿子解渴。鹽蒿子水分充足，但那綠色的汁液是又鹹又苦又澀，很多人吃了鹽蒿子後上吐下瀉，頭痛發燒。到了禁令解除，各個路口通知可以放行的那天，一些面黃肌瘦、眼光都呈墨綠色的女青年面面相覷，忽然間她們互相擁抱，失聲痛哭。

也許在那天晚上以前的日子裡，這個幅員遼闊的國家在很多方面都發生了悄悄的變化，然而，對海邊的數萬城市青年來說，最具衝擊力的莫過於恢復高考這件事。雖說能夠直接參加高考的畢竟是少數人，但它無形中告訴每一個人：海邊開始放行了。海邊是可以通向外界的，它不是一塊被人遺忘的死角，它不是一方與世隔絕的飛地⑤。再也不用為看不到離開海邊的希望而發愁、苦悶、消沉和頹廢。

海邊人後來對考大學有一個頗為形象的說法，叫做鯉魚跳龍門。

既然通過鯉魚跳龍門的方法可以跳出海邊，那麼，通過其他途徑離開海邊的日子也為期不遠了。

我重重地舒出了一口氣。我似乎一直在等待著這一天。

自從踏上海邊這塊土地，我便開始迷惘和彷徨。是自己選擇的生活道路，到達目的地後又因為不是自己想要的、或者與自己想要的生活相距甚遠，從而開始沮喪、絕望，這是一種什麼樣的滋味？

我長久地品嘗著自釀的苦酒。

⑤實際位於某處，行政權卻隸屬另一地。

這片荒瘠得撒一把稻穀下去、來年連種子都收不回來的鹽鹼地，難道可以把它想像成我人生漂流的最後停泊地？海邊唯一理想的人生之路就是像熊貓那樣種下扎根樹，然後披上軍大衣，再配一副黃色的賽璐珞眼鏡，我已經看到了這條路延伸出去的結局，它不屬於我，它不是我生命深處所渴求的。不是。

事後才意識到，我在那個夜晚一反常態地跑向大海，渾身像團火似熊熊燃燒，久久難以熄滅，除了和所有的海邊人一樣，預感到放行的季節業已來臨之外，我還有一種如釋重負的輕鬆感。我似乎一下甩掉了那多少年來纏住我、在我後面緊追不放的魔影，在通向大學殿堂的路上，是不問家庭出身的，我可以像一個真正的人那樣抬頭行走。

我第一次感到我是人。一個和所有平常人一樣平等的人。

我可以放聲大膽地、自覺自願地說我要或者不要。我再也不用因為感到天生不如人而事事處處必須做得比別人偏激過頭，彷彿由此可以抹掉先天性的胎記斑痕，我再也不用在內心願望與外界壓力的兩極遊移晃蕩。農民的兒子高玉寶要讀書，反革命狗崽子的我也要讀書，我們都是一樣的人。

哦呵呵——

我聽到了大海的回音。

第二章 跳龍門

1

我發完工具，看著或持鍬或肩筐的男男女女，走向初春陽光普照的原野。

輕輕掩上門，返身入屋，空蕩蕩的保管室，此刻只剩下我一個人，經過出工前半個小時的忙碌，嘈雜聲喧嘩聲漸漸遠離，四周變得格外的寧靜。

我在桌子前坐下。所謂的桌子，就是地上鋪幾根木條，上面疊兩隻箱子。我從枕頭底下，拿出大姐寄來的高考複習資料開始看起來。

隔三岔五的，大姐會不停地從城裡寄資料過來。這些資料對我來說，真是無比的珍貴。大姐是老三屆的高中生，她們那時候學到的是比較扎實的知識；而我們這代人小學、中學一路走來，說是高中畢業，肚裡有幾滴墨水，那只有天曉得。中學時期學了兩年英語，最後考試考二十六個字母，班上幾十人全部答對的不超過五個人。

剛看了幾分鐘資料，只聽見門「砰」的一聲被踢開了，柚子像一陣風似的旋進來。

柚子一邊逕自朝裡走，一邊嘿嘿地笑個不停。空曠的保管室裡，頓時散發一股奇異的香味。

什麼事這麼高興？我雖說心裡格登了一下，但我早已習慣柚子這種突然闖入的方式。

你知道吧？現在城裡開始流行跳舞了。不是場部宣傳隊跳的那種舞，而是一男一女搭肩摟腰，慢悠悠的晃啊晃。柚子眉飛色舞地比劃著。

真的？我睜大雙眼。這段時間，從城裡回來的人，不停帶來新鮮而稀奇的消息。

那還會騙你！四連的一個女職工剛回來。柚子一認真，兩隻兔子眼睛便飛揚起來。

那……以後我們這裡——也會跳吧？我瞇著眼睛說。

肯定會的，柚子的短髮甩起來，她一激動，說話的嗓音又細又尖。不過……誰會跟你跳呢？

嗯——是沒人跟我跳，那你跟誰跳？哦，我猜猜，你大概跟鹿跳吧？我故意逗她。

你看你，又來了，不是說好不提他的嘛。柚子臉色沉下來，她覺得我違反了我們之間的約定。

跟你開個玩笑，怎麼認真起來了呢？好吧好吧，不提鹿總行了吧。哎，要是海邊也流行跳舞那會怎麼樣？我問道。

那怎麼可能？我們這兒誰跳還不把誰綁起來？柚子的兔眼瞪得又圓又大。

我想總有那麼一天的。我說。

要是能跳跳舞，業餘生活安排得豐富一些，海邊還是有它可愛的地方。柚子說。

我想啊，這一天已為期不遠。我的神情完全像個預言家。

正陷入遐想之中，柚子突然從身後舉起一本書，在我的腦袋上重重地拍擊了一下。

遭到突然襲擊的我愣了愣，猛地躍起，餓虎撲食般朝柚子撲去。柚子靈巧地閃躲一旁，晃過我之後，迅疾鑽進了保管室後面的工具架。

我返身追入工具架，柚子又從另一側逃到了外面。我追到外面，柚子重新躲進了工具架。就這樣，一個追，一個逃，兩人在保管室內玩起了捉迷藏的遊戲。透過工具架的空隙，我可以看到她，她也可以看到我。只要有一方不願被逮住，這場遊戲就能無休無止地進行下去。

後來，柚子終究被逮住了。遊戲的結果讓人懷疑它的真實性。

柚子被我逮住之後，退至牆旮旯⑥，瑟縮起雙肩將腦袋深埋起來，彎下腰發出一種古怪的聲音。一股股清香環繞柚子的周身。我被這種聲音迷惑住了，我被柚子身上的香氣熏得飄飄然，面對眼前的俘虜，我一時不知如何是好，顯得手足無措。

柚子見這一招果然奏效，忽然跳起來，推開虎視眈眈的我，衝過封鎖線，來到寫字桌前一屁股坐下。寫字桌臨窗，窗外是春天的原野，原野上有人影晃動。柚子坐在這個角度，也就是坐在隨時可能出現的獵奇目光裡，我空懷一腔熱血也奈何她不得，她料定我不敢冒這麼大的風險。

哎，這道題怎麼做？柚子從口袋裡掏出一張紙，指著上面的一道數學題問我，她的眼角露出狡黠的微笑。

我本來就不知道如何處置獵物，見此情形，也順水推舟，在床沿上坐下，側過腦袋去看那道習題。看了一會兒，我忽然想起什麼，奇怪地問道：

咦，你怎麼也看起高考複習題來了？

讓你做道題你做就是了，問那麼多幹嘛？柚子邊說邊捏我的胳膊。被柚子捏過的地方，半天都褪不去隱隱的生痛。

冬去春來的時候，在蝙蝠的煽動下，我報名參加了高考。三連報名的共有五、六個人，最終揭榜，只有一個人顯示了超強的實力。

這個人就是蝙蝠。蝙蝠考的是美術學院的油畫系，他扎實的素描速寫功底和優異的文化考試成績，使他躋身第一批為數不多離開海邊的大學生行列。在頭一批考上大學的知青中間，有三分之一的人是曾經種過扎根樹的連排幹部。他們違背了以往的信誓旦旦，及時調整自己，反應敏捷地登上時代的列車，換一種方式續延風光的歷史。海邊人無可奈何地注視著他們，目送著他們，隨著滿載那些幸運兒的拖拉機漸漸遠去，海邊人曾經確立的價值觀念徹底崩潰了……

我是在大姐和蝙蝠的鼓動下，抱著一種摸底的想法走進考場的。我拿到考卷半小時後，又走出了考場，說老實話，幾乎所有的試題都讓我感到陌生。

這次嘗試摸底，除了體驗考場經驗之外，還有一個好處，就是我亮牌向人宣告：不久的將來，我也要走的。事後才意識到蝙蝠的過人之處，蝙蝠曾私下對我說：報名吧，除了損失幾塊錢的報名費，你什麼都不會損失。

蝙蝠的預言果然應驗了，事後我從人們注視的目光中，明顯感覺到了與以往不同的東西。儘管這次我失敗了，儘管我沒能成功的跳龍門，但我已經是一條明晃晃響噹噹的鯉魚了。

⑥角落。

經過第一次的考試，海邊又增加了不少複習功課的人。然而，柚子也開始偷偷複習，這件事還是讓我吃驚不小。記得當初蝙蝠也曾勸說她加入赴考的行列，柚子支支吾吾，結果還是沒有勇氣跨出那一步。蝙蝠和我一干人跳上拖拉機，趕赴場部考場的那天，柚子站在三連會計室的門口，用一種複雜的眼光目送我們。

柚子拿給我的數學習題非常淺顯，我剛給她解說完，門外響起了一陣手扶拖拉機的轟鳴聲。柚子迅疾抽身離去，但似乎已來不及了，腳步聲告訴她：那個人已朝保管室走來了。

柚子返身回來，動作神速地將手中的那張紙塞進我的枕頭底下。她剛來得及做完這個動作，門已被推開，鹿一陣風似的走了進來。

鹿被調往十二連後，常常在中午抽出空隙時間，駕駛手扶拖拉機從荒原深處來看望柚子。開始時，他還遮人眼目地先去連部熊貓那兒坐一會兒，閒聊一陣，然後再假模假式、像是不經意走進了會計室，後來也許他覺得這種過渡已毫無必要，或者他想好了就是要讓輿論來管束住柚子，每次當他長途跋涉駕車駛進三連村子，都直接將手扶拖拉機停在會計室的門口，直奔目標而去。漸漸地，三連的職工已像熟悉出工的鐘聲那樣，熟悉中午時分由遠而近的手扶拖拉機的嘭嘭聲。

柚子顯然沒想到，陽光明媚的上午也會出現手扶拖拉機的轟鳴聲。但我覺得不可思議的是，村子裡常會響起手扶拖拉機的聲音，有三連自己的，也有其他連隊的，但柚子每次都能以靈敏的聽覺和精確的判斷力，指認出屬於鹿的那一輛。對柚子這種類似特異功能的聽力，我已不是第一次領教了。

那天柚子要去場部銀行領錢，她跑來邀我一同前往。我猶猶豫豫，一是深怕在我跑開的這段時間裡，有人來保管室修理工具什麼的；另外，我也不想浪費時間。

柚子不耐煩了，揮揮手中的一隻綠書包說：

你怕什麼，我這是公事，去銀行領全連的工資，你不陪我去，要是被人搶了怎麼辦？

我不得不跟著她走過田野走向公路。半個多小時後，我們來到古堡附近的橋上。

這裡離場部已經不遠了，我顯得心神不定的，而柚子則是又說又笑。到了橋上，柚子站住不走了，她指著橋下對我說：快看快看，那是什麼？

我順著她手指的方向朝橋下望去，只見河水淙淙流淌，一朵朵蘆花順流而下。望了半天，我始終沒看出什麼名堂來，迷惑地問她：你看到什麼了呀？

誰知柚子噗哧一聲笑了出來：你沒看見啊？那兒不是有一個還沒過發育期的傻瓜蛋嗎？

我恍悟過來，佯裝很憤怒的樣子一步步朝柚子逼近。

柚子轉身跑下橋，她的短髮在跑動中飛揚。柚子離古堡愈來愈近，我忽然想起枇杷所講的故事，急中生智，大叫一聲：

古堡裡有狼！

我的叫喊像是具有某種魔力，柚子一哆嗦，中了箭似的在前面凝然不動了。

我走過去，只見柚子滿臉驚慌，烏雲密布，眼眶裡有晶瑩的淚花閃動。我沒料到會這樣，手足無措地傻站著。

柚子緩緩低下頭，一動不動。我帶著歉意左勸右勸，手不知什麼時候搭上了柚子的肩膀。柚子可能是被嚇壞了，她不僅沒有反抗，反而「哼」了一聲，將肩膀順勢靠向了我的前胸，馥郁的馨香即刻通過我的鼻腔進入我的肺，我的胃，我的心，馨香在我的血液裡湧動翻滾，我就像兒時切割扁桃腺全麻一樣，暈暈乎乎，騰雲駕霧，我環抱著柚子，嘴不由得湊上她微啟的唇，彷彿要更多更深地呼吸那令人迷幻的香氣。濕漉漉的唇一旦對接，我即刻痙攣起來，嗓子冒煙，全身酥麻，而最不爭氣的事情出現了：這時的我特別想要尿尿。

這就是我的初吻。我不知道別人的初吻是什麼樣的感受，我的初吻猥瑣尷尬，難於啟齒。

就在這時候，柚子好像聽到了什麼，全身一激凌，她先是愣了愣，抬起頭，側耳辨認一番，然後堅決地推開我，用手背擦拭了一下眼角，離開古堡，疾步朝橋上走去。

柚子的聽力真讓人吃驚，她走出很遠，我才聽到若隱若現的拖拉機的嘭嘭聲。

被柚子推了個趔趄的我緩過神，慢慢回望，只見大路上，一輛手扶拖拉機風馳電掣般的從防風林為背景的畫面中橫飛過來。拖拉機手身穿軍裝，高高站在在機頭的踏板上，他的背拱曲得像一張繃緊的弓，衣服像帆一樣被風鼓滿，他駕馭拖拉機猶如一名真正的騎手駕馭烈馬，奔馳在藍天白雲下面，飛揚的塵土，伴著柴油機冒出的一道道黑色煙縷嫋嫋升騰，遮蔽了晴朗的天空。

我腳步躊躇地走到橋下路口，手扶拖拉機也趕到了。滿臉通紅、鏡片閃閃發光的鹿一個急煞車，拖拉機劇烈抖動著，鹿跳下車，飛快地跑向站在橋上的柚子，跑動中他大聲責問：

你，你，你們到哪裡去？

那會兒，我不知道自己該幹什麼，是走上前去呢，還是站在原地不動為好。我們去場部銀行。柚子的臉上面無表情，過一會兒，她笑了笑，但我覺得那笑很勉強。你們去銀行幹什麼？鹿不依不饒地逼問。取錢。後天不是發工資的日子嗎？柚子的語氣中帶著譏誚的意味。你，你，你的腳頭太散，你主要的問題就是腳頭太散，東跑西跑的，你要為熊貓考慮考慮，不對嗎？鹿一激動，說話有些結巴。

怪不怪啊，我這是工作！柚子收斂了笑容，轉身朝橋下走去，邊走邊嘟囔道，我是你什麼人啊，這麼管頭管腳的！

柚子這麼說，連我聽了也覺得有些過分。

你要為熊貓考慮考慮嘛，你們要為熊貓考慮考慮嘛。鹿走到我面前，拍拍我的肩膀，像是要爭取我的支持。

鹿的手拍在我肩膀上，我渾身的不自在，看到嘟嘟囔囔的鹿用目光盯視著自己，不由自主地低下了頭。

後來，鹿忽然轉身離開我，跳上拖拉機，一鬆離合器，掉頭急速從來的路上疾駛回去，飛舞的塵煙很快遮住我的視線。

我沒搞明白，怎麼就那麼巧，我和柚子偶然一次結伴出行，鹿就驅車從荒原深處追來了？莫非他有第六感，莫非他像一個獵人一樣嗅聞到我們的足印？我同樣不明白的是，柚子的靈敏聽力是如何訓練出來的。好險啊，要不是她奇異的聽覺，我親吻柚子的那一幕就會被鹿捕捉到了，我的初吻就會暴露無遺了。

所以，當柚子迅即將那張紙塞進我的枕頭底下，我知道，那肯定錯不了：鹿來了。

我的腦子是一片空白。我已記不清，鹿是怎麼走進保管室的，鹿和柚子又是如何走出保管室的。唯一給我留下印象的是，鹿曾站在寫字桌前，站在我的身邊，好像是隨意翻翻攤在桌上的複習資料，然後對我說：

你，你也想鯉魚跳龍門啊？

2

會計室離保管室僅十米之遙。

中午，柚子站在會計室門口，兩手插褲袋裡，遠眺一望無垠的原野。我拿著碗去食堂打飯，路過柚子的身邊，我悄悄地從她背後走過去，我不知道該不該與柚子打招呼。

不料我已走出好幾米，剛才還在作沉思狀的柚子追上來，恨恨踢了我一腳。我轉過身，柚子閃躲進了會計室。

我從食堂回來，朝會計室裡面瞥了一眼，柚子叫住了我：

哎，今天晚上他們說有電影。

就你一個人？我走進會計室，奇怪地問。

他早走了。柚子說，他中午要開會。哎，我想問你一件事，你可不許笑話我。

豈敢。請問吧。我坐下了。

你說我的水準……能行嗎？柚子問。

什麼意思？我忽閃著眼睛，沒明白她在說什麼。

柚子以為我在裝傻。

跟你這種人沒什麼好說的！柚子忽然臉色漲紅，搶白了一句。

哎，哎，你沒告訴我，我怎麼明白你要問什麼。我急了。

明白就明白，不明白就不明白。

柚子不再搭理我，我甚怕自討沒趣，端著飯碗走了。我回到保管室，才想明白柚子要和我談什麼話題，我覺得自己確實很愚鈍。

這一天的天氣格外的好，明媚的陽光一直延續到傍晚，才依依不捨地離去。海風舒緩地吹過原野，空氣中瀰漫著濃郁的春意。

吃了晚飯，三連的男女職工三三兩兩朝村外走去，穿過公路再走一里地便是六連，那兒已掛起一塊白銀幕，今晚六連放電影。

夜靄降臨了，鼎沸的人聲漸漸遠去，村子裡寂靜無比，遠處的衛河傳來一陣陣蛙鳴聲。

你不去看電影啊？柚子站在會計室門口，衝著保管室敞開的門大聲問。

我要看書！我在保管室內大聲回答。隔著蚊帳，隔著工具架，柚子的身影影影綽綽的，她的一隻腳在踢著地上的碎石子。

你呢？你幹嘛不去？我反問道。

放什麼電影你知道嗎？柚子說。

不知道。你知道嗎？我問。

我只知道你是一個大笨蛋！柚子大聲說。

咦，你怎麼又罵人了？我站起來，朝門口走去。

我知道還問你啊。影影綽綽的身影消失了。

天說黑就黑下來了。我擰開了檯燈。開不開燈其實都差不多，我很清楚地意識到，自己什麼都沒看進去。但我還是想把燈打開，黃澄澄的光暈，使人聯想到大海上明滅的航標燈。柚子只要一走出會計室，就能看到燈光。複習大綱豎立在我的前面，我一目十行地上下掃視。我能聽見自己撲通撲通的心跳，腦袋裡似有無數螢火蟲嗡嗡飛舞。

梆的一聲，我聽見保管室的門被人踢了一腳，我轉過頭，看到了影影綽綽的身影。

哎，你真不想去看電影嗎？柚子問。

我正猶豫著怎麼回答，柚子又說：

還是去吧，也許很好看哩。

我只覺得心跳加快，胸中猶如擂鼓一般。

要不，去看看，不好看就回來？柚子探尋地說。

好吧！我再也按捺不住，從凳子上一躍而起，拿起外套朝門口走去。

經過試探和猶疑，終於在某一瞬間，我和柚子下了決心，走上通向六連的道路。海邊初春的夜晚寒氣逼人，熱烘烘的臉經海風一吹，打擺子似的顫抖不已，我的牙齒上下碰撞，怎麼都控制不住。

星星密布的夜空浩如長河，璀璨的燈火在遙遠的四野閃爍，路邊的溝渠流水淙淙，草叢中蟲蛙鳴啾，像是琴鍵上的爬音一直響到很遠的地方。薰風襲來，電影裡對白的聲音在風中斷斷續續，隱約可聞。我和柚子被漫無邊際的溫馨夜靄團團圍住，自然而然地靠得很近，我們的腳步遲疑緩慢，似乎誰也不急於要趕去六連。

柚子，你冷嗎？我感到自己的聲音飄出去，像長長的呼哨，我搜尋黑暗中的目光，我覺得，那目光也在黑暗中尋找。

柚子，你行的，只要你努力，你一定行的！我們一起去考大學。我喃喃地說。

柚子沒有說話，她只是往我這邊更靠近了一些，現在，我們倆幾乎重疊成一個人了。我被一種巨大的溫暖烤灼得渾身發燙，我沒想到在溫柔夜色的掩護下自己會如此大膽，開始時的懼怯跑得無影無蹤，我已分不清現實和夢境的界線。

我們趕到六連，電影已放映了很長時間。站在黑壓壓的人群裡，我們的肩膀依舊緊緊依偎。放的是一部朝鮮影片，我只聽見放映機吱吱的轉動聲，對銀幕上所發生的故事一無所知。

電影快進入尾聲，柚子湊過來，輕輕嘀咕了一句：電影不好看！我想了想，扶住柚子的臂膀擠出了人群。

往回走的路上，我把外套的一半披在柚子的肩上，我擁住柚子身體的一瞬間，嘴唇觸到了柚子的臉腮，我觸電般的縮回來，但一股香甜無比的感覺已滯留唇邊。我的身體像醉漢似的搖晃起來，我聽到柚子嘿嘿竊笑的聲音，柚子的笑聲鼓勵了我。走到離三連村口不遠的一座橋下，我久久凝視她在黑暗中的臉部側影，突然，我湊過去，果斷地將嘴唇壓在她的嘴唇上……柚子的身體迅速軟下來，我覺得自己在用整個生命托住下沉的她。我不願意放棄那濕漉漉的滿含青草香味的醉吻，於是，我們一起慢慢倒向草叢，我們在草叢中翻滾，狂吻，天地萬物剎那間都凝固了……

我們面對面坐在草叢中。你還沒發育好哩。柚子指了指我的鼻子笑著說。

我猛地跳起來，張開雙臂一把抱起她，原地旋了個圈。滿天的星斗因此搖動起來，夜色溫柔的曠野，經久不息地迴蕩著她格格的笑聲……

這天晚上，我躺在床上難以入眠。我像發燒病人似的渾身滾燙。我細細品味著嘴唇上殘留的薰草氣息，一種從未有過的甜蜜在我心裡慢慢漾開。我漸漸進入夢鄉，嘴裡還呢喃著，像金魚似的咂巴不已，彷彿在駛向夢境的路上，還沿途向人訴說如癡如醉的感受……

這個甜蜜的夜晚僅僅過去幾天，我接到了大姐的來信。大姐要我請假回城，她已在一所中學的高考複習班裡替我報了名，爭取到了一個名額，大姐讓我務必火速回城。

離開海邊的前一天晚上，我正忙於收拾書籍和行裝，一陣風把門吹開了，我聞到了一股馨香。我走到門口，奇怪，外面並沒有人。我慢慢關好門，剛一轉身，看到工具架後面晦暝的北窗前，站著一個人。

我驚訝不已。我幾乎完全不知道這個人是何時進入保管室的。那個人面窗而立，彷彿在遠眺窗外的夜景，透過窗櫺的微弱光線，勾勒出紋絲不動的婀娜剪影，一種極富感染力的氣氛，籠罩著那個神祕而柔美的身影。

我走過去，輕輕攏住了她的腰部，隨後，我用一隻手撫弄她的頸部和髮根，我感到她在抽搐，我將臉貼過去，她閃開了。

等著我，一個月後我會回到海邊的。我信誓旦旦地說。

3

城市剛剛下過一場春雨，空氣清新而涼爽。

街道兩旁的梧桐樹冒出無數綠色枝芽，濕漉漉的在微風中輕輕搖晃，喇叭聲驅趕著疾走的人流，高樓大廈被狹窄的天空分隔。我感到城市變了，變小了，變窄了。唯有五顏六色的服飾到處流淌，漂浮在城市的拐角處，像歲月一樣稍縱即逝。

小街出現在我面前，它潮濕而局促，像條自慚形穢的小溪，朝我蜿蜒而來。時間流轉，景物變得依稀難辨。家中小院那棵茂盛的無花果樹，從記憶的螢幕上漸漸顯現出來，它的位置一經確認，所有的街景也就不再恍若夢中了。

我站在家門口，稍稍佇立片刻，母親的身影從門洞裡倏忽閃現，她的目光忽略了不期而至的意外。搖晃的身影在我輕輕的叫喚聲中倏地凝固，我發覺，母親在時間的設計下忽然變得蒼老無比。剎那間，我的胸中淌過一股熱流，母親欣喜的目光一閃而過，之後，用一種淡淡的微笑，接納我這個歸來的遊子。母親從不表示過分的熱情，這使得原本可能尷尬窘迫的場面平淡而自然。

在我逗留家中的一個月裡，母親輕手輕腳地走進走出，忙這忙那。她甚怕驚擾了我伏案讀書所需要的靜謐。我知道，母親很久以來就不喜歡做家務，不知從什麼時候起，她忽然默認了生活賦予的一切，似乎不再口出怨言。她像對待貴客一樣照料我的起居飲食，常常詢問我想吃什麼喜歡吃什麼，她可以去張羅。母親對待我的態度，無形中讓我們的關係親近而疏遠，變得微妙起來。

每天晚上，我去一所中學上複習輔導課。這是大姐給我安排的。課堂裡人滿為患，我背著書包提早一個小時去學校，才能占到一個座位。我記得，上中學時不背書包是一種時髦，通常腋下夾幾本書便去學校了。而今我長高了，長大了，又老老實實地背起了書包，並且要在有限的教室中，占據一個屬於我的座位。我在攢動的人頭裡，看到一些歲數與大姐一般大的成年人，他們皺紋加額，華髮早生，每次上課期間，從頭到尾一直站在教室的後面聆聽，快速地記錄要點。我有時一走神，會覺得所有聽課的人都像是一塊塊海綿，從教師的嘴裡滴水不漏地吸取營養。

上了一段時間的課，我才發覺自己是多麼的貧瘠和空虛，也發覺了在海邊一個人複習功課的盲目性。在知識的海洋中，到處是我感到陌生的空白點。上完輔導課回來，我總留存著很多疑點、困惑向大姐請教。大姐不愧為中學時代的高材生，無論是理科還是文科方面的問題，她幾乎很少有感到為難的時候。幾個月前，她倉促上陣，參加了第一次高考，她的成績已超過錄取分數線，最後終因體檢不及格而落選。她的身體無大礙，只因為是剖腹產而被刷下來。她不死心，想好要繼續考下去，她希冀著有哪一天，人們會看在她成績超出分數線很多的分上為其開綠燈。大姐好像換了個人似的生氣勃勃，她竭力鼓勵我突破重重難關，去達到那輝煌的頂點。

大姐的話極富煽動性，可她不在的時候，母親還是流露出不完全相同的情緒。她一方面擔憂緊張的苦讀會損壞我的身體，另一方面她覺得即使考上大學，今後也未必一定留在城裡。母親在我人生的關鍵時刻，再一次表現出了猶疑和消極的態度，而我，也再一次地違逆了她的意願。

離開海邊不到十天時間，我收到了柚子寫來的一封信。

柚子的信寫得纏綿悱惻，我躲在小閣樓上讀得熱淚盈眶。那密密麻麻的三頁信紙，露出熾烈而甜蜜的情意，當我知道柚子因為思念而正被焦躁煩惱苦苦折磨之時，心都快要碎了。整個下午，眼看著陽光一點點從窗台上移走，我渾身火燒火燎，恨不得即刻買了船票返回海邊。

柚子在信的末尾勉勵我刻苦讀書，她說她在等待一個滿載而歸的消息，我為柚子的懂事明理而感動。

在以後的日子裡，我常常忍不住一次次偷偷捧讀柚子的來信。每次讀信時，心都會怦怦亂跳。我用飢渴而貪婪的目光，搜索那些情意綿綿的語句，彷彿要把那些情話吞下去似的，我的苦讀生活由此而充實，擁有了無窮無盡的力量。

回城後沒幾天，我在小街上邂逅了櫻桃。那時她大概剛剛下班回家，長長的濕漉漉的頭髮披掛下來，從路燈昏黃的光暈下款款走來。

回來啦？她朝我嫣然一笑，露出一排潔白的牙齒。

櫻桃已完全是個成熟的女孩，頎長豐盈的身材散發著女人味十足的氣息，流連顧盼的眼睛有一種勾人的魅力。我不明白，櫻桃的父母都長得不怎麼樣，為何那對從小傷害過我家的夫妻，有這麼一個迷人的女兒。曾經有那麼一瞬間，我的心像被蟲子抓撓似的癢癢的。憑直覺我能知道，只要發出邀請，櫻桃是會隨我去任何地方的。然而我克制住了自己，我的心裡已有了柚子。

櫻桃熱切的目光，在我的拖延遲疑下，漸漸趨於黯淡，她確定不會再有任何下文之後，像個真正默契的朋友，朝我頷頷首，娉娉婷婷地離去。

我眼望著她扭動胯部的優美姿影，慢慢消失於黑魆魆的弄堂內。

我走進小院，二姐正在寫信。那些日子，二姐每天要給政府部門寫大量的上訪信。她對考大學並無興趣，她關心的是如何爭取自己的權益，彌補過去的損失。她從熟人朋友那兒，不斷打聽別人怎樣獲得平反的過程，別人的成功經驗總能給予她不少啟迪，使得她在那些上訪信中所提的各種要求，逐步趨於完整全面。

應該說，與二姐所經歷的磨難和痛苦相比，她所提的那些要求不算過分。但這些要求即使全部得到滿足，她所失去的青春歲月能追回來嗎？她在不堪回首的年月中所受到的傷害能夠得到補償嗎？

我輕輕走過她的身旁，登上小閣樓，又沉浸到一大堆複習資料中去了。

日子一點點推移，返回海邊臨考的日期愈來愈近。我順利地完成了複習迎考的準備工作，在一個天氣晴朗的下午，我背著書包，提著旅行袋，登上了一艘北去的客輪。

4

海風呼呼吹拂我的臉龐。手扶拖拉機一路顛簸過去，無垠的原野景色在陽光下一覽無遺。鬱鬱蔥蔥的防風林從天邊伸過來，一輛馱滿茅草的牛車，沿防風林的坡道斜刺裡蠕動而下，讓人擔心牛車隨時會傾覆。五月的田野望不到人影，只有一大片一大片的鹽鹼地，在懶洋洋的陽光裡泛著白光。

手扶拖拉機過橋爬坡的時候，我提著行李急不可耐跳下來，拖拉機開始慢慢下橋，我超過突突冒煙的機頭，朝村子一路小跑過去。路上杳無人影，幾縷炊煙在風中嫋嫋升騰，村裡靜悄悄的，遠處的河塘傳來鴨群悅耳的嘎嘎聲。

我疾步走向三連那幢矮平房，心撲通撲通地狂跳不已。我第一眼就看到了會計室，會計室的門緊閉著。接著，我又掃了一眼連部熊貓的宿舍，門也緊閉著。

我走到保管室門口，打開門放好行李，額上已沁出涔涔汗珠。我拿出毛巾端了臉盆走向衛河，在擦洗間我不斷回望會計室的門，那扇門依舊緊閉著。沒有絲毫動靜。很奇怪，柚子應該知道今天是我歸來的日子，回海邊的日期一經確定，我就在第一時間寫信告訴了柚子。整個村子都靜悄悄的，似乎像一個無人居住的廢棄的村莊。

我回到了保管室，保管室空蕩蕩的。熊貓還是很仗義的，他明知道我回城去是幹嘛的，在我離開海邊的這些日子，他只是安排人接替我的工作，但卻沒有讓人住進保管室。保管室還給我留著，這給我一絲溫暖的感覺。

從陽光裡走到屋內，感到涼爽寧謐。但不知為什麼，我害怕這種寧謐，心裡顯得有些忐忑不安。我心灰意冷地跑去關上保管室的門，這時困乏一陣陣襲來，我想起自己在船上幾乎沒有睡覺，在床上躺下不久，我便呼呼地睡去。

我醒來時天色已暗，村子裡傳來嘈雜的人聲。我翻身起床，覺得自己已睡得太久太久，走過去打開門，幾個經過保管室門口的職工與我寒暄了幾句，言談間我抽暇往會計室方向瞥了一眼，會計室的門依然還是讓我失望的關閉著。

後來我拿起碗筷去打飯，一路上一改以往的脾性，逢人便高聲地打招呼，唯恐別人沒看見我似的，我似乎要讓全連每一個人都知道：我駱駝回來了！從食堂回來，遠遠的看到會計室，我感到血脈僨張，滿臉通紅，途經會計室門口，我實在管不住自己，伸出一條腿在緊閉的門上踢了一腳，踢完後我心中怦怦亂跳，迅疾走到保管室門口，回眸一望：會計室的門依舊緊緊閉著，但就是剛才那麼一瞬間，我清清楚楚地聞到了一股熟悉的香氣，那是柚子身上才有的氣味，說明她在，她在屋子裡。

傍晚收工時，保管室裡來往的人川流不息，男男女女，問這問那，我心不在焉地逐個應付。

熊貓是最後一個到的，他在門口使勁蹭了蹭沾滿泥土的鞋底，才走進保管室，我們坐下聊了半天。我把一大袋包裹交給了熊貓。這是熊貓父母託我捎給他的。後來熊貓在談到連裡的情況時，像是不經意地提到了柚子，這使心中焦躁不安的我感到些許的寬慰。柚子好好的，柚子沒出什麼事，我被自己編織的幻覺迷惑住了。我要控制好自己的情緒，不要也不能犯病，應該鎮定從容，一切都不用著急，我有足夠多的時間來等待。也許等待愈久，和柚子單獨相會的場面也就愈為溫馨甜蜜。

我是在第二天下午才見到柚子的。

當我發現會計室那扇緊閉的門終於開啟時，我的心抑制不住一陣狂跳。當那扇緊閉的門真的打開了，我好像又缺乏走向它的勇氣。

我在保管室裡走來走去，盼望柚子能像以前那樣一陣風似的飄來，那股誘人的香味也伴隨而至。後來，我覺得等待就和刑罰一樣的難熬，看來要柚子主動走來似乎已不可能，我開始尋找引起柚子注意的良策，急中生智，我的目光忽然停留在工具架上——於是，那一把把普通的大鍬釘耙，在我眼中陡然間變成了古代宮廷的樂器，我撲將過去，緩緩伸出手指，輕輕地，輕輕地從左到右觸摸著一把把工具，然後讓它們互相碰撞，敲打出悅耳的聲音：叮噹、叮噹、叮叮噹噹……工具們互相敲打的聲音由徐至疾，由弱轉強，清脆悅耳的敲擊聲先是在空曠的保管室內迴響，然後從敞開的大門奪路而出，四處奔突。我開始來回遊走，猶如一位呼風喚雨法力無邊的大樂師，面對懸掛的無數洪鐘大呂，奮力變幻出神奇無比的一組組音符，然後將它們驅趕出屋，變成一個個小精靈，在荒原野地上奔奔跳跳，讓整個海邊都響徹我所製造的美妙音樂，讓整個海邊都變成奇幻世界……

那時候的我進入了忘我境界。我又變成了遊魂，像畢業前夕那樣，夢遊般走上講台，手持一張白紙，激昂地讀著上面並不存在的文字。

呼喚沒有回音。柚子似乎仍然不知道我在等她。

癲狂的樂師放棄了極富想像力的敲打，音樂裹挾著我急急地奪門而去，我像遊魂從會計室門口一顛一顛地飄過。我看到了柚子，柚子也看到了我，她正在和兩個女職工聊天，她朝我笑了笑。從她的笑容裡，我覺得她早就獲悉我回來的消息。我覺得她的笑很不充分，令人很不滿足很不放心，但那會兒因為有旁人在場，我沒有停下一顛一顛的碎步，仍然是義無反顧地飄遊過去。

我的瘋瘋癲癲的狀態，到了晚上才有了轉機。

這天晚上晚飯後，四連的司務長來邀我去場部聽課。一個城裡來的數學老師，在場部講授數學課獲得廣泛好評，四連司務長知道我回來的消息，想從我這兒得到一些最新的複習資料，所以天色剛暗下來，他就早早出現在保管室的窗外。

去場部的路上，四連司務長顯得很興奮，五月的田野，瀰漫了沁人心脾的花草氣息，結伴同行的司務長確實有興奮的理由。因為興奮，他完全忽略了我的抑鬱寡歡。司務長的話題東拉西扯，漫無邊際，他好像急於要把我離開海邊這一個月裡所發生的變化，一古腦兒端給我。話題怎樣扯到那個對我來說（他渾然不知）是極為敏感的問題上去的，我已經記不清了。我只記得，司務長提到柚子的名字時，自己心裡格登一下，於是，一種不祥的預感緊緊攫住了我。我看到司務長嗅了嗅鼻子，顯出一副十分不屑與鄙夷的神情。

女人看不透，司務長說，世界上最不可理喻的就是女人。誰不知道柚子是鹿的女朋友？嘿，怪了，就你不在的時候，沒幾天功夫，她居然和犀牛搞上了。就算現在扎根派不吃香了，跟什麼人好不行，非得和犀牛好？這叫鹿的面子往哪兒放？

司務長又是感慨又是嘆氣，像是不平和怨忿，又像是這件事觸動了他的某塊心病。原本鷹當連長時，司務長在四連就一普通職工，並非是嫡系，場部整頓四連前夕，他找到鹿，希望幫忙找個洋差，最後他留在四連當司務長都是熊貓安排的，但他很清楚自己的走運離不開鹿。

這天晚上，我坐在場部教室裡迷迷登登的，那個口若懸河的數學教師講了些什麼，我一概沒聽見。下課後司務長推了我一把，我才如夢初醒，起身離開教室。三連這一帶今晚又逢斷電，遠遠望去，村子裡漆黑一片，星星點點的油燈像鬼火般閃爍。和四連司務長分手後，我疾步如飛，回到連隊，直奔會計室而去。

我猛然撞開會計室虛掩的門，屋內正在聊天的柚子和另外兩個女職工，都被我的莽撞舉動嚇了一跳。我帶進的一股勁風，使桌上兩支豎著的蠟燭搖曳不止。

哦，你回來了？柚子明知故問，像是故意講給那兩個女職工聽的。她的臉上掛著笑，但笑得很勉強。我見過這樣的笑容，那次我陪她一起去場部的路上被鹿追上的時候，她也這樣笑過，所不同的是，這次輪到我——而不是鹿不知所措了。

我特別想和柚子個別談談，但我感到，柚子非但沒有支走那兩個女職工的意向，而且她還拚命找話題留住她們，顯然她們已成了她的擋箭牌。

你剛才說到哪兒了，快說下去呀。柚子對其中一個女職工說。

我……我想說的話，已經哽咽著湧到喉嚨口了，但我還是強把它嚥下去。我唯恐自己失態說出什麼不妥的話來，趕緊拔腿走出了會計室。

連續幾天，我沒有好好吃，也沒有好好睡，我不知道發生了什麼。我掏出柚子寫給我的那封信，一遍遍的看，一遍遍的讀。讀到纏綿處，心如刀絞。每次讀完信，坐在窗前支頤發愣半天。我幾次三番想闖過去找柚子談談，但我冷靜時一想，覺得什麼都不用談了。我已明明白白地體察到一個事實：柚子根本不願意和我單獨在一起。為什麼會是這樣，為什麼？我在保管室內困獸般走來走去，我無法相信我感覺到的事實。一天，兩天，我克制住自己，有時候，我還會奢望某一時刻，柚子會像以往那樣，一腳踢開保管室的門，走進來對我說：你錯怪我了……

隨著時間的推移，我覺得什麼東西在一點點的逝去。我不明白為什麼所有人對此都麻木異常，所有人都不來過問我是否會憋死。一天晚上，我害怕一個人面壁而坐，就走出了保管室。我在月色下的曠野裡久久徘徊，後來我來到位於運河邊的一間茅屋前，我不知道我為什麼會走到這裡來。後來，我聽到了柚子節制又放浪的格格笑聲，猛然間，我明白了自己並非是無意識走向這間茅屋的。這間遠離村子的茅屋就是拖拉機房，拖拉機手犀牛就住在這裡。我為自己的舉止感到震驚和羞愧，我悄悄地逃離了那間茅屋，邊跑邊回頭張望，甚怕被茅屋內的人發覺。

回到保管室，我氣喘吁吁，我確定我現在是一個人了，無邊的孤獨和悲涼正從四面八方蔓延過來吞噬我，我的眼眶裡噙著熱淚。

第二天我開始讀書。然而，任何一點聲響都會驚擾我的思路。突如其來的拖拉機聲，常會讓我猝然從座位上跳起，跑到門口，趴在門縫裡向外窺視。我觀察著犀牛的一舉一動，我看著犀牛將拖拉機駛出視線不及的地方，然後急忙奔到保管室的後窗眺望，我看到拖拉機駛到村口的時候，茅草堆後面閃出了預先等候在那兒的柚子，她敏捷地縱身跳上拖拉機，犀牛一踩油門，拖拉機便箭鏃一般射了出去，大路上塵土飛揚……

有時候，我看到的並不是三連的拖拉機。好幾次我從門縫裡搜索到的目標是鹿。鹿駕駛拖拉機從野外橫衝直撞而來，一旦在村子裡煞住車，他便疾步直奔會計室。會計室倘若無人，他又會逕自朝保管室走來，嘭嘭嘭亂敲一通門。我躲在屋內，任鹿怎麼敲門都不開，我不想見鹿，我不想見任何人。

這樣過了一個星期。我每天恍恍惚惚，丟了魂似的，讀書的效率極低，而大考的日期日益迫近。我感到自己每天封閉在一個密不透風的地牢裡，而地牢每天都在下沉，我想找個人傾吐一番，但又找不到一個可靠的人，我已不相信身邊的任何人了。

那真是一段苦不堪言的日子。

5

這一年我沒有考上大學。我是第二年才離開海邊的。

這年初夏，我竭盡全力擺脫掉心理上的陰影走向考場，完全是大姐的一封信起了作用。我內心的痛楚因無人可以訴說，不得已給大姐寫了信，大姐很快回了信。大姐要我挺住，一定要挺過去。大姐說在這種時候沒有人可以幫我，只有靠我自己。她告訴我，以後也許還將多次面臨類似的情形，你一定要學會怎麼應對孤立無援的困境。大姐的信中還指出，你所喜歡的那個人比你要成熟得多，女孩早熟，客觀上她年齡又大兩歲，你並不合適和她在一起，失去她也許是件好事，現在第一重要的是必須馬上振作起來，迎接高考的到來。

在人生的關鍵時刻，我挺過去了，但浪費的時間和精力已不可追回。我最終各門功課分數相加只達到中專錄取分數線。我撕掉了成績單，我的理想是上大學，儘管很多人包括熊貓在內都勸我慎重，不要輕易放棄這個離開海邊的機會。

第二年，我以優異的成績考取了一所明星大學的新聞系。我的考分在海邊位居第二。以三分之微領先於我的，是後來成了我好朋友的鴿子。在曠野深處的一座山坡上，樹木掩映了幾間簡陋的草棚。我和鴿子，分別被從各自連隊抽調上來，成為場部宣傳隊的創作員，鴿子負責樂隊的配器，我負責文字創作。這段短暫的經歷，為我們的複習迎考提供了方便，爭取了時間。我們廁身茅草屋，或早起晨讀，或挑燈夜戰，一起緊張溫習了三個月。我們兩人同時赴考的那天，陽光燦爛，萬里無雲，這樣的天氣，為我們能夠成為海邊幾千名考生中的佼佼者，埋下了伏筆。

事隔一年，我時時還會感到內心的隱痛。我常常會在塵土飛揚的大路上，邂逅合乘一輛手扶拖拉機迎面而來的柚子和犀牛。奇怪的是，柚子和犀牛會不約而同地因為看到我而臉紅。大家都在傳說犀牛變了個人，那個昔日名揚海邊的打架好手，自從和柚子在一起，已變成溫馴無比的老實人。犀牛的紅臉讓我捕捉到這樣的資訊：他知道柚子和我曾經有過的短暫的感情糾葛。我即使在頭腦發熱的時候，也從未恨過犀牛，我似乎從一開始便覺得，柚子的背叛與犀牛無關。然而犀牛為什麼要紅臉呢？不懼怕任何人的犀牛，難道懼怕我在熊貓面前說他的壞話？難道他為領受到的那份感情有些來路不明而惶恐不安？似乎都對，又似乎都不對，犀牛的紅臉始終像個謎團，縈繞在我的心頭。

當然，最讓我困惑不解的還是柚子。

隨著時間的漸漸流逝，柚子在那段年月裡的心理軌跡，像雲籠霧罩的山峰一樣忽明忽暗忽隱忽現。我感到那時候的柚子心裡也一定很矛盾很痛苦。她曾經愛過鹿，為他的才幹所吸引。後來，鹿個性中虛弱的一面突顯出來，尤其是當海邊人紛紛準備複習迎考的時候，鹿的弱點暴露無遺。柚子那時非常想考大學，她從未想過要留在海邊，然而她又怕自己不行，又怕別人對她拋棄舊日情人的舉動嗤之以鼻，種種顧慮導致她只能偷偷摸摸地看書複習，這時候的我自然是她最理想的同伴。後來某一天，她發覺她根本不是考大學的料，而為了擺脫鹿的追逐和糾纏，她急需找個庇護所，給她危機四伏的生活找到扎實的依靠。孔武有力的犀牛，便成了她掙脫桎梏、排解鬱悶孤獨的最佳人選。這樣看來，柚子所背叛的不是我，而是她自己。

我的這些分析可靠嗎？

三年後，我曾和熊貓一起去一家地處鬧市的菜場，看望在那兒當營業員的柚子。那時她已經和犀牛結了婚。在都市昏朦路燈斜斜的照射下，戴著塑膠袖套、身掛黑色圍兜的柚子手裡捏著一把鐵鉤，拖拽著一筐筐冰凍過的海魚。也許過於突兀，看到我和熊貓，她的臉色微微酡紅，手腳不知往哪兒放才好。那一刻我忽然覺得自己太殘忍，心胸太狹窄。我覺得全錯了，包括我的那些分析。我再也沒有興致去問柚子是不是愛她丈夫這個問題，儘管去之前我是那麼想知道。我們離開那個嘈雜無比的夜市菜場時，我的心緒壞透了。

從那以後，我再也沒有見過柚子。

鹿是在我離開海邊前不久死的。這時候，鹿駕駛的手扶拖拉機在海邊瘋狂地開來開去，已維持了相當長的一段日子。鹿像一位古代勇士駕馭著他的戰車，在某個黃昏降臨的傍晚突然衝上了一座高高的大橋。飛馳的手扶拖拉機開到橋面中央後，一個過路的民工看到身穿軍裝、戴著一副賽璐珞眼鏡的拖拉機手從座位上站立起來，他像頭發怒的野獸一般弓起身子，掉轉把手，讓他的座騎橫過來猛地躥了出去，手扶拖拉機在離開橋面的時候像人一樣打了個呃，而後翻了個跟斗，朝幽深寬闊的河底墜落下去……

事後，人們從河底打撈起濕漉漉、血肉模糊的鹿，發現他的腦袋像中了箭鏃似的橫穿過一根又長又銳利的蘆杆。

真正是萬箭穿顱。

6

我一直不知道怎樣來講述蝙蝠這個人，現在，已到了不能再把他擱置一邊的時候，雖說我內心裡是那麼不願提及他。

在海邊生活如煙如縷的回憶中，蝙蝠無疑占據了一個任何人沒法替代的位置。假如一個人在你對世間萬物尚處蒙昧狀態的時候，給予你非常重要而深刻的影響，堪稱一種啟蒙作用，而這個人帶給你的記憶又常常摻和著苦澀的怪味，你會用什麼樣的心情來提到他？

在海邊，所有結識蝙蝠的人無不佩服他的聰明才智。直到蝙蝠離開海邊很久之後，我遇到一個認識蝙蝠的人，他一方面把頭搖得像撥浪鼓，連呼蝙蝠是「混世魔王」，另一方面他又竭力稱讚蝙蝠的才幹。我從這個人無奈痛苦的神情中，猜到了他曾怎樣為蝙蝠所折服，又怎樣遭受過他的傷害。

倘若你在海邊生活過，你不知道某連連長那很正常，因為海邊加起來有幾十個連，但如果不知道蝙蝠，你無形中就將自己放到了一個十分尷尬的位子。蝙蝠在海邊的名聲，要遠遠超過大多數連隊的頭頭。天氣晴朗的星期天，蝙蝠總會背上他的畫架，搭乘南來北往的拖拉機，去海邊的某處風景地寫生，蝙蝠跑遍了海邊任何一個人跡罕至的地方，他給許多人畫過速寫，只要誰願意，不管是場部頭面人物，還是拖拉機上素不相識的過客，蝙蝠都會很認真地給他畫像。但誰如果以為蝙蝠畫完之後，會把速寫稿贈送給你，那就大錯特錯了，蝙蝠總能找到不給畫稿的理由。只在日後藝術學校招生的考試過後，人們才明白一個道理：所有曾經挺直腰桿端正姿勢必恭必斂息屏氣給蝙蝠作過模特兒的人，都不過是蝙蝠在等待這一天臨場發揮過程中的一個道具。蝙蝠似乎早就認準了有這麼一天要讓他大顯身手，所以在此之前的無數個日日夜夜，只要一有機會，他就會拿起畫筆給人畫速寫。他最大的本事就是一面畫畫，一面與你討論問題，當你被他雄辯的口才駁倒，不得不對一個問題重新估價和認識之際，蝙蝠的速寫練習也已大功告成。

從蝙蝠隱隱約約閃爍其辭的談吐中，我大概知道，他的祖上曾是蜚聲海內外的棉布大王。由於語焉不詳的原因，到了他祖父這一輩家道中衰，而蝙蝠的父親也更是年紀輕輕，莫名其妙地離家出走，皈依了佛門。蝙蝠由誰帶大的、又是在誰的教導下練習小提琴，而後又是什麼原因中途輟學而改學畫畫的，這些都不得而知。但無論如何，蝙蝠曾得到過一個了不起的高人的指點。要不他不會在那樣的年代裡，對世界藝術史和文學史的瞭解達到令人費解的熟悉程度。據我所知，海邊許多人是從蝙蝠的口中，才聽說巴爾扎克、托爾斯泰、林布蘭⑦、達・芬奇這樣一些名字的。他幾乎能如數家珍地講出一些世界名著的故事內容，如果在今天也許不算什麼，而那是個革

⑦十七世紀荷蘭畫家林布蘭（Rembrandt van Rijn），原譯倫勃朗。

命席捲大地，搗毀一切人類文明的禁錮年代，蝙蝠隨意間流露出的這些資訊，對我們來說是何其陌生啊。接近蝙蝠的人，或多或少從他那兒領略了文明世界的陽光，在他面前，我們許多人都顯得極為自卑。

蝙蝠身上的很多素質，都預示著他天生要幹一番大事業。我們剛到三連的那年冬天，毗鄰的五連和我們發生過一起毆鬥事件。

事情的起因是為了茅草。誰都知道，海邊的冬天茅草意味著什麼。海邊人冬天做飯燒水，用的燃料全是茅草。三連原是機耕連，機耕連有柴油，所以無人去割田野裡的茅草，三連的茅草長得格外茂盛。機耕連未撤走之前，其他連隊的職工經常越過界河，跑到三連的地盤上偷割茅草，這已成為多少年來的習慣。

我們在熊貓的率領下進駐三連之後，三連也擁有幾十號職工，需要消耗大量的茅草。但幾次發出警告，五連的職工依舊偷偷摸摸涉過河來，割走一大片一大片的茅草，這就使得某一天的聚眾毆鬥，成為不可避免的事了。毆鬥的後果是嚴重的，雙方至少有近二十人受傷，因為是三連的人先動手，最後傷亡人數五連也大大超過三連，熊貓在辦公室裡走來走去發愁，蝙蝠來了。蝙蝠如是這般地給熊貓出了一通主意，後來熊貓在連部會議上決定：由蝙蝠出任三連談判代表。這樣的結果，人們估計是蝙蝠毛遂自薦爭取來的。

談判在界河邊舉行。蝙蝠率領的三連談判小組只有兩個成員。談判的結果出人意外且很有新意：雙方受傷人員的醫藥費自理；五連不用送還偷割的茅草，三連另外再撥出一車豐收拖拉機的茅草，以換取五連的兩頭豬。這場艱難的談判，蝙蝠憑三寸不爛之舌就談成了，他口若懸河從頭說到尾，邊上他帶去的兩個人還沒來得及插上話，談判已結束了。五連是副業連，除了種蔬菜就是養豬，通過談判他們解決了過冬茅草問題，當然很樂意：而三連的人，馬上就有豬肉吃，公憤隨之化為烏有，民意迅疾得到安撫。

在海邊，從未下田幹過活的人，大概除了蝙蝠之外找不出第二個來了。蝙蝠抵達海邊那年，一跳下拖拉機，正好看到場部宣傳科的人在畫大幅的領袖像，他站邊上隨便說了幾句，修正了幾個明顯的問題，宣傳科那個人就把他拽去見領導了。這幅領袖像蝙蝠整整畫了一年，他提醒場部宣傳科：領袖像可不是鬧著玩的，畫不好會出政治問題，只有慢慢畫，所謂慢工出細活，才能保證萬無一失。蝙蝠當然不會一年四季老老實實蹲在會議室裡畫畫，一年中至少有三個月的時間，他藉口採購顏料先後回城三次。餘下的時間是這樣安排的：有人來的時候眯起眼睛，拿著畫筆往巨幅畫像上塗抹幾筆，沒人的時候他畫畫素描，打打乒乓，東逛西遊，廣交朋友，傳播令人咋舌的思想。奇怪的是，沒有人會對蝙蝠的不幹活提出異議，就像沒有人會對他的隨意離開海邊提出異議一樣。那時候，即便家中有人去世也未必能獲准回城，而哪一級的領導都不能阻止蝙蝠請假離走的念頭。蝙蝠人好像掛在連隊，但連隊幹部管不了他，因為從一開始，他就在給場部幹活。蝙蝠身上天生有一種魅力，他那雙明亮而精神的眼睛逼視你，鼻梁咄咄逼人地挺起在你面前，在那種時候，你要拒絕他哪怕是不合情理的要求，似乎也變得十分困難。

一個春光明媚的星期天，蝙蝠忽然跑來問我，想不想隨他到其他連隊去遊歷一圈，順便改善改善伙食。我當然求之不得，我差不多已有兩個月未聞肉香了，連隊食堂每餐供應的都是毫無油水、令人大倒胃口的白菜，我欣然接受蝙蝠的邀請。

我們走出村子，搭上一輛豐收拖拉機。海邊的交通工具就是拖拉機，拖拉機不是公車，沒有預設的行車線路，能搭乘到就很不容易。至於拖拉機去哪裡，與你去的目的地大方向是否一致，那就只有碰運氣了。坐上拖拉機，就像在茫茫大海中攀上一葉小船，只能聽憑它隨風飄蕩。

拖拉機在公路上足足狂奔了兩個小時，我們被載到很遠的地方。中午時分，拖拉機才停靠位於海邊東南角的一個連隊。拖拉機要等著載貨，我們只能一個個跳下車斗。

說實話，我當時心裡很沒有底，非常的疑惑，雖然知道蝙蝠神通廣大，平時在海邊滿世界跑，朋友遍及四面八方，但我對這種事先不打招呼、突擊式的造訪，還是存有疑慮。這個連隊有接應我們的落腳點嗎？我的肚子餓得咕咕叫，要是這裡恰好沒有蝙蝠的朋友，那就慘了，我們豈不是要白白的餓一頓了嗎？

蝙蝠完全無視我的憂慮，他揮揮手，示意我跳下，一副胸有成竹的模樣。他帶著我拐進村子，朝一幢磚房直奔而去，其時已日掛中天，早過了開飯時間。

我們闖進一間男職工宿舍，裡面鬧哄哄的在打牌。一個戴眼鏡的頭髮花白的老知青，抬頭一見我們，趕緊從牌桌旁站了起來，朝我們迎過來。

看來這是蝙蝠的朋友，他言語囁嚅，對我們的到來表示很意外。蝙蝠根本沒工夫理會他朋友的驚訝神情，他開門見山告訴對方：餓壞了，快快去備飯！老知青連連稱是，趕緊拿了碗盞去食堂打飯。

等了有一支菸的工夫，老知青打來了飯菜，他說因過了時間，與司務長好說歹說才給打的飯。我一見隆起的米飯上，覆蓋著夾帶著幾塊肉片的菜肴，胃裡面吱吱地冒泡，直等著將那飯菜一咕隆的塞進肚子，但蝙蝠一點也不著急，他笑嘻嘻地看著老知青說：

我們跑那麼遠的路來看你，你好像不大夠意思嘛？

蝙蝠的嘴角自信地翹起，臉上露著微笑，目光逼視著他的朋友。老知青聞言臉色緋紅，像做錯了什麼，手腳忙亂地端過一張凳子，爬到高處打開一隻大木箱，在裡面翻了半天，找出一隻午餐肉罐頭來。他打開罐頭，用水果刀把肉劃成片狀，撥拉進我們的碗中，他抬起頭看看蝙蝠，以為這下可以讓他滿意了。

豈料蝙蝠依舊坐著，不動筷子，笑嘻嘻地看著老知青。老知青又一次臉紅了。蝙蝠一拳打在他的肩胛上，說：你太不夠意思了！說完返身跳上凳子，從大木箱裡又搜出一隻肉罐頭和一隻魚罐頭。嘿嘿，還想藏私貨！蝙蝠得意地朝我晃晃手中的戰利品。

我們兩個饕餮之徒，很快就將三隻罐頭全部報銷了。作為回報，蝙蝠只是在用飯期間，對老知青拿出的幾幅水彩習作，草草指點了一番。

吃完飯稍事休息後，我們便揚長而去。我已經非常滿足，站在拖拉機上打著飽嗝，心情舒暢，而蝙蝠則一路嘟囔抱怨，好像受了什麼委屈似的。傍晚時分，我們來到場部糧食供應站，蝙蝠路上說要給我一個驚喜。糧食供應站與連隊比，相對比較富足，那裡有四、五個人都是蝙蝠熟識的朋友。我們一到那兒，他們立即行動起來，有的殺雞，有的去田裡捉青蛙，有的去河邊釣黑魚摸田螺，忙得不亦樂乎。那天晚上還喝了酒，這是我到海邊後第一次喝酒。

糧食供應站的這頓美味大餐，讓我足足回味了幾個星期。

這次遊歷使我大長見識，回歸途中，蝙蝠即興發表的一個著名論斷，讓我茅塞頓開。他說男人的嘴，生來就派兩個用處：一個是說，一個是吃。說是付出，吃是回報，會不會說、說得好不好決定了吃的品質，說得好說得妙，自然也就吃得好吃得妙。

蝙蝠確實是他理論的出色實踐者。他非常注重吃，在食物極其匱乏的海邊，他幾乎沒虧待過自己的嘴，他想方設法，成功地使自己的食欲得到了極大的滿足。一直到他考上美術學院，離開海邊，人們才忽然發現：是無數海邊人，用自己的肉魚罐頭和勞動血汗，滋養了蝙蝠碩大腦袋裡的智慧和他臉色紅潤的健康。蝙蝠不出門遊歷的時候，除了伶牙俐齒的口才外，他常常用一些諸如維生素C、仁丹、撲爾敏等藥物，來和女職工交換美味佳餚。這些稀罕的藥品，據說是蝙蝠從場部醫院一個女醫生那兒要來的。蝙蝠和這位女醫生的曖昧關係有多種版本的說法。蝙蝠離開海邊，顯示了男兒不沉湎於兒女之情的品質，而那個被蝙蝠果決斬斷情絲的女醫生，卻從此逢人便說她的不幸。她向人訴說的時候，咬牙切齒，目光飛向天空的朵朵雲彩。我最後一次聽人提起女醫生，說她坐在場部醫院門口的台階上，叨叨絮絮自言自語描述她剛剛怎樣吞下一隻大蒼蠅，女醫生說那隻蒼蠅真可憐，她不該殺了牠。

在我的記憶裡，蝙蝠與我們所談的話題，涉及哲學、藝術、經濟、國際問題、夢境和死亡、宗教和靈魂等等，範圍極為廣泛，而他談的最少的就是女人，人們很難知道他對愛情的確切看法，他在感情方面的經歷，常使人感到撲朔迷離。四年以後，我在大學校園裡與蝙蝠久別重逢。當時蝙蝠匆匆行走在綠樹成蔭的甬道上，好像要趕去什麼地方，他和我敷衍了幾句，很肯定地說他會來看我。那天晚上，我在宿舍裡哪都不敢去，可從這個晚上起，直到以後的許多日子，我始終沒能把這位故友等來。

一個月後，等來的是中文系一位女生服藥致死的消息。中文系的女生原和外校一個男大學生談戀愛，男朋友常來看她，結識了她的同屋⑧——一位義大利女留學生，他瞞著女友，和女留學生暗中來往，過從甚密。後來，男朋友通過女留學生，又結識了另外一位留學生——義大利某議員的女兒，他和議員的女兒偷偷結婚、比翼雙飛許久之後，這位中國女學生和她的義大利同屋才從各自的夢幻中醒來。中國姑娘為愛殉情的選擇，反襯出義大利姑娘的堅強和瀟脫。校園內因此引出一場曠日持久的關於道德問題的爭論。這起事件，一度在我所生活的城市沸沸揚揚，流傳甚廣。

中國姑娘的男朋友就是蝙蝠。他去義大利一年後，又與議員的女兒離異，和一位歐洲大畫商的女兒結婚。這宗婚姻的成功，使得蝙蝠作品的要價直線上升，迅疾躋身全歐洲屈指可數的幾位華裔畫家的行列。中國畫家蝙蝠在短短的幾年裡，完成了他人生的三級跳遠。隨之而來的名聲和財富，足以使其後半輩子過上奢華富貴的生活。

⑧室友。

蝙蝠情感經歷裡的歐洲部分，是一位義大利朋友告訴我的。他說，從一開始義大利的華人圈子就對蝙蝠口碑不佳，而蝙蝠似乎也遠遠地疏離華人圈子。其實，蝙蝠不屬於任何圈子，他生來就屬於整個人類。

在這個世界上，蝙蝠結識為數眾多的人，但蝙蝠沒有一個真正的朋友。至少我不是。蝙蝠從不將他的內心隱祕透露給我，不會向我交心。做蝙蝠的朋友或情人，需要冒很大的風險。你要準備好他拚命的、無情的榨取你們之間的友情或愛情。我猜測，在蝙蝠的辭典裡，也許根本就沒有友情和愛情這一類的詞。有時我甚至覺得，蝙蝠彷彿是一個肩負使命的過客，他從人群中走過，卻並不與人間發生世俗的情感聯繫。他給你指點迷津，然後又急匆匆趕他的路，奔他的目標而去。你從與他短暫交往的瞬間，獲得智慧和文明世界的資訊，而你同時也在他殘酷的榨取中喪失許多。

我是從認識蝙蝠起，才真正打開了精神世界的窗戶。而恰恰又是蝙蝠這個人，常常動搖和摧毀我的生活觀和價值觀。他的才智和品性如藤蔓一樣交錯，如塵土一樣飛揚，我追蹤的視線模糊而迷離，我常常覺得看不清他的面容和身影。

然而，我深深知道，在我的靈魂深處，已無法將蝙蝠抹掉。

下部　在人間

第一章 林蔭道

從這個位置望出去，閱覽室一排落地窗外的景色可以劃分為三個層次：近景是遮天蔽日的茂密樹葉，從左到右，濃濃的綠瀰漫了寬闊的空間；中景是橫亙在殘陽下的鵝黃色草坪，草坪中央矗立著一尊高大的石像，一個園工正用一把刷子刷去石像底座的紙屑和漿糊。

前幾天，這座君臨天地之間的領袖像，曾被學生們用白紙覆蓋起來。更早些時候，一群激進的學生手持鐵錘和斧子，衝進草坪想要砸掉石像。校方出動了大批保安人員，與激進的學生在石像周圍形成對峙局面，最後是德高望重的老校長拄著拐杖趕來，發表了一段聲淚俱下的演說，才使作為一個時代象徵的石像倖免於難。老校長之所以能夠勸說那些頭腦發熱的學生撤出草坪，與他十年前長跪石像下、雙膝因此落下重疾的經歷不無關係。

草坪再延伸出去，是一彎浮萍蕩漾其間的池塘。池塘邊有一條掩映於雜草叢中的鐵路，據說建於民國初期，它猶如巨蟒般忽隱忽現，將校園分割為兩部分。東部為學生宿舍和教工住宅區，西部為教學樓圖書館和學校辦公樓。殘陽餘暉下的池塘和逶迤草木間的鐵路就構成了遠景。

鐵軌中央冒出的幾株草莖在微風中輕輕搖曳。我的眼睛永遠是那麼好，緊張的複習迎考並未使視力下降。由此我常想，是那個棄我而去的人，遺傳給我一副出色的眼睛。入學體檢時，醫生手持聽筒，在我胸前反覆側耳傾聽，冰涼的聽筒上下左右移動，醫生蹙緊眉頭，後來，他收起聽筒，伏案書寫了幾個龍飛鳳舞的漢字：先天性音室減弱。

有關係嗎？我問醫生。

醫生揮揮手，示意我可以離去了。一個天生有缺陷的心臟，並未妨礙我跨進大學的校門，卻給我留下一個疑問：為什麼鼻子、咽喉、耳朵、心臟均有問題的軀體，唯獨長著一雙視力可及遠處的眼睛，難道這預示著我必定要發揮它的優勢，來洞察人世間的景觀，來解讀關於生命的或悲或喜、走向各異的故事？

我坐在圖書館二樓閱覽室裡，面前攤放著索福克里斯的《伊底帕斯》⑨，我已將這齣古希臘的悲劇讀完了。伊底帕斯用伊俄卡斯忒身上的金別針，刺瞎了自已的雙眼，他從此要被驅逐出忒拜去浪跡四方。一個人沒跨過生命的界線、沒有得到痛苦的解脫之前，就不要說他是幸福的，忒拜城的長老們這樣說。

《伊底帕斯》讓我的眼睛隱隱作痛。三個多小時的閱讀，眼睛確實疲勞了。我收回目光，環顧一下大廳的四周。閱覽室可容納數百人，每次我只要稍稍晚到一會兒，門口的小牌牌便發完了。閱覽室裡的讀書環境是最理想的，這兒可以借到我想讀的大部分世界名著，置身於偌大的空

---

⑨原譯作《俄狄浦斯》（*Oedipus*）。

間，周圍有許多人，卻聽不到一絲聲響，這給我一種安穩感和踏實感。

長桌對面的那位女學生開始整理書包，離打鈴閉館的時間還剩下十幾分鐘。女學生頭上的粉紅色蝴蝶結老是干擾我的視線。她拿起書包離去之際，腳踝觸碰到了桌腿，桌面為之顫抖片刻，我的腳踝也無來由的疼痛起來。我常會這樣為別人的疼痛而疼痛，或者說別人的疼痛常能夠誘發我對疼痛的想像。

我提早離開了圖書館，想好早點去食堂，吃完飯再來閱覽室等候開門領牌。我覺得時間不夠用，有很多書需要讀。教師上課提及的，同學之間閒聊時談到的，還有我自己覺得應該補讀的書籍真是太多太多了。我像一個長期營養不良、十分可憐的嬰兒，又像一塊乾燥的海綿，需要大量養料和水分。進入大學之後，我才感到以往所有的歲月，都在蒙昧狀態中蹉跎掉了。想想真是可怕，要是一個人永遠處於冥頑不化的境地，就是白活一輩子，也不知道生命還有另外的活法。我走下圖書館的台階，一股熱烘烘的氣息撲面而來，穿行在川流不息的人群裡，我看到一隻粉紅色的蝴蝶結在前面晃動，忽然意識到，提早離開圖書館有更深一層的隱密原因時，不由得自嘲地笑了笑。

沿著林蔭道走去，我聽到球場那邊湧來喧譁的人聲，皮球被叩擊後的沉悶落地聲。林蔭道上綠樹如蓋，像長長的隧道筆直地延伸到盡頭。道旁修葺整齊的冬青，爭豔吐芳的月季花，把校園點綴得賞心悅目。

走到學生黑板報前，我看到那兒圍著一大群人。各系的學生黑板報，是這座大學的神經末梢，差不多每天都會爆出新的熱點，我常常來不及弄清一個熱點的來龍去脈，黑板報牆上已更換了內容。我匆匆地來回走過，顧不上在那些新奇的五花八門的思想前逗留太久，我更需要的是補充養料，吸收精神食糧。

我從人群前面走過去，在肩膀重疊的縫隙間，瞥見一塊黑板報上張貼著的照片。照片上，一位將近四十的知名度頗高的學生幹部端坐在籐椅上，照片下面不知誰用粉筆寫了潦草的幾個大字：

……你坐得安穩嗎？

由於交叉的腦袋的遮擋，我沒看清照片下面的人名。我只覺得照片上的人很面熟，一張山區農民的面孔，理著平頂頭，又黑又粗的頭髮一根根豎起，他的嘴唇很厚，講起話來下嘴唇耷拉著沒有反應，像是一彎枯萎的花瓣。剛進學校那會兒便發覺一個有趣的現象：校園裡比較活躍的風雲人物，大凡是一些上了年紀的、社會經驗豐富的學生，他們似乎比小年齡的同學，更急於抓住一切可以表現自己的機會，他們的思想也更銳進，更具破壞性。他們不缺乏敏銳和果敢，但同樣的問題，他們往往比小同學思考得成熟、全面、扎實，從動盪的歲月裡走來，在大庭廣眾面前表達思想，並且讓其具有一種裝飾性和煽動性，那更是他們的擅長和優勢。

我一直走到紅色磚牆的宿舍樓前，才忽然想起，這幾天校園裡在競選學生會主席。

2

你沒參加下午的議論會？

我剛一跨進宿舍的門，寢室長劈面問道。戴著一副眼鏡的寢室長，手拿一隻裝著碗勺的布袋，正準備去食堂買飯。

問你呢，還不趕快回答。一口京腔的北京籍同學一邊整理抽屜，一邊煽風點火。你知道問你的是何許人也？新聞系七十九級文體委員、本寢室學習小組組長。你覺到份量了吧？

不參加討論會，我們的寢室長是可以代表組織記你一次曠課的。湖南來的另一位同學也拿腔拿調地開始敲邊鼓。

嘔──，記曠課記曠課。躺床上看書的小胖亂叫亂嚷，隨後抬起雙腿拚命踢蹬頂上的床板，睡上鋪的同學即刻渾身戰慄起來，儼然像是操練蹦床的雜技演員。

年紀最小的小胖曾是中學時代的足球明星，晚間熄燈之後，他經常炫耀過去的歷史。他說他的球隊曾經走南闖北，令人聞風喪膽。有一次說漏了嘴，說他乘坐一八九次火車去過湖南，被同室上鋪的湖南籍同學逮個正著，當即指出：去湖南沒有一八九次火車。小胖咕噥了一陣沒聲了。

這件事小胖一直耿耿於懷，只要一有機會，便伸出他那兩條又短又粗、毛茸茸的大腿，懲治上鋪的小湖南。

已經走到門口的寢室長又返進屋來。

怎麼啦怎麼啦？寢室長一個個巡視，大哥這樣問一句招你們惹你們啦？啊？反了你們了。本寢室長就是要問一句：你、你下午哪裡去了，快快從實招來！

寢室長的念白可謂是字正腔圓。寢室裡一片靜寂之時，看書看到一半的寢室長會突然長嘆一聲，接著便是哈姆雷特跨越世紀的沉思：生存還是毀滅，這是一個值得考慮的問題。寢室長的念白功夫據說頗得東北「二人轉」的真傳。北大荒十幾年的知青屯墾生涯，凍掉了他的一隻耳朵，也賦予了他孩童般浪漫的性格，和像暴風雪那樣一陣陣突如其來的激情。

經寢室長這麼一提醒，我才想起下午有討論會，但我已記不清自己確實是忘了呢，還是故意沒去參加。班上類似的討論會，自開學以來已有過好幾次，我總共才參加了一次，就這一次足以讓人興味索然。

那次討論的是一篇引起轟動的小說，小說是中文系鴿子他們班一個同學寫的（我忽然想起，小說的作者就是剛才把照片掛在黑板報上的那位）。小說講的是一個農村來的學生，被同班的一位女同學愛上了，而這位農民的後代，在山區有老婆有兒子，於是在主人公的面前就有兩種選擇：一種是固守道德傳統，回歸到沒有愛情的死氣沉沉的婚姻中去；一種是掙脫家庭束縛，斬斷封建婚姻的鎖鏈，和年輕貌美才情雙全的女大學生共涉愛河。作者頗為得意的是他小說的結尾，主人公猶猶豫豫進退兩難之際，耳邊傳來家鄉歌謠和蘆笙的陣陣呼喚。作者說他的小說與以前所有的文學作品不同，不提供任何答案而把思索留給讀者，主人公的兩難，正是現實生活的兩難。

鴿子的同學之所以可以到處大侃他的作品，是因為某日一家報紙的編輯偶然來到學校，從黑板報上讀到了這篇小說，他帶回手稿，裁剪一番，在他所供職的報上予以發表，結果引起社會強烈反響，幾家小說選刊紛紛轉載。

事後鴿子跑來告訴我，小說作者寫的其實就是他自己。鴿子說有一次他們班去郊外搞活動，小說作者和同班一位女同學沒去，兩個人大白天在宿舍裡被學校保衛科的人當場活捉，事發時兩人都光著身子。為了表示對保衛科的不滿，所謂憤怒出詩人，這個四十歲的中年人寫了這篇小說。不同的是，生活中的女大學生其貌不揚，遠非小說中描寫的那般水靈慧秀。我對鴿子的說法將信將疑，在鴿子的話未經證實之前，就不能排除他嫉能妒賢，把吃不到的葡萄說成是酸的。

那天的討論會異常熱鬧，有趣的是，班上占人數三分之二的大齡同學，都主張主人公背叛家庭，投奔解放區；而小齡同學以小北京、小湖南為代表，全部唱反調，他們指出農村需要主人公這樣的人去傳播文明，主人公大可不必賴在城裡不走。小齡同學的看法因為得到大多數女同學的支援，漸漸變成討論會上的主導意見。小說的作者坐在會場中央，虛心地觀賞著爭執不下的雙方，謙遜態度的後面，隱藏著掩飾不住的得意，好像看著一群弱智的人，一步步落入他設計的圈套之中。

討論會結束後，兩派還一路吵回寢室。小齡同學面對年紀可做自己父親的大齡同學毫不示弱，他們大叫大嚷，兵分幾路，纏住不同的對手各個擊破。大齡同學和小齡同學由於這次討論會，從此結下宿怨，反目成仇。大齡同學和小齡同學最終在畢業前夕爆發大戰，那是幾年後的事情了。

這次討論會，讓我更堅定了不摻和學校任何活動的想法。在外系學生的眼裡，新聞系的人，只是些不學無術的萬金油式的混客。我暗暗勉勵自己，決不做萬金油，要像海綿一樣吸吮知識，憑藉自己的努力，來使這種說法不攻自破。

怎麼樣？有難言之隱是不是？本寢室長寬大為懷，希望你下不為例！寢室長用誇張的聲調說完這些話，連他自己都忍不住，噗哧一聲笑了。他朝我高高舉起手裡裝著碗勺的布袋，走出了寢室，鋁勺敲擊搪瓷碗盞的叮噹聲一路響去。

我微笑著注視寢室長離去的背影。寢室長在寢室裡年齡最大，他對別人細緻入微的關心體貼，因為那次討論會延續下來的對立情緒，常被小齡同學誤解。我也是慢慢才適應寢室長那種毫無惡意的幽默和玩笑。入校後不久的新生聯歡會上，我和寢室長合作，代表小組出了個節目，演出意外的成功，輔導員為此在班幹部的人選上頗費周折。徵求我的意見時，我竭力舉薦寢室長擔任班級的文體委員。後來公布出來的班幹部名單，是清一色的大齡同學，這份體現輔導員用人傾向的名單，一時成為小齡同學背地裡攻訐的目標。

我幸運地避開了一次麻煩，我爭取來的寧靜正是我所渴望的，從海邊通過苦讀考出來，是為了讀書，不是為了別的。

像真的一樣！寢室長走了很久，小胖突然從床上一躍而起，朝門口乜了一眼說道。

他從床底下拽出一瓶啤酒，又把桌上兩隻蓋蓋的搪瓷碗掀開，碗裡是午餐剩下的紅腸[10]、花生之類的熟菜。

來來來，喝酒。小胖很大方地對我說。

小胖和我面對面睡靠窗的下鋪。窗外夾竹桃婆娑的樹影，時而拂掠小胖的蚊帳，時而拂掠我的蚊帳。小胖有關一八九次火車的虛構被揭穿後，夜間熄燈以後的神聊，便沒有了他的發言權。但寢室裡僅剩兩個人的時候，我還是很願意聽他天南海北的胡吹一通。年紀最小、天資極為聰穎的小胖，曾獲得過全市中學生作文比賽的冠軍。我聞所未聞的書籍，小胖談起來卻頭頭是道，一本《肉蒲團》，小胖可以如數家珍地復述。入學後幾乎所有的課，小胖都不屑於記課堂筆記，上課回來，很少有不被他奚落的教師。小胖的嘴裡，還經常會透露新聞系教授的軼聞，教授們那些令人捧腹的笑料，天曉得他是從哪裡打聽來的。小胖酷愛啤酒，就像他酷愛傾訴一般，喝完酒哼哼小曲，皮鞋在木地板上踩出優雅柔曼的舞步。小胖對這所大學抨擊最為激烈的一件事，就是不允許跳舞，他不時公布其他院校已准許學生跳舞的小道消息，他在各個寢室轉悠[11]，煽動大家操練交誼舞。照小胖的說法，他已是跳「貼面」的級別，待在這所跳交誼舞還要罰款的大學裡，豈不要憋死？也許常常是我一個人聆聽小胖的牢騷和抱怨，他與我的關係顯得有些熱絡。此刻，他已端過一隻搪瓷碗，替我斟上了一碗酒。

我隨手端起碗，猛喝了一大口，走過去拿起書櫥裡存放著的碗勺，準備出門去食堂。

哎——你怎麼不喝了？小胖問。

吃了飯，還要去閱覽室哩。我歉意地揮揮手。

也太用功了，想撈個「三好」學生當當啊？小胖臉上又是那種不屑的神情。

我沒想過。我說的是真心話。

那何苦呢。考上大學，革命也就成功了。成績再好，也不會多給你一分錢的助學金。小胖喝了一口，把一粒花生高高拋過頭頂，花生疾落而下，他仰臉朝上，花生準確無誤地掉在他的嘴裡。

我要是像你這樣讀過這麼多書，我也可以和你一起喝喝酒，跳跳舞了。可惜我沒這樣的權利。我不無真誠地說。

小胖無奈地聳聳肩，我朝他笑笑，走出了宿舍。

我擠出排成長龍的隊伍，端著飯菜朝食堂門外走去時，覺得有人在和我打招呼。我定神一看，旁邊不遠處站著三個小夥子，他們眉開眼笑，似乎是在譏誚我旁若無人的專注神情。

三人中站左側的高個子就是鴿子，中間個子較矮的那位原也早就認識，他叫鯨魚，也從海邊來，他曾是鴿子所在連隊的連長，我聽鴿子說過，鯨魚在海邊時對他的照顧關懷，足以讓他回味

---

⑩源於立陶宛，外觀呈棗紅色的香腸食品。

⑪漫步、閒逛。

一輩子。我與鯨魚相識是在碼頭上，那時我與鴿子一起返回海邊赴考，已提早一年考上大學的鯨魚趕到碼頭來送鴿子，我們就這樣認識了。鯨魚臨別與我們兩人一一握手，鄭重其事地說：

一個月以後，江南見！

鯨魚手勁很大，被他握過的手隱隱作疼，從此，鯨魚的這一握，深深地刻進了我的記憶。站在右邊那個戴眼鏡、歲數明顯要小得多的小夥子我不認識，經鴿子介紹他叫羚羊，是化學系的學生。鴿子說羚羊的鋼琴是可以彈獨奏的水準，學校愛樂樂團正在擴招團員，他和羚羊準備去試試。

我和他們聊了一會兒，敷衍幾句，便匆匆告辭了。我當時肯定不會想到，站在食堂門口朝我微笑的這三個小夥子，將對我以後的生活發生那麼大的影響。

回到寢室，小胖正和小北京爭論著什麼。小北京常常躲在蚊帳裡偷偷地寫詩。趁他不在的時候，小胖常跑去拿出他厚厚的一本詩集，朗讀給大家聽。小北京發現後自然很惱火，他對小胖真誠的批評意見更是反感透頂，兩人為此爭得臉紅脖子粗。小胖藉著酒勁口出狂言，說他寫詩的時候還沒有朦朧詩呢。比小胖大三歲的小北京也不服氣，他說他寫兒歌的時候小胖還沒拱出娘肚呢。這兩人你來我往，唇槍舌劍，十分熱鬧。

我也不插言，快速吃完飯，背著書包去閱覽室了。走出宿舍樓，月光皎潔，棕櫚樹亭亭玉立，月季花暗香浮動。我腳步匆匆，興致勃勃，燈光璀璨的教室急劇後移。去食堂買飯時，聽邊上的人抱怨學校伙食太差，我沒覺得，我十分知足，學校的伙食再差，也要比海邊強一百倍。走在月光如水的林蔭道上，看到很多身影或走向草坪，或走向教室，心中湧起一股溫馨的暖流。

我想，只有一個詞，可以傳達我此時此刻的心情，準確表達我對校園寧謐氣氛的讚美，那就是：天堂。

3

這天，大白鯊從校外趕回宿舍，已過了熄燈時分。

走廊裡吵吵嚷嚷的，整幢樓就一台電視機，放在二樓的走廊拐角處。不願睡覺的學生把電視機圍得水泄不通，電視裡正在轉播球賽。大白鯊他們寢室有兩個沒看球賽的同學，正大聲議論著，爭吵著，他們的聲音，和更遠一些電視機前不時響起的歡呼聲此起彼伏，讓每個宿舍躺在黑暗中的未眠人，都聽得清清楚楚。那兩個同學又在給校園裡的校花打分了。給引人注目的校花打分，這是大學時代男生宿舍熄燈後的必修課，每個宿舍都不能倖免，每個人都不能倖免，這是一個永恆的、不帶偏見的、跨越年齡界限的共同話題，其打分態度之科學之嚴謹，堪比全球選美大賽上那些苛刻的裁判。

每每熄燈以後，躺在床上的這些輾轉不眠的男學生，腦屏上顯現的，盡是白天林蔭道上姍姍走過的玉容花貌，柔姿倩影。輾轉之後是嘆息，嘆息之後是怪叫，狼嚎猿啼一般。終於到了某一天，誰憋不住了，坦白了他對某位女生的青睞，這時才發現，說出來的每一朵校花，一寢室的人，幾乎沒有誰會不知道的。匯總起來的資料，雖說都是通過目測獲取的，但也分類標準、角度精確、材料翔實。比如眼睛是否雙眼皮，比如三圍的大致尺寸，比如腰肢扭動的嫵媚程度，大家都會逐步培養起一種公正客觀的求實態度和不帶偏見的衡量尺度。

大白鯊所在的寢室，窩藏著全班最為厲害的幾個「特工」，他們白天像雷達一樣搜尋目標，校園裡出現的任何帶有幾分姿色的女生，都很難逃脫他們的眼睛。女學生可愛的形象，迅速準確地儲存進「特工」們的腦海，夜間熄燈後，月光斜射進窗櫺，校花們在幾個「特工」無比清晰的陳述中或幽靈般復活，或顯形為翩翩舞蹈者，具有科學精神的評審團，開始對其容貌、體形、三圍、舞姿、酒窩、總體印象逐一打分。這項活動持續的時間之長，眾評委樂此不疲的興奮程度，都是前所未有的。

大白鯊只要不缺席，他也必是踴躍的發言者之一，但他因為常常不在學校，資訊管道不十分暢通，資料來源有失偏頗，他提出的候選人名單，往往因其不符合大家公認的標準而被否決，別人提出的得到廣泛回應的可望得高分的候選人，又偏偏被他所疏漏，於是，他只能附和別人的意見，只能不時對評分標準，提出一些建設性的建議。

估計大白鯊是悄悄潛進宿舍的，他高大魁梧的身影投射在牆上，走廊的頂燈，洩漏了他歸還的消息。他們寢室頓時安靜下來。

大白鯊回來嘍！怎麼樣，有沒有進展？他們寢室裡有人急問，聲音嘹亮得在走廊上迴蕩，所有的人都聽到了。

大白鯊的生活好像沒有祕密，大家都知道他每天在校外和一些女孩促膝談心，每天的對象都不同。他也很坦白，從不守密，哪怕是摸了一下誰的手，吻了一下誰的額頭，他都會毫不保留地向我們和盤托出，他的疑問也就是我們大家的疑問。他常常會帶回來一些很難解答的問題，供我們大家討論，比如女孩喜歡什麼樣的男人？這時候，大家往往會陷入沉思，寂靜得一絲聲音都沒有，沉默完畢，大家七嘴八舌紛紛提出意見，別人還未說完，大白鯊的床上已傳來粗重的呼嚕聲。第二天，大白鯊帶著昨晚的困惑，又匆匆離開了學校。他就這樣執著地輪番交替和女孩們在情愛的道路上探索著，前行著。

大白鯊沒有回答他們寢室誰提的問題，疲憊地嘆一口氣，在自己的床鋪上笨重地倒下，於是，人們聽到了床架搖晃的聲音。大白鯊的軀體裡流動著漢族和滿族兩股血脈，母親四十五歲那年生下大白鯊，高齡生育並未扼制他勃勃旺盛的生命力，相反，他長得人高馬大，魁梧無比。

看來今天晚上出師不利！大白鯊同寢室的人大聲嚷嚷。見他不答腔，便不再盤問，又開始和另一同學議論起先前的話題。

大白鯊肯定很快迷糊過去，所以後來他們寢室人說，他被窗外一陣乒乓作響的聲音驚醒時，一臉困頓。走廊裡掠過一陣陣雜遝的腳步聲，校園到處是此起彼伏的吶喊聲、鞭炮聲，還有人在拚命擊打臉盆鐵碗。

每個寢室的人都全起來了，大白鯊也一躍而起，他撲向窗戶，只見校園裡火光沖天，宿舍樓的許多窗戶扔出一隻隻暖瓶，大白鯊激動萬分，隨手操起一隻暖瓶，剛欲從窗口扔出去，身後的黑暗中突然伸出一隻手，死死抓住他的手臂，大喊道：

這隻暖瓶是我的！要摔你摔自己的暖瓶！

大白鯊覺得很沒勁，很不過癮，這種時候還你的他的，分得那麼清。他悻悻地放下暖瓶，黑魆魆的，一時又找不到自己的暖瓶，他左突右奔，終於拉開門，衝出寢室，加入到從各個宿舍樓紛紛湧出的人流中去了。

跳下宿舍樓台階時，他順手撿起一隻放垃圾的籮筐，嘴裡「哦哦哦」的大叫大嚷，一直跑到校園草場上，看到一堆熊熊燃燒的篝火，篝火上，樹枝和棉絮堆積如山，他將籮筐奮力扔進火堆，大叫大嚷了半天，才忽而想起什麼，拽住旁邊一位同學的手臂問道：

發生什麼事了？

那同學告訴他，中國男排贏了南朝鮮。

哦，贏了？贏了好！贏了好！哦哦哦……大白鯊又是鼓掌又跺腳。

這就是大白鯊，其實他對球賽一點興趣都沒有。過後很長一段時間，這天晚上大白鯊的表現被當作段子在校園裡演繹流傳。

大白鯊後來又隨著人流跑出校園。看到他魁梧的身影跑來的時候，我正和話劇團的兩位女生站在林蔭道旁說話，滿臉通紅的大白鯊朝我們揮揮手。

我和話劇團的女生能夠認識，還全是大白鯊的功勞。一個星期五的下午，大白鯊將一張話劇團招考的通知遞給我，我拿過來看了半天，上面確實寫著我的名字，但我還是將那張通知揉成一團扔了。

大白鯊覺得很奇怪，他從地上撿起那團紙，說：

星期五下午是政治學習時間，幹嘛不去參加活動散散心呢？說不定還能碰上美女哩。

大白鯊邊說邊把我拽出了宿舍樓。我們來到學生話劇團樓上，排練廳裡坐著許多人。大家正看著一個男同學在表演撲抓蚊子的小品。男同學亂撲亂抓，張牙舞爪，動作極其誇張，看上去蚊子一定不少，營營嗡嗡，滿天飛舞。旁觀的男女同學，一個個樂得前俯後仰，嘻笑不已。

一位青年教師跑來安排我們坐下。青年教師說他曾在新生聯歡會上看過我的表演，所以發了一張通知給我。他問我以前是否演過話劇，我說客串過一個反派人物。

青年教師一拍大腿說：

我一看就知道你演過話劇。算了，你不要再參加考試，直接錄取了。

你也是來參加考試的？青年教師又問旁邊的大白鯊。

大白鯊連連搖手，大白鯊說自己已參加了五、六個學生團體，恐怕忙不過來，沒時間關心話劇事業。

後來每逢星期五下午，大白鯊就跑來提醒我不要忘記去話劇團參加活動。他似乎比我還關注話劇團的活動，惹得寢室長一個勁的問我，大白鯊也是你們話劇團的嗎？

看到我和話劇團的姑娘站在一起，大白鯊一定以為這段時間我在話劇團混得不錯，其實我也是幾分鐘前剛邂逅兩位女生，大白鯊又是豎拇指又是抱拳恭賀，實在是誤會大了。

聽說這天晚上大白鯊直到午夜兩點才回寢室，他的嗓子都喊啞了。

依稀的鞭炮聲響了整整一夜，第二天早上起來，校園裡隨處可見黑乎乎的灰燼和亮晶晶的玻璃碎片。

4

遠遠的觀望，就是校園狂歡的這天晚上我的基本狀態。

我從閱覽室回來，電視還在轉播排球賽，我跑到二樓也去看了一會兒。球賽大起大落，圍在電視機前觀戰的同學們的心情也大起大落，難以平靜。第一局和第二局中國隊都丟了分，我想不看了，沒想到，接下來中國隊連扳兩局，愈戰愈勇，決勝局九比五中國隊領先，電視轉播線路突然中斷，電視室裡一片譁然，群情激憤。坐在前排的小胖脖子上不知挨了誰一巴掌，轉過身來大叫：

幹什麼?!幹什麼?!他媽的把電視機砸了算了！

新聞聯播的喇叭驟響，傳來中國隊贏球的消息，校園裡頓時沸騰起來。

我隨著人流湧出宿舍樓，心緒有些高漲，但我什麼都沒幹。我看著學生們呼口號，點篝火，心頭不免有些熱乎乎。人群湧向校門口的時候，兩位話劇團的女同學叫住了我，她們異常興奮，像五四青年那樣手挽手，彷彿參加一個盛大的節日。

人流在校門口堵塞了，學生們攔截住一輛駛過校門口的卡車，卡車司機不得不停下，一個經濟系的男同學馬上登上卡車，發表了一通激昂的演講。演講完畢，他還領呼口號：

中國人民站起來了！祖國人民向體育健兒致敬！

集結在卡車周圍約有幾千人，大家振臂高呼口號，海潮般的聲浪朝夜空下的城市滾去。我沒有張嘴，我覺得，事態的發展已離我的內心愈來愈遠，當我察覺到一種非體育的因素引導同學們盲目的熱情時，我非常敏感地予以拒絕，自然變成一個旁觀者的角色。

儘管如此，當斑馬後來用一種很不以為然的口吻評述這件事情，我還是竭力像要維護尊嚴似的，與坐在對面的他爭執不休。

擁有一頭金髮的法國女郎菠蘿蜜，一邊用一隻很小的捲菸器，捲好一支細長的紙菸銜在嘴裡，一邊搖著頭哼哼唧唧，發出輕蔑的嘲諷聲音。每當我與斑馬發生爭執，菠蘿蜜總是用這種神態來聲援丈夫。我與這對法國佬長長的交往中，僅有一次，他們之間那種牢不可破的同盟關係被我瓦解了。那一次，斑馬背叛妻子，站到了我的一邊。為此，那個身材嬌小的厲害女人，對斑馬表示了極大的不滿，她用法語嘰哩咕嚕委屈地申訴一番，被她丈夫毫不客氣地駁回了。

體育就是體育，它還能是什麼？留著厚厚唇髭的法國佬斑馬，用極富表現力的眼神盯視我，他揮動手勢，像擠牙膏一樣擠出結結巴巴的漢語。

在你們歐洲，不是也常有為球賽而死人的事發生嗎？這又有什麼可奇怪的呢？我針鋒相對地說。

是的，但你要分析，歐洲那些球迷是由社會哪些人組成的。如果，你說你們國家的大學生全部、所有、徹底——只關心體育比賽，那好，我無話可說。斑馬攤開雙手，聳著肩膀，把他剛學到的幾個詞全都用上了。

要是學生們從關心體育開始，進而關心這個國家的其他事情，我覺得確實無可挑剔。難道他們對什麼事都表示出一種麻木不仁的態度，你倒反而覺得更好？我說。

希望我的擔憂是沒有道理的，希望。斑馬說。

肯定是沒有道理的。我說。

斑馬又一次聳了聳肩膀。

我坐在床沿上，像隻好鬥的公雞，伸長脖子望著斑馬。我知道，只要把斑馬擊垮，菠蘿蜜自然不在話下。

我和這對法國夫婦的關係，從一開始就充滿了火藥味，爭吵是家常便飯。學校要新聞系派出十幾名中國同學去留學生樓陪住，聽說輔導員擬就的名單上有自己的名字，我立即找到輔導員，告訴他我不願去。輔導員說以前陪住的中國同學，大部分人和留學生相處和睦，建立起深厚的友誼，輔導員問我為什麼不願去留學生樓，我吞吞吐吐，欲言又止，其實我自己都不明白為什麼那麼排斥這件事。

輔導員說還是去吧，他說給我安排的這個留學生是研究中國相聲的（後來我才知道斑馬對中國相聲毫無興趣，只不過留學生必須選個專業），我去比較合適，便於交流。留學生樓兩個人住一間房間，生活設施也很齊全，輔導員說。

我勉強答應下來，心裡面依然沒有轉過彎。其他同學陸續與同住的留學生見過面，紛紛搬進了留學生樓，我的同屋則遲遲沒有露面，聽人說外出遊玩去了，我像等待果陀一樣等待那個法國佬。

一天下午，我剛從閱覽室回來，寢室長告訴我：我的法國同屋返回學校了。我在留學生樓的會客室等了足足有十幾分鐘，樓道上才姍姍出現我要見的人。

穿著一身黑絲綢衣服的斑馬走進會客室，淡漠地伸出手，與我敷衍了事地握了握。我沒想到我要見的這個老外有這麼大，看上去至少應該有四十出頭，他留著黑黑的唇髭，一副阿拉伯人的長相。更加離奇的是，這個外國男人手上戴滿了戒指、白銀手鐲等一大堆亂七八糟的東西。那會兒斑馬大概剛洗過澡，淡褐色的鬆軟頭髮，濕漉漉的披在寬闊的額頭上。

斑馬將我帶到我們合住的房間，推門進去之後，我發現房裡空蕩蕩的，除了兩張單人床和書桌椅子外，房中幾乎沒什麼東西。事後我才從斑馬的口中知道，他其實並不希望和中國學生打交道，按照規定，他和他妻子必須分住兩個房間，分別由兩個中國同學陪住，斑馬要和妻子住在一起，他妻子那兒自然不能有中國同屋，如果我的這間房間也沒有中國同屋，他們夫妻倆要付雙倍的房錢。他們出於經濟上的考慮，才同意接納中國學生的，這就使得我搬進留學生樓後，與斑馬的衝突不可避免地將要來臨。

搬家的這天下午，斑馬用結結巴巴的中文，與我聊了幾句無關痛癢的話，以後接連三天，斑馬再沒出現過，這時我才發現，斑馬根本就不住這間屋子。

從七、八人合住一個宿舍到一人住一間屋，我忽然感到十分清靜和悠閒。我想這樣也好，斑馬不出現，我樂得自由，無拘無束，可以在沒有干擾的情況下，儘快寫完話劇團希望我完成的第一個劇本，在那幾天裡，我的寫作進度突飛猛進。

第四天早晨，我還躺在床上，被一陣窸窸窣窣的細微聲音驚醒了，然後我聞到一股濃烈的菸味。我抬起腦袋，透過影影綽綽的蚊帳，看到斑馬坐在書桌前，認真地寫著什麼，我因為天亮才睡，一會兒又迷糊過去了。

臨近中午，菠蘿蜜出現了。一頭金髮的菠蘿蜜闖進屋子，撲向伏案書寫的斑馬，旁若無人地親吻起來，嘖嘖的響聲，搞得我渾身的不自在。

你不要偷看啊，這是精神汙染。初次見面的菠蘿蜜，一上來就帶著一股不饒人的勁兒，她的話往往很刻薄，不讓你有迴旋的餘地。

兩個法國佬看著臉色通紅的我，互相眨眨眼睛，開心地大笑。

從早上到現在才幾個小時，用得著這樣嗎？我被他們的態度激怒了，心裡惡狠狠地想道。菠蘿蜜的中文比她丈夫流利多了，她盡可以用她掌握的語言，熟稔地嘲諷、譏誚什麼，或者來一通法國式的幽默。

他們和我閒扯了一會兒，便嘻嘻哈哈吃飯去了。

接下去的一段時間，斑馬每天早晨過來學習漢語，一張張紙上，寫滿了歪歪扭扭的方塊字。

有一次我察覺斑馬坐在書桌前，很不耐煩地使勁抽菸。我不知道他為何煩惱，用一種漠然的目光斜睨他。

我不知道我為什麼要學他媽的漢語？斑馬忽然很生氣地站起來，走了出去。

我目瞪口呆。

下午我剛鋪好稿紙，斑馬打開門進來了，空氣頓時變得異常的緊張。

你知道你為什麼搬到這間屋子裡來嗎？過一會兒，斑馬一字一句地問我。

我沒吱聲。

你應該教我漢語。斑馬冷冰冰地說道。

為什麼？我再也克制不住了。

為什麼？你為什麼要到這裡來？你告訴我。斑馬的唇髭微微抖動。

不是我要來的！我幾乎是在吶喊，臉漲得通紅。你不歡迎我，我可以走，但我希望你明白，中國學生不是你們留學生所需要的一隻答錄機，不是你們學漢語的工具，我們首先是人，是人你懂嗎？我的眼睛一亮一亮的閃爍，沒想到自己會如此激動。

奇怪的是，斑馬用一種詫異的目光打量我，他像是第一次看到他面前的這個中國人，而後，他一點點平息原先的惱怒，變得溫和起來。

對不起，我想，我們交談得太少，我不太知道你的想法，斑馬嘟嘟囔囔地說道。但是漢語太難學，我確實需要你的幫助，我想這與答錄機不同，嗯，不同。

我怎麼也不會想到，這次和斑馬激烈的爭吵，竟成了我們開始溝通的拐點。每當斑馬碰到問題的時候，他總是很有禮貌地說一聲對不起，我見他一改先前的倨傲無禮，也很客氣地跑過去，幫助他解決學習漢語中的問題。

過了幾天，菠蘿蜜突然跑下樓來，對書桌前的我說：「答錄機」，可不可以請你去我們的房間作客。

我一愣，隨即不好意思起來。

菠蘿蜜一拍我的肩膀，歪了歪腦袋說：來吧，駱駝。

我遲疑地尾隨而去。

菠蘿蜜的房間很亂，到處是衣服和法語版的書籍，地上是一張單人床，我不明白那麼狹小的一張床上怎麼睡兩個人。

斑馬跑進跑出，忙得不亦樂乎。菠蘿蜜告訴我，斑馬的廚藝很不錯，今天特意請我嘗嘗他做的法國菜。

吃飯的時候，還來了一個義大利姑娘海棠，菠蘿蜜用法語和海棠繪聲繪色地講述了一番後，海棠和菠蘿蜜一齊用目光笑吟吟地看著我，我意識到她們剛才講的事與自己有關。

我在告訴她關於「答錄機」的故事。菠蘿蜜向我解釋道。

這天的晚餐是煮雞蛋、烤鵪鶉、生菜沙拉，外加主食義大利通心粉。餐前每人先喝一杯法國南方開胃酒。那酒清純可口，帶一股淡淡的果子澀味，卻並不醉人。菠蘿蜜一個勁問我好吃不好吃，我對西餐一無所知，斑馬的手藝我並不覺得怎麼樣，或者說我並不懂得品嘗欣賞法式西餐，然而在菠蘿蜜的一再逼問下，我不得不隨著海棠一起點頭稱好。晚餐後，斑馬端來一壺濃濃的義大利咖啡，那咖啡又香又釅，給我留下深刻的印象。

從那以後，斑馬與我的關係開始融洽起來，但我們之間的爭論，卻從未間斷過，有時會非常的激烈。只要斑馬那個塞滿哲學思想的腦袋，開始對這個國度裡發生的什麼事表示不滿或質疑，我就會警覺起來，就會進入臨戰狀態，我常常在沒有準備、倉促應戰的情況下且戰且思。要真正擊潰斑馬並不容易，巴黎大學哲學系畢業的斑馬，熟讀東西方哲學名著，他的房間裡放著一本本沙特的法語原著，平心而論，斑馬對一個問題思考的深度和廣度，邏輯的嚴密性，思路的活躍性和豐富性，都令我暗暗折服。所幸的是，斑馬的漢語不好，表達上存在障礙，討論一旦引向深入，他的漢語便捉襟見肘了。這時候要是菠蘿蜜在場，他就會著急地用法語對她飛快地闡述一遍他的思想，再由菠蘿蜜向我轉譯。這個過程無疑對我很有利，它像戰爭中激烈對攻時插入的間隙，常使我在悅耳的節奏感很強的法語吟誦中，贏得寶貴的整理思緒的緩衝時間。

在與法國留學生斑馬頻繁的唇槍舌劍中，我磨礪了思維快速反應的能力。

5

校園裡的裙子一天天多起來，當某一天五彩繽紛的裙子宛若蜂蝶飛舞，夏天就來臨了。

這一年的夏天格外炎熱，熬過悶熱的白天之後，晚間，才從東南角的竹林子裡刮過幾絲涼風。蜻蜓和蚊蚋開始盤桓草坪，池塘浮萍微微移動，露出鯉魚的紅嘴唇，一張一翕慌忙呼吸黃昏的氣息。隨著暑氣緩慢瀰散於樹叢綠蔭，宿舍樓的門洞裡，被酷暑逼得龜縮了一天的男女學生，紛紛魚貫而出。

什麼樣的季節，都不能阻止聰明人實施計畫、兌現夢想的步伐。

夏天的時候，學校大禮堂活動繁多。其中每週有兩次講座，是中文系的學生鴿子主講怎樣欣賞古典音樂。很長一段時間以來，鴿子尋找在校園嶄露頭角施展身手的途徑，他一直渴望在風姿綽約的女學生眼中建立卓爾不群的形象。鴿子身為音樂世家的後代，經過反覆掂量，再三斟酌，最後選擇了古典音樂作為他揚名的突破口，他終於成功了。

他的計畫一開始就得到了朋友們的首肯。一個月光皎潔的夜晚，鴿子把朋友們召集到他那間九平方米的小屋裡，我和羚羊、蝌蚪是先到的，蝌蚪這天還帶了個朋友蜘蛛，蜘蛛也在海邊待過，我們在一起複習過功課，應該算是自己人了。鯨魚姍姍來遲，到的最晚。

鴿子侃侃而談，把他的計畫和盤托出，請朋友們幫他拿主意。

從外校趕來的蝌蚪一拍大腿，迭聲稱讚鴿子的設想太好了，他說英雄所見略同，在此之前他也一直苦思冥想，怎麼在學校裡出人頭地，充分展示才華。蝌蚪也是從海邊考出來的，體檢時我們居然碰到了，當時他支支吾吾，始終不肯說出他將要就讀的是什麼學校。直到有一天，一個身穿員警制服的人，突然闖進我們的大學，一把揪住剛要去圖書館的鯨魚，這個圈子裡的人，才弄明白蝌蚪考上的是員警學校。

蝌蚪當初對他考取的學校諱莫如深，是因為他覺得在這些考入明星大學的朋友們面前，提及中專性質的員警學校，實在有些寒酸。蝌蚪愛好寫作，但他高考時的語文成績，僅勉強達到二十分。據他說是把作文題理解錯了，原該縮寫的一篇文章，蝌蚪洋洋灑灑發揮到原文三倍的長度。蝌蚪說他太想在批改卷子的老師面前，表現一下自己的文采，沒想到，事與願違，改考卷的人毫不客氣將他從大學門口拖出來，塞進紀律嚴明的員警學校，讓其操練擒拿格鬥去了。雖說如此，蝌蚪當作家的雄心未泯，他從一本厚厚的理論書裡，尋章摘句，抄錄一位位外國作家的名言，並模仿這些作家的成功經驗，每天堅持人物素描兩千字，他相信總有一天，他的精當描寫和出眾文才會讓他在嚴酷的競爭中脫穎而出。

所以，蝌蚪是鴿子的積極擁護者。

那天晚上唯一顯得有些不耐煩的是鯨魚，他冷嘲熱諷，找到種種理由來貶低鴿子的計畫，他說作為中文系的學生，鴿子不在寫作上尋找突破口，避實就虛，去搞什麼音樂講座，就好像他鯨魚不認真鑽研經濟學，劍走偏鋒，推廣他所擅長的十大形拳路一樣的不著邊際。

鯨魚的發言很快遭到大家的圍攻，當他發覺自己處於孤家寡人、四面楚歌的境地，尷尬地推了推他的鍍金眼鏡，放棄了他的意見。

這次聚會終於取得了共識。

音樂講座的海報一貼出，我們學校林蔭道旁的黑板報前，人群絡繹不絕，學生們圍得水泄不通。躊躇滿志、忐忑不安的鴿子踱步樹蔭下，遠遠觀望人頭攢動的人群，他隱隱感到，自己已經像貝多芬一樣，敲響了命運的大門。

一切都沿著鴿子的設想在實施，音樂講座開始的第一天，可以容納上千人的大禮堂，擠得密不透風，燠悶難忍。鴿子一走上舞台，掌聲雷動，這時，我們才發覺我們的朋友鴿子身材頎長，風度翩翩，不成功不出名也已經很難了。鴿子一開口，先建議禮堂管理人員打開所有的門窗，他說習習的晚風，配上優雅的音樂，才能帶給大家寧靜致遠的好心情。

鴿子第一句充滿睿智的開場白，又一次博得全場的鼓掌和喝采。鴿子巧妙地將他的音樂講座與夏日的夜晚聯繫起來，使考試將臨的學生們驅走浮躁的心緒，認真聆聽、體味古典大師們音樂作品中的意境和深義。

我們這些朋友幾乎是場場必到，每次都要把手掌拍疼。鴿子講解貝多芬的《第九號交響曲》，給我留下深刻的印象。他放一段音樂，來幾句輕鬆幽默、詳略得當的解說，恢宏的樂曲，加上鴿子精采的點撥，使我們有如醍醐灌頂，真感到在此之前的歲月是白白虛耗了，我們竟然一直不知道世界上有如此美妙的東西存在。

不懂音樂的人，將是多麼可憐多麼愚鈍啊！鴿子輕輕地說。

全場靜得都能聽到呼吸的聲音。

「他好像一個生來盲目的人，由於神手一指而突然獲見天光。」歌德初讀莎翁作品寫下的話，也就是我們所有人聽《第九號交響曲》時會得到的感受。鴿子結束了他的點評。

靜止片刻，掌聲雷動。

鴿子的成功，激勵了朋友們。音樂講座接近尾聲，鴿子升任學生樂團的指揮。他沒有忘記報答對他的計畫一直持積極態度的羚羊。他親自寫配器，率領龐大的管弦樂團，為羚羊舉行了一場鋼琴獨奏音樂會。從小練習蕭邦的羚羊，和鴿子的學生樂團密切合作，上演了一齣《仲夏夜之夢》，羚羊也因此憑藉蕭邦的藝術靈光，緊隨鴿子之後，成為我們學校的名人。

音樂會過後不久的一天晚上，我正在房間裡讀書，懸掛門角上的蜂鳴器嗚嗚的響了。

我跑下樓，門衛室的老頭示意大樓外有人在等我。我推開玻璃門，看到前面空曠的場地上，身材精瘦的羚羊跟隨弓背收腹的鯨魚，走著十大形中的龍步。

我跨下台階，朝前面走去，冷不防左側樹叢裡冒出個人來，笑嘻嘻地說：打攪你了。

我借助微弱的光線，看到黑暗中站著鴿子。

要見你真不容易啊。鴿子說。

說。

你們怎麼不上樓來呢？我不解地問。

算了，要登記什麼的多麻煩，捅到系裡說是經常出入留學生樓，影響不好。鴿子神情懇切地說。

我們一起朝前面場地上走去。黑暗中傳來鯨魚和羚羊虛張聲勢的嚄嚄喊叫聲，他倆一前一後，重心下沉，操練一套猶如蛟龍出海的拳路。

鴿子與我站在邊上觀看了一會兒。後來，鯨魚和羚羊氣喘吁吁，汗涔涔地收住手腳，我們就朝燈光下樹影幢幢的校園漫步而去。

這天晚上朋友們的舉止很蹊蹺，我總覺得他們有什麼事要對自己說。平素大家來往密切，但這麼約好了傾巢出動，總不會僅僅是為了聯絡感情。直到分手前，我的預感才被證實。那時候鯨魚和羚羊已先走一步，鴿子陪我走到一排冬青樹前，幽幽的路燈投射在鴿子略有所思的臉頰上，遲疑了片刻，鴿子忽然單刀直入地問我：

不知道你是否考慮過女朋友的問題？

我一愣，沉吟良久，答曰：考慮過。

那答案是什麼呢？鴿子緊追不捨。

嗯……我想以後再說吧。我說。

我以前也沒想過這個問題。在海邊時我幾乎不與任何女孩交談，錯過了不少機會。進入大學後我才發覺一切都錯了。回想當初，自己真像處於蒙昧無知的時期。你現在條件這麼好，話劇團有中國女孩，留學生樓有外國女孩，也許等你找了女孩之後，才會覺得按部就班的想法是沒有必要的。鴿子從容地說，他顯然是有備而來。

朋友們看你讀書讀得那麼苦，希望我來提醒你一下。另外，我們都已經開始談女朋友了，算是向你通報情況。鴿子又說。

和鴿子分手之後，我回到房間，心情久久不能平靜。無疑，鴿子用心良苦的一番話，給我的衝擊力頗大。一個月前，義大利留學生海棠過生日，海棠的妹妹從外省趕來。海棠的生日由她的指導教師、歷史系的一位副教授一手操辦。我也因為斑馬夫婦的提議而被邀請。在歷史系副教授的家中，海棠妹妹咄咄逼人的大膽目光和舉止，讓我無所適從，狼狽不堪，這位黑頭髮的義大利姑娘，性格熱情奔放，當她聽海棠講完關於「答錄機」的故事後，毫無節制地撲到我身上放浪大笑，惹得副教授家一隻鬈毛狗狂吠不已。

筵席桌子撤去，音樂開始響起，海棠妹妹在斑馬和菠蘿蜜的慫恿下，跑過來死拉活拽，要與我跳舞。從未跳過舞的我，臉紅耳赤，面對來自西西里島的義大利太陽，我覺得自己猶如烈日下離水的魚，快要被火焰般的光芒曬乾。我的舞步笨拙，毫無節奏感，大家的笑聲一點點削弱我的勇氣，我幾次三番想退縮開溜。

義大利姑娘早有提防，她緊緊勒住我的肩膀，黑頭髮散逸出的一股淡淡馨香，熏得我昏昏沉沉，她也許不會知道，我對氣味是如此的敏感。我們愈靠愈近，我的身體已屢次碰到她薄薄真絲汗衫下高高隆起的胸乳，我拚命地收腹含胸，心口怦怦亂跳。

從副教授家出來的路上，海棠妹妹用流利的中文纏住我，問這問那。她在留學生樓一共住了三天。她幾乎每天都來我的房間聊到深夜，她說她在西西里島受過傷害，她十四歲時的初戀，差一點送了她的命。

海棠妹妹離開的前一天晚上，她跑來對我說，如果我發出邀請的話，她可以在這兒多住幾天，她邊說邊用閃忽的眼睛盯視著我。

你可以不回答，她說，明天上午十點我在樓下會客室等你，你來不來都是回答。

我徹夜未眠，想得很多想得很遠，我真的深深迷戀上了校園。這個學期開始，我幾乎通讀西方話劇史上所有的經典。我喜歡我的母語，我不能放棄剛剛確立起來的奮鬥目標，我難道要跟隨義大利姑娘，去一個陌生國度嗎？我的想法也許很幼稚，但那時候確實是那樣想的。

更可笑的是，一夜輾轉的繁亂思緒中，竟然還閃現過如此狹隘的念頭：像海棠妹妹這樣熱情大方的西方姑娘，曾經對多少人表白過她的情感？這時候的我還朦朦朧朧地期待著那種唯一的至死不渝的無可替換的永恆愛情，我在那個晚上的思考，自然不會越過我所劃定的界線，奔向一個無比寬闊的天地疆域。西西里姑娘的中文再流利，也無法探測到我極不健全卻又埋得很深的關於愛情的天真想法，這就注定了她第二天的等候只能是一次對東方人愛情方式的失敗模擬。

五年以後，這個西方姑娘，終於又回到了西方人的懷抱，我再度見到海棠妹妹，她已是一個周歲男孩的母親。她的一句中文都不會講的丈夫，是一位德國工程師，他非常喜歡我送給他的一件中山裝，整日穿著它，抱著兒子，跟隨妻子和我，在這座城市的大街小巷走來走去，似乎對每一處地方都饒有興趣。

西西里姑娘永遠也不會知道，五年前她離開這座城市後不久的某天夜裡，一個她曾經傾心的中國小夥子，在遙遠的城市月光下回想她的音容笑貌。

對海棠妹妹的想念，全是因為鴿子的一番話。鴿子的好言相勸，使得我內心原先構築的堤壩開始鬆動，我有些躍躍欲試，企望結束自我封閉的狀態。

夏天匆匆而過，新學期剛開始不久的一天早晨，在鋪滿落葉的中央大道上，我貿貿然攔住了一個不滿二十歲的姑娘。

這個名叫檸檬的姑娘是外語系的新生。

6

她是從梯形教室的後窗台上爬進來的。她的動作靈巧而敏捷，像隻松鼠似的跳下窗台，蹲伏著身子，欲從堵得嚴嚴實實的人牆裡擠出去。她的努力和嘗試一次次的失敗。她一隻腳踩在窗台上，一隻手攀住前面一個男人的肩，身子一聳一躍，無奈她的個子實在太矮，重重疊疊的頭顱和肩膀依舊擋住她熱切的目光。

她著急了，手上使的勁大概太猛，前面那個男人不由得彎下腰部，而她順勢縱身騎上了他的肩膀。他並不惱怒，相反用兩隻手扶住她的懸晃的腿，挺直了腰板，這樣，梯形教室裡群情沸騰的景象在她眼中變得一覽無遺。

教室後面發生的這一小小插曲，恰好被走進來的沙特⑫看在眼裡。他腿腳不靈便，登上講台有些費勁，他用睿智的目光掃視了一周，然後側過頭髮稀疏的大腦袋，對旁邊的波娃⑬咕噥了一句什麼。正和大家一起鼓掌的波娃，聽了沙特的話後是連連搖頭，臉上掠過一絲很不以為然的微笑。

剛才我對西蒙說，女權主義被強調到不恰當的地步所帶來的後果就是：女人們常常把男人當作了她們的座騎。沙特的雙手往前一攤，這樣說道。

所有人的視線都順著他的手勢看過去，騎在男人頭上的她，卻並未聽清教室前方那位哲人嗓音低緩的話語，她大概覺得人們把頭轉過來是不可多得的一次機會，於是拚命地揮動手臂，朝她所仰慕的講台上的人，吐出一串語焉不詳的歡呼聲。

教室裡一片哄堂大笑。人們顯然明白了沙特幽默而輕鬆的玩笑話。

這個在巴黎大學教室裡被尚・保羅・沙特戲稱為「女權主義騎士」的猶太血統的法籍姑娘就是菠蘿蜜。

六年以後，菠蘿蜜積極參與一場席捲整個歐洲的罷工浪潮，在市政廳前面的街道上，被頭戴圓蓋帽手持警棍的員警追逐，一位留著鬍鬚的男人救了她。她從那張坑坑窪窪的笑咪咪的臉上，一眼認出他就是當年那個被自己溫順地騎於胯下的巴黎大學哲學系的學生。他眼角邊的微笑依然那麼迷人，黑黑的濃濃的唇鬍使他增添了男人的成熟氣息。他幾乎毫不費勁地操持一種日本拳術，一腳踢飛了那個追逐過來的員警手中的長棍，然後挾住個子矮小的菠蘿蜜跑進了一條小巷。七拐八拐，他們來到了巴黎十三區一幢灰撲撲的樓房前，留唇鬍的男人左右掃視一下，掏出鑰匙打開了門。在扶欄油漆剝落的樓梯上，他們遇到大驚小怪的一位鄰居老太太，他把她帶進二樓一

---

⑫尚・保羅・沙特（Jean-Paul Sartre），法國思想家，存在主義大師。

⑬西蒙・波娃（Simone de Beauvoir），法國存在主義作家。

間四壁全用木料裝飾的房間裡，沒料想，菠蘿蜜一旦踏進這間木質結構的屋子，以後長長的十幾年時間，便再也沒有離開過它，她成了這間屋子的女主人。

你們的相識相遇倒挺有緣分的。我聽完菠蘿蜜的敘述，不由得感慨一句。

菠蘿蜜先是沒聽懂「緣分」是什麼意思，拿來漢法字典一查，即刻嘟起嘴，發出嗚嚕嗚嚕的奇怪聲音，然後嘖嘖的一副不屑的神情。

什麼緣分呃，這與緣分有什麼關係？菠蘿蜜抽出一張窄小的白紙開始捲菸絲，你們中國人真是沒辦法！

那怎麼來解釋你與斑馬的這種傳奇式的愛情經歷呢？我問道。

什麼是愛情？愛情不是虛無的東西，它是實實在在的存在，關鍵是男女雙方要對某一件事情擁有共同的興趣，並願意讓這種興趣付諸實踐。沒有倫理的愛情，只有行動的愛情。

菠蘿蜜的這段話，是經我重新組織和翻譯的，她的原話裡，「行動」一詞是由「做」來替代的。在她看來，「做」，才構成愛情的內核。

菠蘿蜜環顧了一下木質牆壁的房間，室內的擺設異常簡陋，除了大量的書籍，最引人注目的就是一張鋪在地板上的床。這張床又寬又大，四隻枕頭高高摞起，像是海洋中的孤島，床上到處散落著翻開的書籍，這說明主人常常喜愛躺在床上看書。經過一段長長的迅跑，菠蘿蜜覺得腿腳乏力，這時她才發現房間裡沒有凳子和扶手椅。她在床上一屁股坐下，淡藍色的牛仔褲繃得她雙膝發麻。

斑馬笑微微的看著她，對她順其自然隨遇而安的態度似乎很滿意，他用兩隻手指捏在一起往下一壓說：好吧，就這樣。

然後他跑出去煮咖啡，很快，一股股好聞的咖啡香味漫進屋子。接著，她聽見盥洗室傳來嘩嘩的水聲。菠蘿蜜對咖啡香味和嘩嘩水聲重疊在一起的印象並不陌生，她幾乎熟知接下去的一步步程式。當她置身一個結識不久的陌生男人的房間，除了十五歲那年有些膽怯之外，以後在她與男人頻繁的交往中，她都積極主動將自己暢快地納入男主人設計好的軌道。十五歲那年她第一次進入了男人的房間，主人是一個快六十的老頭。那時候她剛剛離家出走不久，急需一些錢來租房子。老頭答應給她一筆數目不小的錢，老頭說他對處女感興趣。後來老頭認為她不是處女，便問她以前是否與其他男人幹過，她說沒有，但她依稀想起，十三歲那年，她曾跟隨一群男孩跑進巴黎近郊的一座樹林子裡，在玩遊戲的過程中，男孩們的首領、一個鬈頭髮的男孩將她的下身弄出了血，她用桉樹葉擦去殷紅的血跡，順手從地上抓起一把泥土，結結實實地塞進了那個鬈髮男孩的嘴裡。老頭聽完她的敘述慈祥地點點頭，然後給了她一把法郎將事情了結。她用迷茫的眼光看了老頭半晌，顯得有幾分疲倦的老頭坐在扶手椅裡，朝她擺擺手，瞇上了眼睛。

她不得不離去，走過茶几時，順手牽羊，帶走了一隻擱放在玻璃板上的鍍金掛錶。她下樓梯時腳步飛快，後來她把這只掛錶賣掉，用來支付半年的房租。她找了一份工作，然後用兩年的積蓄供養自己上了大學。在這期間，她已記不清和多少男人有過交往。她常常會輕率地暗示男人，以期引得他們的注意。她知道自己長得不漂亮，個子太小，臉上布滿淡淡的褐色斑點，像是發育不良的身材和胸脯，很容易掩沒於那些肥臀碩乳的巴黎女郎行色匆匆的姿影裡。她不挑剔男人，只要有機會，比她小十歲或比她大幾十歲的男人都樂於一試，她在形形色色的男人身上，尋找趣味各異的快樂。

斑馬端著一壺咖啡走進屋子時，菠蘿蜜正端詳著掛在牆上的一幅鏡框裡的照片。那是一張合影，他與幾個男人在一起交談著什麼。

你是巴黎工會的？菠蘿蜜問道。

他笑咪咪地點點頭，一隻手捋著濕漉漉亮晶晶的頭髮。

我認識這個人，菠蘿蜜指著照片說，在一個風雨交加的夜晚，我和他曾待在一起。菠蘿蜜毫不掩飾，相反，她回味往事的神情還帶點炫耀的意味。

他人很不錯。往杯裡傾倒咖啡的主人說，像是用讚賞的目光瞥了一眼牆上的照片。

這麼說，你也是這次罷工的組織者之一？怪不得你老看這些書。菠蘿蜜隨手拿起一本紅封面的精裝書翻閱，她看到封面上寫著《矛盾論》⑭。這個中國人的書有意思嗎？

當然。斑馬雙手把持咖啡壺，聳聳肩，臉上是一副不容置疑的神情。

喝咖啡的時候，他給她講述那本書的內容。她很認真地聽他娓娓道來，窗帷外的天色一點點暗淡下來。

這天晚上她沒有走的意思，他也沒有請她走的意思。事情這樣被確實下來她感到很滿意，因為她實在沒地方好去。昨天晚上她在一個男人家過的夜，她不想再見到那個男人了。

臨近兩點的時候，斑馬講完了《矛盾論》這本書的大概內容，起身對她說了聲晚安，走出了房間。她目送他的眼神充滿了困惑和詫異，憑直覺她感到事情不該是這樣。

她的疑竇在第二天晚上解開了。估計十點左右門鈴響了，斑馬從待了一天的那間小屋跑出來開門。菠蘿蜜在屋內聽到一個女人的柔美聲音，然後是嘖嘖響亮的親吻聲。整整一個晚上，菠蘿蜜不斷被竊笑聲和呻吟聲所折磨，她輾轉反側，睡不著覺，只能打開燈，閱讀那本《矛盾論》。愈讀她愈糊塗，那個被斑馬稱道的中國人所說有關矛盾的理論，遠遠解決不了她面前的矛盾，她想她明天應該離開這裡了。

第二天她起床走出屋子，看到斑馬留在餐桌上的一張字條。字條上說罷工遊行今天繼續進行，斑馬讓她去一個巴黎郊區的工廠找他。

菠蘿蜜找到斑馬的時候，他正對上千名工人發表演講。後來，工人們向市中心進發，徒步遊行示威。斑馬穿過遊行隊伍，終於找到她，然後他們一起舉著一條橫幅，走在隊伍的最前列。這一天警方沒和工人發生暴力衝動，市政廳門口架起了鐵絲網，荷槍實彈的防暴員警施放一些催淚彈，驅趕逼近的遊行隊伍，雙方相距幾十米，遠遠對峙著。傍晚時分，人群開始散去，菠蘿蜜隨著一幫工會領導人，又回到了斑馬的住所商議對策。會議直到凌晨四點才結束，工會領導人逐個潛出這幢樓房。人們一走，斑馬打了個呵欠，倒在沙發上便睡，菠蘿蜜根本沒工夫與他說離開的

⑭毛澤東於一九三七年發表之哲學論文。

事。

一個星期裡，菠蘿蜜白天跟隨斑馬參加工會活動，晚上回到住所商量討論。即便有時只有他們兩個人，也常常是沒完沒了的爭論。菠蘿蜜的很多意見，逐漸通過斑馬被工會所採納。當她看到事態的發展，有時竟然按她的預想和思路推進，不由得暗暗高興。她注意到，在這一星期裡，沒有女人來找過斑馬。一星期過去，市政府和工會開始談判。就在這天晚上，他又恢復了與女人的來往。門縫底下鑽進來的喘息聲，像針芒一般密密麻麻扎在菠蘿蜜的背脊上，她不得不又開燈研讀《矛盾論》。

這天晚上之後，幾乎天天有女人光顧。慢慢的，菠蘿蜜發現那些刺激的聲音並非源於同一個女人。她開始替聲音分類歸檔，那些聲音或粗嘎或低緩或急促或尖厲或細柔或放浪或喑啞或高亢，各各不同而又自成一體，菠蘿蜜觸摸這些聲音，猶如盲人摸象身臨其境，她不僅能憑著音質準確地判斷出每個女人光臨的次數，而且還能隨著聲音的起伏迭宕，明晰感覺到他的手在女人們身上遊動的部位，並根據聲音的長短和色彩，推測出那些女人的胸圍腰圍臀圍，最後，除了面容需要想像外，她對那些女人的身體已如同自己一樣瞭若指掌。經常出現的聲音有四個聲部，她們依次可以分為花腔、抒情次高、中音和低音。在這組和聲上面，曾經穿越過一個哭泣般的聲音，格外的淒厲，撕心裂肺，但它只閃爍過一個夜晚，而後再也沒有如期而至。這樣的發現，使漸漸熟讀《矛盾論》的菠蘿蜜感到沮喪，他寧可捨近求遠，去找那些素不相識的女人做愛，也不來敲她的房門，那麼，她的為期不短的寄宿生活，該用什麼詞來定義呢？她表面上鎮定自若，進餐時依舊和他討論問題，有時還開些無傷大雅的玩笑，而內心卻抑鬱寡歡，面容日漸消瘦。有一天晚上她實在悶得慌，走出樓房，來到繁星點點下五光十色的巴黎街頭，深夜歸還時，她帶回了一個不滿二十的英國男孩。

英國男孩的一而再、再而三的出現，顯然引起了男主人的注意，但斑馬從不過問，他倒是顯得很寬容，早晨她跑出房間來喝咖啡時，他恰好也從小屋悄悄走出。她的房間門口放著英國男孩的一雙旅遊鞋，而他的小屋前，也有一雙女人高跟皮鞋。他看看她，笑咪咪的慢慢啜飲咖啡，她也看看他，嘴裡噴著煙霧，一副志得意滿的樣子。

那你們是什麼時候開始打破這種局面的呢？我揮去漂浮眼前的煙霧，望著搖頭晃腦的菠蘿蜜。

有一天，我們覺得沒必要再各自去找情人時，我和斑馬就長談了一次，我們的關係就這樣建立起來了。菠蘿蜜說。

那以後斑馬是否還去找其他女人呢？我問道，記得沙特和波娃成為情人之後，沙特說他依舊不會停止追逐能夠到手的女人。

我和斑馬之間，沒有你說的那種互相限制的關係，他有他的自由，他的選擇，但他和任何女人的接觸，都無法替代我同他的關係。這是因為我們從一開始就不具備男女相互吸引的簡單模式，我們建立起來的是一種更為深刻的、內心相互依靠的精神聯繫。

那你是否也可以找其他男友？我很好奇地問。

為什麼不？

你找了嗎？

當然。

……真是不可思議。我覺得這個世界上真正屬於他的情人只有一個。無法想像，一個人同時和幾個情人來往會是怎樣一種情形。我說。

我理解你說的意思，你說的唯一情人就是你的媽媽，你肯定更合適找年齡比你大的女朋友。菠蘿蜜像個醫生似的在給我看病。

你是說我心理上尚處於童年期？我說。

有很多人一直到老，都需要這種情感。斑馬就有這樣的情結。他在我這兒得不到這種情感，因為我太厲害，倘若斑馬在其他人那兒也得不到補償，那他就會不快樂，就會絕望。他的不快樂和絕望，也勢必會影響我們之間的關係。

這麼說你是為了維持你們的關係，才容忍放縱他和別人來往？

不，一個人只屬於自己。斑馬的身體和情感全部屬於他自己，它們想要什麼不要什麼，不能也不應該由我來決定，正像我的身體和情感需要什麼不需要什麼，不能也不應該由斑馬來決定一樣。

我還是不明白。

你們中國人不會明白。

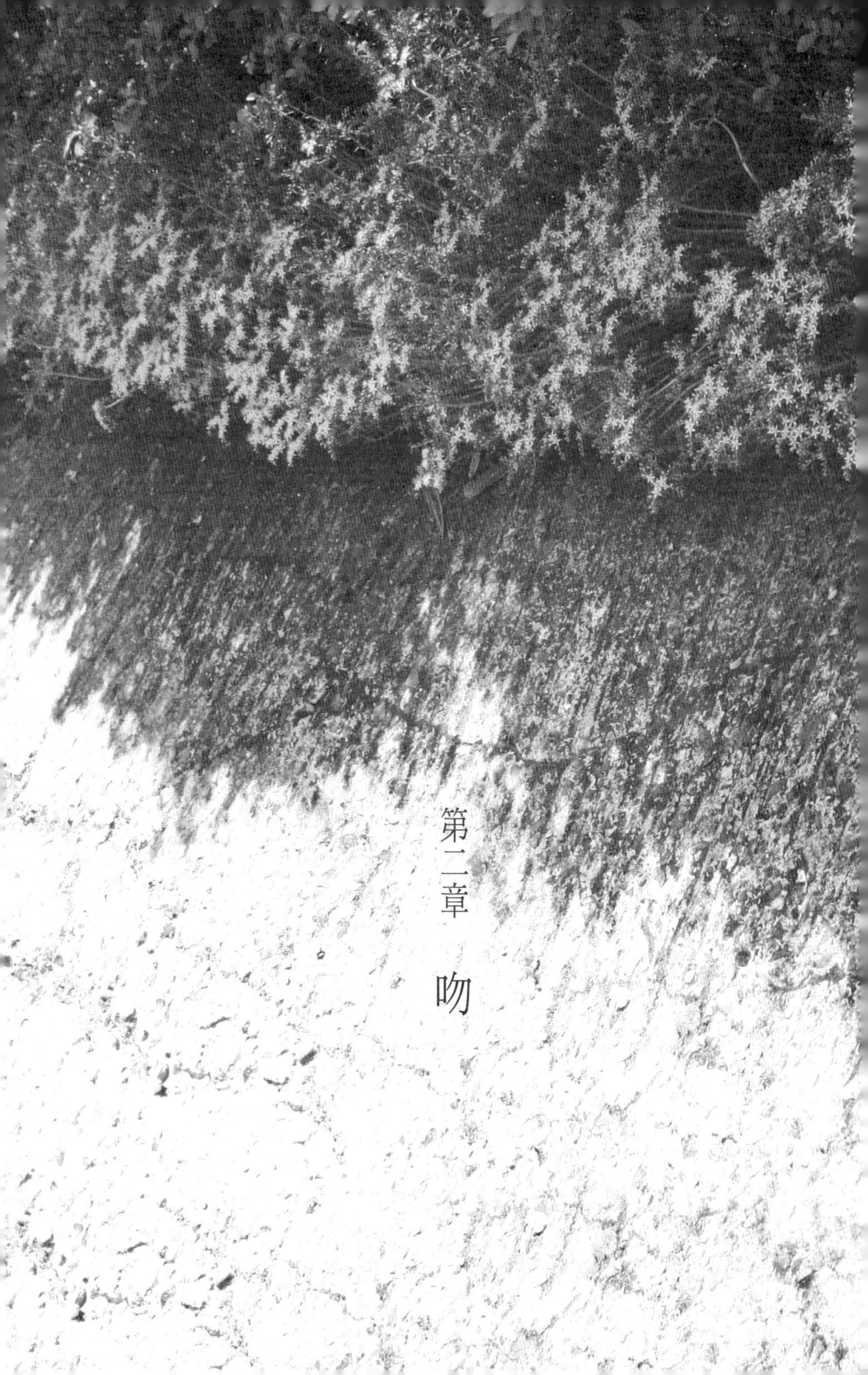

第二章 吻

1

傍晚時分的校園開始騷動起來，天色灰暝的林蔭道上人流熙攘。姿態婀娜的檸檬和另一個姿態同樣婀娜的女孩結伴而行，走在被花草掩映的通向食堂的小路上，她們的身材頎長，娉婷嫵媚，一路走去，自然引來無數傾慕的目光，回頭率超高。

圍繞傍晚的這一場景，夜間熄燈之後，在我們班的男宿舍，一場空前激烈的辯論開始了。爭執的焦點說起來很簡單，就是檸檬和她旁邊的女孩哪個漂亮，各方面的綜合分數究竟孰高孰低。評分的誤差和分歧最後也僅僅在〇．五之間，檸檬的支持者們認為她可得九．五分，而支持另一女孩的同學說檸檬雖然身材出眾步態雍容眉目傳情，最多也只能得九分。事實上大家都知道，九分已是打破歷史紀錄的高分。

雙方處於勢均力敵的關鍵時刻，我和大白鯊出現了，人們一片譁然，我們即刻成為對立雙方竭力爭取和拉攏的對象。幾分鐘前，我從留學生樓來，剛剛踏上男生宿舍樓的台階，斜刺裡突然衝出大白鯊，一把逮住了我。熄燈後，情緒依然亢奮無比的大白鯊，猶如困獸般在走廊裡各個寢室東撞西闖，他急切想尋找溝通的對象。

你、你說，這人到底是一種什麼東西？大白鯊一激動，說起話來常有些口吃。

我被大白鯊悶頭悶腦的一問，僵在那兒，半天反應不過來。

人是社會關係的總和，還是一種自然性的動物？不是，我看什麼都不是。大白鯊滔滔不絕的說。

那人是什麼？我的興趣陡然被提了起來。

人只是一種可能性。對，可能性。可能是這樣，也可能是那樣。當社會和環境拋棄一個人，他就會感到孤獨寂寞；當社會和環境重視一個人，他又想清淨無為遠離塵囂……

大白鯊正說到興頭上，穿著短褲汗衫的小胖，從一扇門裡鬼頭鬼腦地鑽出來，二話不說，硬把我們倆拉進屋子，於是，一場關於檸檬的辯論漩渦也將我和大白鯊捲了進去。

大白鯊不知檸檬為何人，他支支吾吾說不出個所以然，我卻心中有數，我是檸檬的當然支持者。與旁邊的女孩相比，我覺得檸檬的身上，有一種——病態的美，還有一個只有我知道的祕密：我和檸檬曾擦肩而過，清晰地聞到她身上的一股青草香味。以後，每次看到步履輕盈的檸檬姍姍走過，心裡總會湧起一絲奇怪的癢癢的感覺。

我剛一表態，所有人便高聲嚷嚷起來，獲得一部分人的支持意見，肯定也就得罪了另一部分人。有人開始列數檸檬不盡人意之處，似乎扣除〇．五分已大大便宜那個小娘們了。小北京他們力挺檸檬邊上的那個女孩，近來，小北京已成為夜間校花評委會的主力軍。小北京他們所提供材料之翔實，足以顯露他們的實力。小北京進校時一雙圓口布鞋常穿腳上，於今一雙尖頭皮鞋擦得鋥亮，惹得下鋪的小胖常常惡作劇，寫一張啟事之類的紙條貼在床架上：遺失十公分長的鞋油一段，有知情稟報者必重賞。小北京當然也不示弱，進校時憂鬱的性格，經過校園歲月的陶冶，已變得外向放浪，他的詩作一次次被學校黑板報選用，全校賽詩會上摘取了兩次桂冠，使得他的自信心大增。小北京的詩作所涉獵的主題，不外乎是對女生宿舍的神祕嚮往，以及詩人孑影徘徊叢林小徑，遠眺女宿舍窗戶的憂傷情懷。從此，人們只要在路燈映射下的冬青樹叢邊，看到一個來回徜徉、手持詩稿並像屈原一樣仰天吟哦的身影，那必定就是校園著名詩人小北京。小北京的崛起，已使得我們寢室見多識廣的寢室長自嘆弗如，他正考慮辭去班幹部的職務，讓位給更為活躍的小北京。與小北京相比，昔日目空一切的足球王子小胖也相形見絀，寢室裡早已沒有了他的市場。

那天夜裡，我在大家的慫恿下隨便一說，對檸檬作出的高度評價，令小北京大為不滿。但小北京不知道，我注意檸檬由來已久。十天前，我開始主動出擊，巡行校園的每一角落，搜索檸檬的行蹤。好幾次，病懨懨的檸檬不期而至，忽然飄進我的視線，但機會往往很難捕捉：不是她身邊有人，就是我過於激動，難以找準恰當的出擊時機。面對嫵媚豔麗的檸檬，既要大膽自然地說出第一句話，又不能讓對方感到突兀和討厭，這對我這個毫無戀愛經驗的人來說，是何等艱難的一件事啊！幾天來，這件事苦苦的折磨我。夜間獲得男宿舍評判高分的檸檬，不知攪亂了多少男生的春夢，想到這一點，我就心急如焚，焦慮無比，我看不了書，吃不下飯，每天尋思不讓意中人旁落他人之手的良策。

機會終於來了。

所謂功夫不負有心人。那天早晨，當我在一片開闊的綠草坪前發現檸檬的身影，眼睛一亮，即刻有一種暈眩的感覺。檸檬的前前後後疾行著很多學生，這使得我和意中人的初識，變為日後可以商榷的一件事。選擇什麼樣的天氣，什麼樣的時候，什麼樣的地點，興許都直接關乎事情的成敗。但那會兒，我已顧不得那麼多了，憑藉鴿子的一番肺腑之言，憑藉時不我待的緊迫感，我猶如一名無畏的鬥士，忽然從中央大道跳上樹影籠蓋的人行道，衝向了款款而來的外語系學生檸檬。

過程是簡單的。

我一上來先是確認檸檬的系別，儘管這顯得多餘，也比較拙劣，缺乏邏輯，但作為開場白，短短的時間裡，我想不出更好更妥貼的過度手段。略略受了點小驚嚇的檸檬微微頷首，然後用迷濛的眼光，打量像從地底下冒出來的、攔在她前面的我。我臉色微紅，嘴唇由於緊張，抽搐般的蠕動，我竭力想使和藹的微笑浮上臉頰，結果顯示的是一張尷尬、古怪、似笑非笑的面容。

你是英語專業的吧？我明知故問，底氣很不足。

是啊。檸檬很無辜地看著我。

對不起，請問你們學的是哪一套教材？這是我預想好的藉口。

許國璋。檸檬回答。

我有個校外的朋友，想旁聽你們外語系的課，能否麻煩你問一下授課教師，旁聽需辦什麼手續？話題慢慢納入我謀劃很久的軌道。

……唔，好吧。你是什麼系的？檸檬問我。

新聞。三年級。我回答。

預先不知設計斟酌多少遍的話說完了，不得不鳴金收兵了。我想讓收場的帷幕降落得迅急些，果斷些，效果仿如一部恢宏交響曲的尾聲，戛然而止，然後令人久久回味。

我說了聲「謝謝」，往旁邊輕捷閃開，給檸檬讓出一條路。她平靜地點點頭，邁著嫻雅的步子悄然離去，頎長的身影帶走濃濃的綠草般的清香。

上帝保佑！我聽到了內心的吶喊聲。

就這麼簡單。

以後一個多星期裡，在食堂，在圖書館，或在學校小賣部，我多次看到檸檬，我們互相行注目禮，目光裡有淡淡淺淺的交流。我等待著檸檬的答覆，這就使我心理上占有了主動權，我並不急著要和她說話，應該是她先跟我打招呼，向我交代她承諾的下文。

終於有一天，在食堂門口，檸檬與我擦肩而過，一陣飄逝的青草味正讓我回味無窮，她忽然想起什麼似的，從背後叫住了我：

哎——

我站住了，人有些難以自制的暈眩。檸檬告訴我，我託她的事已問過了，任課教師說非本校學生是不能來聽課的。

檸檬的答覆完全在我的預料之中。我當然知道，校外的人是不能來聽課的，真要可以，那就麻煩了，哪去找這樣的朋友，來證明我的藉口並非杜撰。

我設計出與檸檬搭話的理由應該具有伏筆的性質，也就是說，能夠為以後的交往提供一種可能性，但問題在於，我絞盡腦汁，想出的話題還是很笨拙，我實在想不出更加巧妙更加自然的話題。我的不高明就在於這個話題沒有連續性，難以完成我想和檸檬長久交往的構想，雖說有第二次的搭話機會，但它無疑也像個大大的休止符號。在長達三個月的時間裡，從秋天到冬天，檸檬一次次晃過我的視野，她像陣風似的吹過來又刮過去，而我只能眼巴巴看著事情毫無進展地被擱置起來。

肅殺的西北風無情地侵襲校園，我坐在窗前，凝望雪花漫天飛舞，面前放著一本日記簿，我在日記裡與意中人進行長長的諸如此類的交往：

我今天又看到她了。她將頭髮綰起。我覺得這不如她梳兩條辮子好看。她上身穿了一件黑毛衣，下身穿一條牛仔褲。我不能多看她，要不，我的心裡會莫名的惆悵。

或者是：

願神助我！下午她朝我笑了。她嘴唇抿了抿，露出淺淺的酒渦，那是維納斯女神的笑。莫非事情有希望?!

再就是：

很長時間沒見到她了，真是天公不作美。她病了？抑或是隱匿起來了？我要見到她，遠遠的望一眼也行。我能嗎?今天我又去大草坪了,我去呼吸青草的氣味,我撲倒在草坪上,像吸氧一樣拚命吮吸青草味,青草味夾帶泥土味,讓我如癡如醉,癲狂發抖——

我收回遠眺的目光,隨手翻過幾頁日記,一行小字映入眼簾:

晚上,我把她領到留學生樓,好像夢一樣。在溫柔的檯燈光暈中,她顯得那麼文靜,潔白,高雅,她時時透出一絲絲未脫的稚氣。她不常笑,一個多小時裡,她臉上露出的笑靨只有不多的幾次。遺憾的是,她不喜歡話劇。那她幹嘛要去大禮堂看我的話劇呢?散場後她問:是你寫的?我說是的,帶著幾分得意。成功使人大膽,我約她一起回來,她答應了,一直等在大禮堂外的台階上。像什麼?像白玉蘭,像冰美人。

我又翻過幾頁:

昨日陰天。陰天使人憂鬱和揪心。是我太魯莽,還是她太膽怯,或者是對我的不信任,我請她去市區看話劇,她說她不能去。我說話劇和詩歌一樣,是文學藝術中的最高形式,它的魅力就在於用有限的空間來表現無限的時間。她說她晚上有事要出去,晚上我明明看見她在學校,她不去,我也沒興致去了。她見了我連招呼都沒打,但我清清楚楚地感覺到她看見我了。這樣的追求有意義嗎?是一條理想之路嗎?如果我能確定她是在拒絕我,我決不再作第二次嘗試。也許,要取得事業上的成功,就必須犧牲愛情。熊掌和魚,兩者不可得兼?

……

我發誓以後再也不在下午睡覺了。我受不了一覺醒來,遠處是殘陽西沉的慘澹景致,它讓人充滿絕望和失落的情緒，我不知道我在什麼地方，我是否還活在這個世界上。她在哪？

……

要遇到她太難了。似乎是誰在有意分隔我和她之間的聯繫。聽天由命吧——

……

今天參加了留學生的化裝舞會。來自各國的留學生，化裝成稀奇古怪的模樣盡情狂歡。有化裝成中國軍人的，有打扮成孫悟空的，也有一身黑衣服，儼然像是古代武士……光怪陸離，天旋地轉。我和斑馬站在一旁聊天。斑馬說他今天去市區了，看到賓館櫥窗裡放著價格昂貴的高檔音響，他說他反對中國的做法，第三世界都有經濟落後和思想意識超前的矛盾。思想和經濟的脫節必然導致很多年輕人想往國外跑。我不太同意他的意見，我說你如果不想對中國不友好的話，不應該希望我國人民永遠受窮。

聖誕鐘聲敲響，菠蘿蜜奔過來先與斑馬擁抱，再與我擁抱，她在我的額頭上吻了一下，我很不自在。音樂由瘋狂轉變為舒緩，憂傷的爵士樂牽動我的一腔愁緒。也不知愁從何來，愁出何故？內心一抽一抽的，彷彿有只小蟲子在噬咬……

……

謝天謝地，今天晚上她接受了我的邀請，在校園裡和我一起散步。她的話似乎比以前多了，她說她喜歡文學，她向我借了莎士比亞的戲劇集。我們沿著月色皎潔的林間小路，緩緩走向池塘，她的側影真美，妙不可言，她身上似乎有一塊磁鐵，把校園裡所有的青草味都吸走了，她是草之魂，草之精靈嗎——

回到房間，斑馬和菠蘿蜜都在。菠蘿蜜告訴我一件事：白天她坐公共汽車，一個中國男人借助車廂搖晃，屢次撫摸她的臀部，菠蘿蜜開始忍了一會兒，後來實在忍無可忍，突然轉頭大聲嚷道：你就是這樣來加強我們兩國人民之間的友誼嗎?!那個男人嚇得吱溜一下躲開了，車一靠站，他抱頭鼠竄，車廂裡的人不知發生了什麼。

我們大笑。菠蘿蜜笑得很放肆，我也笑得很放肆，一幢樓都是我們的笑聲。

……

幾天來，我的內心充溢了一種幸福感。我的寫作進展神速，心中有了愛慕的姑娘能改變一個男人的一切，已忘了是誰說的。

讓岩漿積聚得更多些吧。到那時，火山的爆發才具有沖天的能量。

……

2

我不知道斑馬什麼時候悄無聲息地進屋了，斑馬坐在寫字桌前一支接一支地抽菸，煙霧瀰漫全屋。

你菸抽得太多，你不應該自暴自棄，損害自己的健康。我笑嘻嘻地說道。

不料，斑馬的臉色忽然變得很難看：

我喜歡討論問題，也喜歡開玩笑，但不是總是開玩笑。

斑馬接著指出，我最近一段時間學習不太用功，晚上常不在屋裡，而他有很多問題需要問我。

對不起，我改。我笑嘻嘻地說。

我想，哪天應該請斑馬和菠蘿蜜去學校禮堂看看我的話劇的排演情況，讓他們瞭解一下我近來在幹些什麼。

斑馬沉吟良久，轉而神情極為嚴肅地問我：

你是不是經常要向有關部門彙報我們的情況？

我一愣，問道：

你這話是什麼意思？

我不知道，你們是不是每個陪住的同學都有這樣一項任務？你們習慣把所有的外國人都當作特務。斑馬的臉色很難看。

我火了，氣憤地說：

你們是不是特務我不知道，但我肯定知道：我不是特務。好了，我們已經沒什麼好說的了！

我氣沖沖走出屋子，砰的一聲，重重關閉了身後的房門。

第二天，斑馬向我道了歉。他說，他昨天是在心情極不愉快的情況下，才故意找岔說那番不該說的話。

後來才知道，斑馬的不愉快與海棠有關。一段時間來，斑馬經常和義大利姑娘海棠成雙作對地進進出出。星期天晚上，我創作的話劇在學校的禮堂正式開演，我給了斑馬幾張請柬，邀請他們前去觀摩，但開演前半小時，只有菠蘿蜜一個人興沖沖地跑下樓來。

斑馬不去嗎？我有些納悶。

他正在放假。菠蘿蜜樂呵呵地回答。

「放假」？我迷惑不解地問道。

是的，他現在需要「放假」。菠蘿蜜爆出一串銀鈴般的笑聲。

去禮堂的路上，我忍不住又問菠蘿蜜：斑馬是在海棠那兒「放假」吧？

豈料菠蘿蜜反應極快地搶白了一句：你還有多少問題需要問呢？

我沉默了。直到話劇開場前，我再也沒有和菠蘿蜜說過話。

這天晚上看完話劇回來，菠蘿蜜似乎不願和我分手，她坐在我的房間裡，一直聊到深夜。談話間，菠蘿蜜告訴我，斑馬近來情緒波動很大。困擾斑馬的問題來自兩方面：其一，他不知道怎樣處理好與菠蘿蜜和海棠這兩個女人的關係，他面臨私生活上的嚴峻考驗；其二，斑馬開始懷疑是否需要繼續在中國留學。擅長思辯的斑馬學習中文經過了幾次反覆，他之所以在四、五年的時間裡堅持下來，就是為了來中國考察社會現狀。沙特的哲學體系解決了個人在社會中如何選擇的問題，而雄心勃勃的斑馬更傾心於構築他心目中的理想社會。帶著一個西方人的烏托邦來中國，他挑剔的目光裡常會呈現不盡滿意的事情，但他絕無惡意。

我們與其他的西方人不同。菠蘿蜜這樣告訴我。

這天晚上的話題還涉及到了性的問題。菠蘿蜜說在法國有兩部分人：三十歲至六十歲的人中間，有一小部分同意性解放而並不付諸行動，大部分是反對者；十五歲至三十歲的法國人，大部分同意性解放，但懾於社會壓力不敢付諸行動；而另一部分人則是最活躍的，他們既大聲呼籲性解放，又積極地付諸行動。

中國有沒有同性戀呢？菠蘿蜜後來這樣問我。

那是你們高度物質文明的西方社會才有的一種變態現象。我不假思索地予以反擊，莫名其妙的民族自尊性又湧上胸間。

那你的話劇裡，女主人公為什麼要女扮男裝？菠蘿蜜問道。

我的話劇所描繪的故事，發生在特殊的文革時期，女主人公女扮男妝是出於無奈，這與你說的同性戀毫無關係。我紅著臉辯解道。

我有些惱火。我覺得，我與他們之間總是存在著誤區。

對不起，法國有很多作家都是同性戀者。菠蘿蜜說。

凌晨兩點，菠蘿蜜才興猶未盡地離去。隨著歲月的靜靜流逝，這天晚上的情景在我的記憶裡漸漸淡忘。它的再度被提及，已是幾年以後的事了。那次菠蘿蜜攜同一個不會一句中文的德國小夥子，來中國南方旅遊，途經我們這座城市。重提「放假」的典故，使我和菠蘿蜜開懷大笑，那個比菠蘿蜜年輕得多的德國小夥子，因不通語言，困惑地左右張望。受輕鬆氣氛的誘導，我開玩笑地抱怨菠蘿蜜從沒想到過和一個中國人一起放假，這大概是潛藏的種族歧視思想在作祟。沒曾想，菠蘿蜜矢口否認，她很認真地提到了幾年前的那次深夜長談。

那是一次機會，一次跨越姐弟關係界線的機會，而你卻把它放棄了。菠蘿蜜的眼睛裡閃耀著真誠而狡黠的目光。

我和我的法國朋友自從結識那天起，就確立了一種耐人尋味的關係。從俄羅斯橫穿西伯利亞來到中國的思想家斑馬遍遊世界各地，他身材嬌小的妻子菠蘿蜜談話犀利尖刻，他們在這個世界上並沒有很多朋友。無論是西方人還是東方人，恐怕都很難忍受他們永無止境的好戰性格，以及從不讓人的思辯方式。倘若我一開始就被他們的挑戰所嚇倒，那麼以後的情形很可能完全是另外一種樣子。稟性內向羞怯的我，恰巧以漫不經心的態度接受了他們的挑戰，在持續不斷的思想交鋒中，我已習慣讓自己成為斑馬和菠蘿蜜的對立面。我沒有包袱，隨時準備中止交流，隨時準備撤出留學生樓，法國佬的挑剔目光，對事物精微深刻的分析，無意間啟動了我潛在的思辯能力和桀驁不馴的內心世界，信奉《矛盾論》的法國人，恰恰需要這樣一個對立面。在他們看來，正像生活中不可缺少乳酪和維生素一樣不可缺少鬥爭哲學。我的強詞奪理，應戰時邏輯混亂的狡辯，使兩個法國佬獲取無窮無盡的快感，同時也逐步改變對中國人業已形成的看法。友誼，正是借助矛盾鬥爭的橋梁而架立起來。朔風凜冽的隆冬季節，我和兩個法國佬，圍著一隻電爐猶如圍著篝火，室溫在唇槍舌劍中漸漸升高，有如春天般和煦暖人。

氣候轉暖的二月，因斑馬菠蘿蜜的相邀，我連著參加兩次中外聯姻的婚禮。真是不可思議，僅僅五、六年前，我們小街上哪家有海外關係，都是諱莫如深的祕密。幾年時間，中國人和老外結婚，已變得是很尋常的事情。一切都在悄悄地發生著變化。

第一次是一個中國姑娘和一個義大利專家的婚禮。

我曾在一次校內的聚會上見過這對情人。那次聚會上，我自始至終沒有和漂亮的中國姑娘說過一句話，儘管我和她坐得很近。中國姑娘是學表演的，因和義大利男友公開同居，剛被她所在的學校開除，這種處罰的後果，導致這位中國姑娘的偏執。聚會間留給我的印象是：她寧可和任何一個外國人說些無聊的話，也不願意和她的同胞打個招呼。事後斑馬和菠蘿蜜一致贊同我的看法：中國姑娘不但已經徹底忘了她的膚色，而且日趨嚴重地蔑視她的同胞。她不僅舉止言談向西方人靠近，幽默感也完全是一種拙劣的模仿。她送給主人的生日禮物，是一本中文版的《性知識手冊》。主人哇哇大叫，所有人都報以哄笑，我卻悄悄離開了屋子。我離去前，斑馬正和我討論有關貞操的話題，法國佬尚未以一種嗤之以鼻的神情，展開對貞操觀的批判，轉眸之間已失去了談話對象。

我本無興趣去參加這次婚禮，菠蘿蜜竭力勸說我，她認為我應該瞭解我的國家正在發生的變化，理由不能說沒有說服力。

都說法國人喜歡遲到，這天我算是領教了。天完全黑了，斑馬和菠蘿蜜才穿戴好下樓來。我隨這兩個法國人路途迢迢趕到市區，婚禮早已經開始。裹著一件舊棉襖的我又冷又餓，環顧小餐廳的四周，一張長桌上，幾隻裝冷菜的盤子，早被人數眾多的來賓席捲一空。我後悔自己輕信菠蘿蜜的話，沒吃晚飯來參加婚禮，滿以為有豐盛的珍饈佳餚在等著我們。

菠蘿蜜大概也餓了，不知從哪搞來一大盤龍蝦片，分給斑馬和我。龍蝦片經過細嚼慢嚥，由食道一點點滑下肚，更勾起胃囊對美好食物的回憶和眷戀，咕咕的叫個不停。我看看斑馬和菠蘿蜜，他們好像已安妥了食欲，若無其事地開始與幾個熟人交談。

一個身穿禮服的中國侍者，手托盤子走了過來，盤子裡盛有一杯杯色澤鮮豔的雞尾酒。侍者走到我們面前，彬彬有禮地呈上盤子，讓大家隨意挑選。菠蘿蜜拿了一杯酒之後，那個侍者將盤子移向了我，他抬起眼簾掃了我一眼，盤子僅僅在我面前停留了一瞬，又移走了，移到了另一個留學生的面前。

這短促的一幕，恰巧被機敏的菠蘿蜜捕捉到，她猶如箭鏃一般竄出去，一把拽住那個男人的手臂，低聲道：

對不起，你忘了給旁邊那位先生一杯酒。你為什麼忘了呢？啊，你是不應該忘的。菠蘿蜜誇張地說，邊說邊用五指併攏的一隻手比劃著，顯得極富感染力。

那個男人臉色緋紅，走回到我面前。我正遲疑著，聽到菠蘿蜜大聲說道：

拿吧，駱駝！這位先生請你拿一杯喜酒。

我慢慢伸出手，握住一隻高腳玻璃杯的下端，那個中國侍者迅疾轉身離去。

婚禮餘下的時間是表演節目，新郎新娘用中、義文合唱了一曲〈我的太陽〉，幾個外國專家也演唱了幾支外國民歌助興，最後一個節目是由兩個中國女孩表演勁舞。身穿汗衫和緊身牛仔的兩個中國女孩，在震耳的搖滾伴奏下，跳得激烈瘋狂，如癡如醉。她們的動作幅度極大，時而扭臀鬆胯，時而倒地翻身，看上去好像受過一點訓練。

菠蘿蜜在邊上連連搖頭，嘴裡發出嘖嘖聲，她俯我耳畔輕聲說：

她們跳得不錯，人也很漂亮，但她們肯定不知道，在西方的三流酒巴裡才跳這種舞蹈，下面就該是舞者脫衣服了。

不久，我又參加了第二次婚禮，也是一個中國姑娘和一個外國人聯姻。

所不同的是這次婚禮的新郎，來自赤道附近的非洲國家。菠蘿蜜和斑馬向我發出邀請之後，像是串通好了似的，一齊用如電的目光盯視我，觀察我的反應。

我警覺起來，說晚上有事不能去。第一次的婚禮留給我的刺激太深了，但我說出理由怕法國佬找茬，所以故意推說有事。誰知法國佬怎麼也不相信我的理由，並因此引申出一場有關種族問題的激烈爭論。

在斑馬和菠蘿蜜看來，我是因為瞧不起非洲人才不去的，他們臉上浮現的那種鄙夷神情令我終生難忘：

你們瞧不起非洲人，那是黑鬼對不對？你不要忘記，沒有非洲國家的支持，你們無法加入聯合國。

我心裡覺得他們說的有道理，但既然是一種有預謀的挑戰，就不得不予以回擊了。我說不要先入為主，中國人沒有種族歧視，至少在我這裡沒有。

沒有？斑馬皺起鼻子表示了極大的疑問，你們連鄉下人、外地人都歧視哩，怎麼可能沒有種族歧視呢？

我情急生智，只能搬出他們常用的武器《矛盾論》。我說他們列舉的都是現象，現象僅僅是矛盾的一個方面，現象有時並不代表本質。我說中國人民和非洲人民的友誼源遠流長，有那麼多非洲留學生來華留學，就說明中國人對他們不錯。歧視固然要不得，但個別非洲留學生依仗自己在本國是皇親國戚，到中國來盛氣凌人，做出不尊重中國人民族感情的事也是有的，這構成了矛盾的另一方面。

其實，我知道斑馬和菠蘿蜜對種族問題如此敏感的原因。斑馬的祖父是猶太人，祖母是阿拉伯人，斑馬的父親二戰時因猶太人血統曾被納粹投進集中營，出獄後一直瘋瘋癲癲，患了癡呆症。菠蘿蜜也是混血兒，她的母親——一個俄羅斯女人在十八歲那年搭上馬車，跟隨一個法籍猶太牧師逃離故鄉，這次顛沛流離的私奔經歷導致的直接後果，就是產下了不足三公斤重的菠蘿蜜。斑馬和菠蘿蜜曲折坎坷的家族史，使得每次法國政府與其非洲殖民地發生矛盾，他們都堅定地站在弱小民族一邊。

經過激烈交鋒，大家闡述了各自的觀點，本來事情也就可以結束了。然而這天晚上回來的車裡發生的一個插曲，又使下午的爭論得以延續。

婚禮是在一所大學的留學生禮堂舉行的。中國姑娘嫁給非洲留學生，在當時的中國確實是開風氣之先的。婚禮的策劃者從各個學校請來幾百名來華的留學生，加上中國學生以及新娘的親屬，偌大的禮堂顯得很擁擠。

新郎新娘在人群中央翩翩起舞，我以一種好奇的目光打量那個中國姑娘。從外貌服飾上看，新娘長得還算端正，但不像是大學生。她的舞姿略略有些僵硬和呆板，轉身回眸間，臉上並無喜慶之氣，反倒給人留下一絲淡淡的憂鬱感覺。

簡單的儀式舉行完畢，很多人開始撤走，留下飲酒作樂的大多是非洲留學生，這好像是他們所有人的一個節日。菠蘿蜜被一名非洲留學生拉去跳舞，斑馬和我只得在靠近禮堂門口的地方等候。非洲留學生將菠蘿蜜送回來的時候，熱情地將我們安排進一輛停泊禮堂門口的麵包車。

我上車後才發覺車內已坐了許多留學生。臨開車前，又上來兩個學生模樣的中國小夥子，把他們送過來的新郎，與車後座的一個非洲留學生嘀咕一陣，大概是叮囑他把上車的兩個中國學生送到什麼地方。車上已無座位，兩個小夥子只能站靠門邊台階上。

麵包車啟動行駛後，兩個小夥子一邊點菸，一邊捋著額上的汗水。開車的司機也是一位非洲留學生，他哼著小調，將車開得飛快，不到半小時，已有好幾批人員下車。

車停靠一所大學門口，下了幾個人，又重新啟動駛上柏油路。沿著寬闊的道路行駛不到五分鐘，後座的那名非洲留學生突然用法語嘰哩咕嚕嚷叫起來，不一會兒，車突然減速停靠路邊，兩名中國小夥子朝全車的人揮揮手，說聲「拜拜」後下車了。車門關閉，麵包車又風馳電掣般駛走。

以後，我發覺旁邊的斑馬和菠蘿蜜小聲地嘀嘀咕咕，他們好像在猶豫著，是否要將事情告訴我。

下了車，我們三人步上留學生樓的台階，菠蘿蜜囁嚅地問我：

你知道那兩個中國小夥子下車之前非洲留學生說什麼嗎？

我搖搖頭。

那個非洲留學生告訴他們的司機：在前面五十米遠的地方，將那兩條中國狗扔下去。菠蘿蜜臉色嚴峻地說。

我看看菠蘿蜜，又看看斑馬，然後冷冷地說：好，很好，我很高興我們今天下午沒有白白爭論！

說完，我一個人逕自走了。

3

當你覺得風光秀美的山頂愈來愈近，幾乎馬上就可以占據它的時候，峰迴路轉，翻過一道山梁，轉眼間你找不到峰巔，面前只有一股股濃雲密霧飄浮，你是一種什麼樣的心情？

我丟失了檸檬，我一不小心就將夢寐以求的檸檬丟失了，我甚至不知道是怎麼將她丟失的。當她允諾和我一起去觀看芭蕾舞，我是多麼的高興，我還以為事情正一步步朝著無比美妙的境地發展，事後想來，種種跡象都給了我虛假的暗示。

在此之前，我見過檸檬兩三次。每次見面的間隔時間很長，這一方面是因為話劇團的排演占了我大量時間，另一方面也是我對追求檸檬這件事本身，顯得有些信心不足。也許正是這種若即若離的疏淡關係，使得我們見面時的品質倒有所提高。品質提高的重要標誌就是氣氛比較活躍，雖說話題免不了圍繞校園裡發生的一些軼事，但我們談得津津有味。檸檬不僅開始踴躍表示她對某件事情的看法，而且還常常面帶微笑地對什麼人什麼事挖苦一番。偶爾，她也會怯怯地和我開個意趣無窮的小玩笑，這些變化都造成了我的一種錯覺：冷處理在感情上往往帶來奇效，要征服一個姑娘，最好的方法就是先冷落她，疏遠她。

我為自己獲得與異性交往的這個小伎倆而感到自鳴得意。後來檸檬主動來找我，還給我莎翁劇作，又借走了《塊肉餘生記》。在我看來，這種還還借借的把戲，也是女孩子常會設計的，一如我當初為了接近檸檬而想出的藉口。所以當我送她下樓時，一股好聞的青草味激發了我的衝動，我鼓足勇氣，吞吞吐吐，邀請她去市區觀看芭蕾舞演出，檸檬想了想，竟然爽快地答應了。

正是檸檬的爽快迷惑了我。我犯了一個低級錯誤：把檸檬的欣然赴約，看作是簽了城下之盟。或者乾脆說，我把檸檬想得太簡單了。

我記得，那天天氣在傍晚時分忽然陰沉下來，飄來一陣淅淅瀝瀝的小雨。奇怪的是，我和檸檬相約從學校出發，雨停天霽，空氣格外清爽，我把這一切都看做是好兆頭，隨即收起出門時帶的一把傘，這把傘作為這天晚上的一件重要道具，既幫了我也毀了我。這把傘直到我們離開劇場時才顯現意義，事情都是從這把傘開始轉折的。

我和檸檬到達市中心的劇場門口，天色已暗，我掏出兩張高價買來的票，遞給剪票員。我們走進劇場，芭蕾舞劇已拉開了序幕。檸檬似乎很喜歡舞台上充滿詩情畫意的童話故事，她自始至終歪著腦袋，神態安詳地靜靜注視著前面的舞台。她披了一件鵝黃色的羊毛衫，圓領的襯衫下襬束進牛仔褲裡，她伸長的頸脖又白又細，烏黑的長髮一併綰向後腦，她渾身散發著那股令我暈眩的青草氣息。我好幾次側目打量她，仔細辨認她臉部輪廓的線條，彷彿要把它們牢牢地鐫刻進記憶。

散場時下起了濛濛細雨，我與檸檬隨人流湧到街上，很自然地打開傘，撐開的傘面下走著檸檬和我。回學校需要換兩次車，我們只坐了一趟車，便慢悠悠地踱步回校。我想，這個主意肯定是我出的，兩個人合撐一把傘，在細雨中漫步，這件事使我產生不可名狀的激動，有一瞬間，我想到了在海邊，和柚子一起走在田野裡，但很快，我又把海邊的情景抹去了。我和檸檬一路走去，亮濕的路面踏過舒緩的腳步，我一隻手拿著傘，另一隻手很自然地扶住檸檬柔細的腰肢，感覺她身體輕盈移動的節律。

我好像又一次回到了那個夜晚。濛濛的細雨，昏沉沉的路燈，寂靜的街道，朝黑暗延伸出去的長長圍牆，以及圍牆上簇擁的花枝綠葉。遠處偶爾傳來幾聲火車的鳴叫，孤寂地穿越夜晚的雨幕，消失在漸行漸遠的城市邊緣。

我們一路默默無語，我記得，是檸檬首先打破了沉默，她仰起頭，側目回望探出圍牆的玉蘭花，嘴裡不由得發出輕輕的一聲喟嘆：要能摘下一朵就好了。

處在當時情景中的我，很容易把檸檬的話看作是她拋出的一個機會。我旋即踮起腳，摘下一朵白色的玉蘭花，樹枝晃動，雨珠密集地灑落下來。

你不該摘下它的。檸檬幽幽地說。

不是你想摘下它的嗎？我感到很納悶。

摘下了，我又感到後悔了，檸檬將花湊近鼻翼嗅了嗅說，這花不太香。

不香嗎？你再聞聞。我說。

檸檬又嗅了嗅，說，唔，是有些香，淡淡的。

事情接著檸檬的這句話發生了轉折，現在回想當初的情景，可以十分肯定的說，接下去發生的事，絕對不是我預先設計的，我在那一刻沒想那麼多，當時我正在揣摸檸檬話裡的意思，這時候奇怪的事情出現了：我手中拿著的那把傘，忽然啪的一聲合攏了。

四周的一切在我和檸檬的眼前倏然消失了，檸檬輕輕的「啊」了一聲。

我的錯誤就在於又一次把突然出現的變故，理解為冥冥之中有誰在幫我，我被沒頭沒腦與檸檬一起封閉於傘面之下這件事，撩撥得內心癢癢的，我猜想檸檬的唇發出輕輕一聲驚喚之後，依舊微啟著，猶如一朵綻開的濕潤花瓣，我無法阻止自己的想像，我像要吮乾花瓣上晶瑩的雨珠一般，臉龐不自覺地湊了過去，我接觸到微微蠕動的綿軟嘴唇的剎那間，全身像通了電似的痙攣起來。

檸檬肯定把這一切都看作是我的安排，在短暫的顫慄之後，我感到她的唇漸漸趨於冰冷。

大概今晚我不該出來的。我重新打開傘後，檸檬這樣說道。

你不高興了？我問道。

沒有不高興，但也沒有什麼高興。檸檬的態度讓人摸不著頭腦。

你不喜歡我嗎？犯傻的情況下只可能說犯傻的話。

在我眼裡，你和其他同學一樣，沒什麼不同。檸檬的話，無異於把後路都斷了。

為什麼？難道你的看法就不能改變嗎？我急急地問。

……渺茫的很。檸檬說。

這到底是為什麼？為什麼？我感到天旋地轉。

還是不出來的好。過了一會，檸檬又說。

為什麼？我不依不饒。

你別問了，我也不知道為什麼。檸檬說。

這以後，任憑我再三追問，檸檬躲躲閃閃，再不正面回答我的問題。逼急了，她反問道：難道什麼事都要問到底嗎？

這天晚上我與檸檬分手後，心中一直悶悶不樂。傍晚走出校園時的那股興奮勁已蕩然無存，我像熱鍋上的螞蟻，又著急又迷糊，不知道哪兒出了毛病。

第二天我找到鯨魚，把前後經過告訴他，希望他能拿出良策來，鯨魚在我心目中一直比較成熟。戴著眼鏡的鯨魚沉吟良久，一副老謀深算的樣子，他讓我不要著急，說首先要穩住。他慢悠悠地替我理清頭緒，在他看來，檸檬的態度之所以會這樣，有兩種可能性：一是她已有男朋友；二是她與我交往不久，發展的節奏太快，導致她本能地退縮。鯨魚認為目前的任務就是要設法摸清情況，假如檸檬沒有男朋友的話，事情就比較好辦。鯨魚所說的，我在胡思亂想時也都想到過，但他在理智和冷靜的分析中，能夠抓住關鍵的要點，這還是讓我暗暗欽佩。鯨魚對情況的準確判斷，也在日後事態的發展中得到了印證。

大約過了一星期左右，厄運降臨我的頭上。某天晚上，我遠遠看到身材頎長的檸檬從路燈下走過，她的身邊，緊挨著一個高個子的男同學，他們有說有笑，沿著林蔭道朝校外悠閒走去。我被這一幕情景擊垮了，木然站在一棵參天梧桐樹下，思維驟然凝固，我感到，心在流血。

後來，我迅疾小跑起來，跑到經濟系學生樓，把鯨魚從宿舍床鋪上拽了出來。鯨魚很重義氣，這天晚上表現出大哥風範，他陪我走出校園，找到一家小店鋪，請我喝啤酒，他說事情還沒有完，我明明知道事情已經完了，他這是在安慰我。鯨魚為了轉移我的注意力，向我敞開心扉，談了他的情感經歷。漫漫長夜裡的娓娓訴說，一杯接一杯的啤酒進入我的身體，仿如療傷的藥，暫時緩解了我內心的苦痛和酸楚。

從那充滿憂傷的日子裡漸漸跋涉出來，我想到了我的初戀。

我曾經也像瘋狂迷戀檸檬一樣迷戀過柚子。無論是檸檬還是柚子，猶如雷電從我的生活中一閃而過之後，我都像一個重病患者，陷入苦痛久久難以痊癒。我迷戀檸檬是真實的，迷戀柚子也同樣是真實的，檸檬和柚子在時間的兩端，我在思念柚子的時候，絕不會想到以後還會有檸檬的出現，而我在為檸檬愁腸百結耿耿難眠之際，顯然也把曾經占據過我生命的柚子徹底遺忘了。

那麼，哪一次的戀情才最為真實，才是我所渴望的唯一而至死不渝的聖潔愛情呢？失去柚子的疼痛潛伏在得不到檸檬的疼痛中，得不到檸檬的疼痛又掩沒了失去柚子的疼痛。時間靜靜流過，泡洗一次又一次的疼痛，也許，還有無數次的泡洗。既然這樣，疼痛是有意義的嗎？問題還在於，我既可以在時間的那一端為柚子疼痛，也可以在時間的這一端為檸檬疼痛，我思戀檸檬的時候完全遺忘了柚子，背叛了歷史，現在的我背叛了過去的我，那是不是可以說，疼痛的無意義都是從自己開始的，這個世界的不可靠都是因為內心的不可靠而造成的？

春天的時候，鴿子跑來告訴我他的一次冒險經歷。鴿子之所以如此坦率地向我談及他的私生活，是因為他從鯨魚那兒獲知：我曾迷戀過檸檬。

鴿子講述他的冒險經歷時，神色慌張，似乎還有些後怕。在一個月色撩人的夜晚，鴿子將檸檬帶進了愛情小屋，他自認為，前面的一切都幹得非常漂亮，不費什麼周折，幾句話就把檸檬病怏怏的矜持態度化解掉了。為打消檸檬的顧慮，鴿子的做法簡潔明瞭，他從床頭找出一盒避孕套，往檸檬面前一扔，然後直截了當地說：

要我幫你脫衣服嗎？

非要脫嗎？檸檬平靜地說，你會失望的。

一絲不掛的檸檬橫陳在鴿子面前，她的肌膚潔白如雪，鴿子一陣衝動，旺盛的情欲隨之被激發起來，他沉穩地走向床邊，猶如走向戰場，開始了持久的廝搏。鴿子在情場也算是見得多的了，然而，無論他怎樣狂熱，怎樣努力，他都無法進入檸檬的身體，他找不到入口，或者說檸檬的身上根本就沒有入口，她像一具橫臥的白色蠟像，毫無感覺，紋絲不動。

鴿子渾身冒汗，他從未遇到過這種情況，手開始往檸檬下身摸索，他摸到了針眼大小的洞口，這時，鴿子耳邊聽到檸檬牙縫裡擠出的冰冷聲音：

對你說了，你會失望的。

鴿子難受之極，他有一種撒不出尿的感覺。後來他努力幾下，嗥叫一聲，想揮發掉積聚到臨界點的熱情，終於沒有成功，冷汗沁上他的額頭。

鴿子匆忙下床，草草替檸檬套上衣服，將她打發走了。

4

一九八二年，法國留學生斑馬和菠蘿蜜離開中國，他們將要回到巴黎的賽納河畔。在機場送行時，我被菠蘿蜜的惜別之情攪得心亂如麻，沒想到平素給人厲害印象的菠蘿蜜，離別時竟淚水漣漣，泣不成聲，站在一旁的斑馬嘟著嘴，眉開眼笑，像哄小孩似的撫摸他妻子的肩膀。

我再度見到菠蘿蜜是兩年後的事。

此時，菠蘿蜜已是法國一家銀行駐中國辦事處的負責人。她出色的中文，雷厲風行的工作作風，使她很快博得法國老闆的賞識，她的薪水一提再提，其豐厚的程度已超過法國公司高級職員的兩倍。

菠蘿蜜的高薪，不僅使她自己在中國的生活闊綽富裕，她還有足夠的能力去養活那個在法國無所事事的丈夫。從東方回到西方的斑馬，整日愁面苦臉，情緒極壞，他對靠妻子養活這件事耿耿於懷，然而他又找不到合適的工作。他不願意與社會合作，因為這個社會不符合他的理想。走遍西方東方，他在構築理想社會方面，遠遠不如他將一個又一個女人勾引到床上那樣來得順手，他變得絕望，刻薄，挑剔和暴躁，他與任何人包括他的情人相處的一個重要內容就是爭辯，他可以從一根叉子引申出文化傳統、經濟結構及個人自由選擇諸多方面的討論，他的大腦不停運轉，敏感的神經每天繃緊，處於高度緊張的狀態。

一九八四年年底，斑馬和菠蘿蜜辦了離婚手續。

這對法國人清楚地知道，這輩子他們誰也離不開誰，但他們還是在離婚協議上簽了字。他們分開不是因為天各一方，大家都有自己的情人，而是作為男人的斑馬，受不了菠蘿蜜每月往他們共同的銀行帳號裡，存進一萬法郎的錢供他開銷。離婚後的斑馬，將他積餘的錢投資於一項科技專案，這項科技實驗遲遲未能出臺，致使斑馬與他的三個合作者分崩離析，所有的投資如泥牛入海，斑馬為此背了一身的債。熟讀經濟理論書的斑馬，深感理論替代不了嚴酷的現實，他不得不將他的房子裝修後，以九十萬法郎的高價出售，以抵還債務。從此，滿腦子理想社會模式的斑馬，只能從一個情人的懷抱，流落到另一個情人的懷抱。

一年後，在法國西部小不列顛通往大不列顛的公路上，斑馬搭上了一輛小車，開車的英國姑娘是一個二十六歲的大學生，她對滿腹經綸的斑馬佩服得五體投地，只要斑馬一開口，她立即就會掏出本子和筆，飛快地記下那些大逆不道卻又是課堂上根本聽不到的思想。

汽車在公路上走走停停，斑馬與英國姑娘白天趕路，晚上在森林裡搭帳篷宿營，面對唯一的忠實聽眾，斑馬的思想噴湧如泉，英國姑娘的求知欲得到充分滿足之後，她常常主動脫掉衣服，噙著感激的熱淚，讓斑馬在她的身體上呼風喚雨，耕耘播種。

斑馬和英國姑娘的小車，最終停靠於法英交界的一座小村莊。他們用樹木搭建了寬敞的木屋和場院，每天清晨，斑馬坐在一台傳真機前，向遠在中國的菠蘿蜜傳遞他對世界上所發生的各種事情的看法，他往往用很簡單的句法「我反對」或者「我贊成」來表達他的意見和態度。這時候，年輕的英國女郎總像木偶一樣畢恭畢敬站在他身後，手捧筆記本，神情機械單板地記錄著。

這個世界對我來說一點意思也沒有，真的沒意思，我每天每天在等待死亡。斑馬在傳真機上，向他的精神戀人菠蘿蜜這樣傾訴。

英國姑娘一邊迅速寫下這些悲愴的文字，一邊淚流滿面地哽咽著。

一天早晨，當晨曦從林間透射進木屋的時候，正在廚房準備早餐的英國姑娘，聽到臥室裡傳來斑馬的驚叫聲。她衝進臥室，看到斑馬滿頭大汗，咿哩哇啦，指著他胸前突然長出的一根幾寸長的肉瘤大叫大嚷，英國姑娘驚慌失措地撥通電話，叫來一位鄉村醫生。醫生給斑馬服下鎮靜劑和安眠藥，斑馬整整昏睡了一個星期，醒來後肉瘤消褪，但斑馬再也無法表述他的思想，每天神不守舍，表情麻木。

不久後的一天下午，村裡的伐木工從木屋裡發現了昏迷的斑馬和英國姑娘。人們將他們送到醫院，經醫生診斷，這兩個精神分裂的隱居者，服用過多的安眠藥而導致全身中毒。遠在東方的菠蘿蜜聞訊後，日夜兼程，趕回地處英國僻遠處的鄉村醫院，這時，躺在病榻上的斑馬已經不認識她了。

我們選擇了一條冒險的生活道路。菠蘿蜜對我這樣說。

菠蘿蜜與斑馬都知道，在這個世界上，只有他們倆結合在一起才是最合適的，但他們都受不了結婚生孩子那種庸常的生活，他們在保持獨立人格的同時，也不可避免地要付出慘痛的代價。

菠蘿蜜說這番話的時候神情悽楚，目光幽遠而迷茫。

5

早就辭去班幹部職務變得無聲無息的寢室長，沒想到畢業分配時，又一次成為新聞系七十九級的熱點人物。

事情的緣起是一篇論文。

寢室長自從主動辭職後，一改剛進學校時的活躍性格，埋頭做學問，除了有課日外，他一般很少在學校露面。四年級開始準備畢業論文，寢室長選擇了自己比較感興趣的題目：中國報刊的起源。他為這個題目收集了大量資料，做了厚厚一疊卡片，也許他想把畢業論文作為一顆重磅炸彈，在新聞系乃至學術界轟隆炸響，他過早地暴露了雄心勃勃的計畫。以小北京為代表的小齡同學，從寢室長的銷聲匿跡中嗅到了不尋常的氣味，他們很快察覺了寢室長的計畫。小北京們不會忘記曾經擔任班幹部的寢室長神氣活現的過去，他們不會忘記寢室長曾是輔導員的得力臂膀。辭職後的寢室長無異於一隻死老虎，而小北京們正需要這樣一隻死老虎作為他們的靶子。畢業分配方案一公佈，連小胖這樣的邊緣人物都沉不住氣了，形勢對他們小齡同學很不利。分配方案顯現出，有十幾名同學或要被分到專業不對口的單位，或要離開原籍去邊遠省分工作。小齡同學的人數恰好大致相同，再加上他們不知從什麼管道打聽到，落實分配方案要綜合考試成績、畢業論文、入學前的工作年限等各方面的因素，小北京們自然覺得那分配方案，像是信賴大齡同學的輔導員一手製作出來坑害他們的圈套。

扭轉這種被動局面需要一個突破口，寢室長正好是小北京們心目中作為突破口的理想人選。小北京們認為，寢室長精心炮製他的畢業論文，無非是為了確保一份好工作，那麼，要使寢室長的如意算盤落空，也只有從他的論文著手。

系裡規定畢業班學生完成論文的最後期限到了，指導教師們無一遺漏地收到了學生論文的同時，新聞系領導接到了署名「幾位同學」的一封信。這封信長達六、七頁紙，它言詞確鑿地指出，新聞系七十九級寢室長的論文是一篇剽竊他人學術成果的拼湊之作，信中列舉其抄襲轉摘處有二十幾條之多，並詳盡地標出資料來源。

面對這封棘手的信，系領導目瞪口呆，它的工作量已大大超過完成一篇論文所需的精力。那麼是誰用什麼辦法，如此準確地獲取到寢室長的論文內容，又如此耐心執拗地去求證核對資料，將那些相同的論點、近似的語句一一捕捉出來？

這封信一經披露，畢業班亂成一鍋粥。樂的樂，愁的愁，人心浮動，形態各異。當然，跳得最高的還是當事者——我們的寢室長。他急得像熱鍋上的螞蟻，東撞西闖，逢人便大呼冤枉。

流氓，這是流氓手段呵，寢室長在走廊裡悽惶地疾走呼喊。他最終坐到了輔導員家裡，哭喪著臉要是非公正。

你不要急嘛，事情總會弄清楚的。你懂不懂，他們是衝著我來的。輔導員畢竟要冷靜理智得多。

寢室長不甘休，他每天晚上要去輔導員家磨嘴皮。

這天晚上，我坐在窗邊整理抽屜，小胖和小湖南從外面回來。半小時後，小北京突然闖進門來，說寢室長失蹤了，輔導員要求發動全班同學在校園裡尋找。

小胖一骨碌從床上躍起，問道：

失蹤了？會不會是自殺了？快去找！

全班同學出動，在校園裡轉悠了兩個多小時，十一點左右，校門口晃晃悠悠出現了寢室長的身影。看到路燈下三三兩兩皆是同班同學，他神經質地問：

怎麼啦怎麼啦，又出什麼事了？

沒人回答寢室長的話，同學們一個個都是愕然的表情。

第二天上午，寢室長將一隻凳子搬到寢室門口，面朝走廊坐下，開始了冗長的毫無對象的詈罵：

誰那麼缺德？說老子要自殺？老子活得好好的，老子偏不死，氣不氣啊？有本事別在背地裡搞，站出來！站出來一個消滅一個，站出來兩個消滅一雙。每一顆子彈消滅一個敵人，我們都是神槍手，哪怕那山高水又深……站出來！王八蛋！站出來！兔崽子！

系裡專門派人調查論文事件。誰知一波未平一波又起。

一封署名「十幾位同學」的信送到系裡，對輔導員協助調查論文事件表示了不信任態度，信中稱輔導員四年來一向壓制小齡同學，搞的是專制政策。這封信還就分配方案的出臺應該怎樣廣泛徵求意見，怎樣通過民主商議等問題提出了看法。一段日子裡，系領導頻繁出入七九級男宿舍，小北京為首的小齡同學經常聚在一起，不斷發出一些新的聲音。大齡同學以及班幹部們因為輔導員的被告也紛紛四處活動，刺探消息，每個人都使出吃奶的勁，牽涉到終身職業問題，誰都意識到沉默只能被動挨打，只要對自己有利，哪怕赤膊上陣也在所不惜，於是，畢業分配從風平浪靜到波瀾壯闊，從溫文爾雅到窮兇極惡，變成了一場殊死的格鬥，一場殘酷的戰爭……

與這齣熱鬧的人生活劇同步，校園裡還在上演另一齣話劇。這齣話劇的編導是我。

臨近畢業，輔導員希望我發揮專長，為班裡編排出一個獨幕劇，作為留給母校的禮物。我圍繞一個寢室來結構，勾勒了幾個人物大學四年的變化，寫著寫著，一發而不可收，寫成了一齣像模像樣的無場次校園劇。因為劇中人物的需要，這齣戲的參與者既有大齡同學，也有小齡同學。將若干張雙人床搬至學生俱樂部中央一圍，就變成一個可以四面環看的小劇場舞台。排演這齣戲，使我意外地成為一個幸運者。

首先，這齣戲在校園內外大獲成功，由大學畢業生自己演自己，學生們有一種親切感，再加上劇本詼諧風趣的風格，每場演出，從頭至尾，笑聲掌聲喝采聲不斷。報社記者聞訊趕來，數家媒體作了報導。一家戲劇研究所的領導看完戲後當場拍板，要我去他們研究所工作。

除了我之外，戲劇研究所是沒人要去的單位，這無意間又為我們班的分配方案爭取到一個名額。我早早地定下分配去向，一下子從紛亂的局面中解脫出來，逍遙自在。參與校園話劇演出的同學年齡各異，又使得我在兩大勢力的對峙中能夠保持中立。大齡同學把我視作他們的同盟軍，而小北京也拍拍我的胸脯說，你去戲劇研究所我們沒意見，如果是寢室長去，我們堅決不答應。

我游離於矛盾漩渦中心之外，還有另外的原因。

七月一個悶熱的晚上，鴿子高高的身影倏然晃進我們寢室。鴿子和寢室長等人打過招呼後，將我拽到屋外的操場上，然後告訴我，晚上九點正，有人在校門口櫥窗前等我。

誰？誰等我？我被鴿子說得有點發懵。

榴槤你認識嗎？鴿子問。

我搖搖頭。

你不認識她她可認識你。她剛和男朋友分手，對你非常有興趣。鴿子邊說邊朝我眨眨眼睛，去吧，挺好的，你準會滿意的。

鴿子的曖昧口吻和詭祕神情給我留下長久的疑問。後來我與榴槤在一起，腦子裡常會跳出鴿子意味深長的笑容，然而，榴槤矢口否認與鴿子有染，她對我一次次有意無意地提及這件事顯得很惱火。

那晚鴿子走後，我的心情再也難以平靜。

我準時趕到校門口，身穿藍色吊帶裙的榴槤，已亭亭玉立在一排櫥窗前。九點的時候，晚自修的學生還未歸來，校門口冷冷清清，我輕輕走到榴槤的背後。榴槤轉過身來，這才發覺，我其實是認識榴槤的。學生俱樂部舉行的舞會上，頭紮蝴蝶結的榴槤跳舞時仰起腦袋，那天真無邪的神情曾吸引過我的目光，不過那時候我不知道她叫榴槤。

榴槤很大方地朝我點點頭，淡然一笑間，露出兩顆淺淺的酒渦。我們像地下工作者那樣微笑著接上了頭。榴槤款款走下石階，隨同我一起朝校門外走去。

穿越校門前的寬闊馬路，正對校門的是一條林蔭道。沿著林蔭道一直往縱深處走上五、六百米，便可看到一條波光粼粼的小河從面前蜿蜒而過。小河兩岸楊柳依依，雜草叢生，雖說河水終年散發一股腐濁氣息，但這兒仍是男女學生們幽會的好去處。幾年時間，我從未來過這裡，但是我和榴槤像有某種默契，一路直奔小河而來。

我和榴槤在河邊草叢裡面河而坐，榴槤將頭倚靠在我的肩膀。不久，我側過身體，讓榴槤躺倒在自己的懷抱。月光照亮榴槤的臉蛋，四野蛙鳴一齊湧來，我覺得春心蕩漾，有一種衝動慢慢升騰，我俯下臉，將嘴唇重重壓在榴槤的嘴唇上。這時，我聞到了一股酸澀的氣味，一股像飯菜餿掉的味道。開始我以為是河水的氣味，因為當我再度和榴槤接吻的時候，那股氣味似乎消失了。

天氣悶熱難熬，蚊蚋嚶嚶嗡嗡在四周盤旋，我一次次俯下臉龐，很快，我的脊背上汗水涔涔。當一股焦慮情緒攫住我的時候，我用力緊緊抱住榴槤的身體，直到兩人都喘不過氣來為止。我鬆開手臂，發出一聲短促的「嗨」，那像是對榴槤長得健康無比的身體的一種仇視。後來，我的手爬上了榴槤高聳在月光下的胸脯，我解開榴槤短袖襯衫的衣扣，魯莽的手，逕直摸索進去，我摸到了榴槤半球型渾圓豐滿的胸乳，剎那間，我的眼前浮現出鴿子神祕莫測的笑容，我想他說的沒錯，確實無限美好，月光，蛙鳴，粼粼的河水，密密的草叢，相偎相依，夜色溫柔，一切恍若夢中。以前無數次用豔羨的目光看著別人成雙成對潛入小河深處，於今輪到自己藏匿其間銷魂來了。

我愈來愈放肆地撫摸榴槤的身體……

我和榴槤鑽出柳枝垂掛的河邊，已是暑氣上升涼風習習的夜深時分。林蔭道上闃無一人，榴槤挽著我的手臂，不時用熱辣辣的目光凝視我，那神情彷彿我們已結識了很久。

這以後連著幾天晚上，我和榴槤不間斷地在小河邊幽會。有天晚上忽然下起陣雨，我拉著榴槤的手，一起奔至一間茅屋的屋簷下，兩人面對面擁抱著，靜聽對方急促的喘息聲。雨水嘩嘩，雷電交加，我雙手合圍住榴槤的腰際，感到榴槤的胸脯急劇躍動，我猛地一把推開榴槤，說不行，這樣不行，得想想辦法。榴槤似乎即刻明白了我的意思，她笑嘻嘻地說想什麼辦法呀。我說我不管，你想辦法！我的態度顯得蠻橫無理。

榴槤噗哧一聲笑了，你這個壞傢伙，還要我想辦法。

幾天後榴槤找到我，她伸出一隻拳頭，慢慢展開手掌，一把鑰匙神奇地顯現了。我們一齊朝校外的一幢教工宿舍走去。榴槤的表舅是這所大學的教師，榴槤常去表舅家改善伙食。這些情況我早就從鴿子嘴裡瞭解得一清二楚，所以我才會那麼霸道而有把握地要榴槤想辦法。

我們悄悄溜進教工宿舍，沿著樓梯拾級而上。到了三樓，榴槤不慌不忙地打開房門，然後讓過我，又輕輕關閉了房門。這時候我不知是因為害怕，還是預感到生命中某一重要的時刻漸漸臨近，心撲通撲通跳個不停。

進來呀！榴槤輕聲招呼愣在那兒的我。

他們會回來嗎？我在一張桌子邊恭敬老實地坐下，小心翼翼地問道。

不會，每個星期六他們都要去舅婆家住兩天，星期一早上才回來。榴槤給我倒了一杯茶，她把茶杯遞給我的時候，我沒接，卻一把抱住了她的腰。

我們接吻。我們一點點向臥房挪動，後來，我將她推倒在鋪有涼席的床上，開始解榴槤的裙帶——她制止了我，說：

等等，你告訴我，你愛我嗎？

我的血液凝然不動了，眼睛直勾勾地盯視著躺在身下的榴槤。

榴槤不由得笑了，她拍拍我的臉頰，讓你說一聲愛就那麼困難呵？好吧，不為難你了。

我又開始解她的裙帶。我的動作越來越快，耳邊聽到榴槤不停地咕噥著：

你要知道這對我來說很重要……很重要……我是第一次……你應該溫柔一些……溫柔……

我的眼前一片昏暗，腦袋嗡嗡作響，榴槤的兩隻小手摩挲著我的頭顱，將我的頭髮弄得凌亂不堪。我膽怯地踏上一塊陌生的土地，我失去了知覺，腦子裡一片空白。我不知道什麼時候逃離了那塊土地，像只麻袋似的癱倒在榴槤的旁邊。

榴槤從浴室走出來，看到我愁面苦臉的樣子，便拍拍我的臉頰問道：怎麼啦？

我憂鬱地說：我恐怕不行。我大概不是一個真正的男人。我是那樣的害怕，害怕極了。

榴槤沉吟片刻，彎下身子緊緊抱住了我，喃喃地說：

你行的你行的，你已經使我成了一個真正的女人，你信不信？

我用狐疑的目光打量榴槤，榴槤肯定地點點頭。

我們躺在蚊帳裡聊天，榴槤有意無意地一次次把話題引到家庭和婚姻上去，我一次次躲避榴槤的話題，像躲避飛來的子彈。我說我永遠不要家庭，若是兩情相愛，何必要一張結婚證來維繫彼此間的關係呢？我不假思索地說著一套套的理論，深怕不能說服榴槤，最後不得已，還搬出沙特和波娃這對一輩子沒結過婚的情侶，榴槤不得不緘默了。談話間，我又一次亢奮強壯起來，我攬過榴槤，像名勇士跨上了駿馬，我驅使馬匹一路狂奔到山巔——我沒想到，這一次居然做得很出色。

你看，你還要我來安慰你，鼓勵你，你這個壞傢伙！等到我們平息下來，榴槤這樣說。

我看了看榴槤，咧開嘴羞澀地笑了。

你真像個孩子。榴槤嘟著嘴說。

我雙手扶住榴槤的臉蛋湊了上去，這時，我又聞到了一股酸腐的氣味，我停止了親吻榴槤，而將腦袋伸過榴槤的肩膀，在她白皙的頸脖上吻了一下。

這天夜裡異常悶熱，垂掛的蚊帳紋絲不動，我翻來覆去，怎麼也睡不著。臨近天亮時我才迷糊過去。後來，懵懵懂懂中，覺得耳朵上有隻小蟲子在蠕動爬行，我揮拍了一下臉頰，小蟲子掉落了。過一會兒剛想重新入睡，小蟲子又開始爬上我的耳垂……我睜開眼睛，看到榴槤笑吟吟注視著我，她的一隻手指在輕輕撓我，人斜倚在床架上，一絲不掛，白晃晃的身體在透進窗櫺的陽光輝映下，顯得格外眩目，我覺得喉嚨乾燥起來，僅僅遲疑了一會兒，我一骨碌翻過身，撲向了那團白晃晃的身體……

上午十點左右，我走到客廳，看到桌上整齊地放著豐盛的早餐，豆漿、煎餅、荷包蛋、稀飯、醬菜，天知道榴槤從哪弄來這麼多吃的東西。吃飯時，榴槤若有所思地說，其實有個家庭不是挺好的，有個人替你把什麼都安排好，你什麼都不用操心……不，我打斷了榴槤的話，那是墳墓，你是一個聰明的姑娘，應該懂得婚姻意味著什麼。我這麼說的時候，心裡面其實很虛，我甚怕榴槤再糾纏下去，便撂下碗，離開了餐桌。

一星期後的一天晚上，我聽到宿舍樓外有人叫自己。我走出去，看到鴿子、鯨魚和羚羊，笑嘻嘻地站在一排冬青樹的前面。我走到朋友們面前，剛想說什麼，只見鴿子意味深長地朝我眨眨眼睛：

怎麼樣，我說的不錯吧？

未等我答話，旁邊的樹叢搖晃一下，款款走出臉色紅潤的榴槤來。

鴿子又一次朝我眨眨眼睛，隨同鯨魚和羚羊一齊朝學校後門走去。我和榴槤跟隨在朋友們的後面。我們走過池塘，繞過一片竹林，最後來到一條廢棄不用的鐵路旁。我和榴槤遠遠落在後面，沿著長長的鐵路慢慢走去，鐵路兩旁的草莖探頭探腦，不時觸碰我們的腳踝。

我沒事了，你可以放心了。榴槤突然說道。深怕我不明白，過一會兒她又說，我安全了，來例假了。

真的？我的雙眼射出熠熠的光芒。這些天我一方面渾身酥軟，內心暖洋洋的有一種幸福感，另一方面我又每天擔驚受怕，常常一個人默默祈禱上蒼，保佑榴槤不要受孕。我自己都不知道，為什麼要那麼恐懼這件事。現在好了，警報解除，我伸展手臂緊緊攬住榴槤的肩膀，像是在慶賀一個喜訊降臨。

謝謝，謝謝你今天來告訴我這個消息。我興奮地說。

你這個壞傢伙！榴槤嗔怒地罵道，而後，又噗哧一聲笑了。

6

秋風輕拂黑魆魆的小街，路燈四射，濃密的香樟樹暗影搖曳，發出簌簌的聲響。狹窄的天穹，藍寶石一般深邃透明，無數繁星閃爍其間，流光瀉銀。

我從劇場匆匆趕回家，遠遠的便看到小院昏黃的燈光，如微明的篝火，躍動在黑沉沉的小街深處。那棵無花果樹已長得枝深葉茂，像把巨傘籠在半空，冷冷的月光照在樹葉上，像是塗了一層白粉。爬牆虎四處鋪長，顯示了旺盛的生命力，莖鬚探頭探腦，懸掛下來遮蔽了小院的木製窗櫺。

母親戴著老花眼鏡，在燈光下納鞋底⑮。在我的記憶裡，母親從不喜歡做這些瑣碎的女紅。可當她最終步入老境，當她某一天不無沮喪地發現，眼睛四周總有一隻小蟲子飛來飛去，曾經當過高級護士的母親十分清楚，那是伴隨衰老而來的老年病——白內障，她想到了要做一雙布鞋，作為她再也不做女紅的紀念。母親的女紅做得很漂亮，這在母親生長的那個小村莊是有公論的。

⑮用針釘縫密合鞋底。

自她沿著溪水淙淙的故鄉小路，開始逃離男耕女作的生活，她便久久地閒置了曾經聞名遐邇的靈巧手藝。

我不會再做布鞋了，這是最後一雙。我聽到母親幽幽地說道。

母親最後一雙封箱之作是為誰做的？母親不說，我也不問，從那鞋樣的尺寸上估計，不像是為她自己做的。

我走進家門，當母親知道我還沒有吃晚飯時，趕緊手忙腳亂地端來了飯菜。我確實餓了，五點左右在排練場就吃過一塊麵包，導演希望我不要走，留下來陪他一齊觀看演員彩排前兩幕的戲。對於第三幕，導演覺得劇本還有修改的餘地，整整一個晚上，我坐在導演旁邊，一邊觀看演員走台，一邊詳細記錄下導演的修改意見。這是我畢業後第一個被劇團搬上舞台的作品，自然格外的認真，對導演有時苛刻到不近情理的要求，我也盡可能作出最大的讓步，來滿足那個老頭潔癖般的藝術趣味。

我狼吞虎嚥地吃著飯。

母親坐在桌子對面，神情專致地納著鞋底。母親愈發蒼老了，只是臉色還是那麼紅潤。母親的身體曾是那樣的健旺，她曾手持一根晾衣竹竿，像二姨媽在我幼年時追趕哥一樣，追了我幾百米，有一剎那，我甚至都已感到竹竿逼近背脊的冷颼颼的刺痛。那時我大概十幾歲，也記不清了那次因為什麼事惹得母親如此的惱怒。只記得那天晚上是二姨媽將我帶回家的，我在二姨媽的勸導下，跪在母親的床前請求寬恕。母親朝裡躺著，背對著我。我一直跪了許久許久，母親也沒理我。那會兒是多麼希望母親能夠轉過身，我的肚子餓得咕咕叫，兩條腿哆嗦著，腦袋沉重地耷拉著。母親沒有轉過來，她的背像一堵混凝土的牆。從那以後，我再也不敢惹母親生那麼大的氣。我小心翼翼地與母親和平相處，骨子裡一直醞釀著逃離家庭逃離母親的計畫。逝去的往事記憶，就像那些無孔不入的爬牆虎，常常不經意地把莖鬚伸出來，朝你搖擺點頭。

你以前是很喜歡穿布鞋的。母親抬起頭對我說，我再給你做最後一雙布鞋。

我躲開母親的目光，三下兩下扒拉完碗中的剩飯，放下碗，起身走上了閣樓。母親習慣於旁敲側擊的談話方式，前些日子，母親像是隨意提及我一個兒時夥伴結婚成家的事，透過她淡然的神情，我猜測到她的言外之意，她是在提醒我，該考慮一下終身大事了。我未置可否地「哼」了一聲，隨後就沉默無語，我不願意與母親就這個話題再說些什麼。母親偶爾也會問及我的劇本，像是沉浸在往事的回憶中，她說她年輕時也演過文明戲。我看了看母親渾濁的發亮的眼睛，又陷入了沉思，我為一次次迴避與母親深入交談而內疚，但又確實害怕觸及某塊心病，我想我不是一個孝順的兒子。

走上閣樓，我看到大姐和外甥面對面地坐在一張桌子前，大姐像當年輔導我一樣，悉心輔導兒子的功課。外甥顯然有負她的苦心，對讀書提不起一點興趣。大姐離婚後就搬回家來住了，她要求和前夫住一起的兒子每天晚上前來溫習功課。

我進入閣樓，擰亮檯燈，鋪開劇本的列印稿。我在稿紙上飛快地修改著第三幕劇本。

不一會兒，我聽到樓下二姐的房間裡傳出一陣吵鬧聲。接著，孩子的哭叫聲又穿越其上，尖厲而刺耳。二姐重新組合家庭後，又生了個孩子，二姐歷經坎坷，我們大家都為她獲得目前的安寧生活而高興，但她似乎並未真正從以往的不幸中擺脫出來，她的脾氣異常暴躁，常為一些瑣事和二姐夫爭吵不休。

大概吵鬧聲也會傳染，樓下的嘈雜稍稍趨於平靜，隔壁又響起大姐喝斥外甥的聲音。愣頭愣腦的外甥並不買大姐的賬，拉開嗓子與大姐頂撞起來。

我的心緒漸漸變得煩躁起來。

一小時後，我長歎一聲，離開寫字桌，走下了閣樓。我朝院外走去的時候，聽到身後母親大聲在說：

你們這樣吵吵鬧鬧，還讓駱駝怎麼寫作？

我在小街上晃蕩了一圈，回到家門口時，遇到了久違的櫻桃。櫻桃扭動身體，眼睛直勾勾地看著我，我一時衝動下，做出一個貿然而大膽的決定。

在母親疑慮重重的目光注視下，我將櫻桃帶到了閣樓上。我和櫻桃一起在沙發上坐下，海闊天空地閒聊。後來，我一把抱住櫻桃，櫻桃在我的身體下哼哼唧唧，嘴裡嘟嘟囔囔地說你想我嗎？你想我嗎？嗯、你根本就不會想我——

我一聲不吭地做著我想做的一切，我的手撫摸櫻桃略顯粗糙的背脊，然後順著她骨節突出的肩胛，一直往下遊動。長長的廝磨和纏綿，熬盡了正當年華的櫻桃的耐心，她急不可耐地解開我的衣服——

面對突如其來的收穫，我三下五除二，匆匆忙忙便揮發掉了我的熱情，惹得亢奮無比的櫻桃揚起拳頭，雨點般擊打我的背部，嘴裡吐出一連串的髒話。我自顧自穿好衣服，心想你等著吧，我總會收拾掉你的，這對我說很重要你知道嗎？

櫻桃走了之後，母親嘟起嘴，一臉的不高興。母親說這是我的家，我不允許不三不四的人隨便進來。母親對櫻桃一家沒有好感，痛苦的往事已深深烙進她的記憶。

見我沉默不語，母親又憂心忡忡地問道：

她來幹什麼？她為什麼會上我們家來？

我生硬地回了一句，沒幹什麼。

母親依舊不依不饒，她說以後不許這樣的人上我們家來。

那我就搬出去住！我突然冒出一句。

我不知道為什麼會這樣說。我不僅這樣說了，而且還這樣做了。

一個星期過去，母親大概已經忘了我們之間曾經有過的口角，而我在熊貓的幫助下，找到了一處空闊的房屋。我離開海邊不久，熊貓也回城了，他頂替退休的父親，進入派出所幹上了戶籍警。海邊的輝煌沒能幫助熊貓在公安系統撈個一官半職，生活真會捉弄人，過去的歷史好像都顛倒過來，一切重新開始洗牌。熊貓通過熟人調到市財貿部門，真正發揮他的領導才能、續上官緣那是後來的事。

熊貓來幫我搬走書桌和行李的那天，母親目光憂戚地靜靜注視著，她一句話也不說，好像早就料到有這麼一天。

在靠近城市邊緣的一處僻靜樓群裡，我度過了孤寂而自由的秋天和冬天，梧桐樹葉慢慢泛黃，凋零，有幾片降落在我的窗台上。

這期間，櫻桃先後兩次光顧我那間陰冷的屋子，我們放肆地做愛。真正占有櫻桃，帶給我的不是快樂，相反，更多的是自卑和羞恥，我比以往任何時候都瞧不起自己。撫摸櫻桃長著肉刺的毛糙背部，我想不明白自己為什麼要和她在一起，為什麼要一次次重複一件毫無意義的事。有過短短的一瞬間，我曾想對她好一點，但當我眼前浮現一堵圍牆在櫻桃父親的指揮下轟然倒塌，還是小女孩的櫻桃站在遠處拍手歡呼的畫面，剛剛冒出的念頭便稍縱即逝。

櫻桃第二次進入我的屋子，我不知道她很快就要成為別人的妻子。倒是貌似糊塗、木訥的櫻桃，比較清楚她與我——這個從小一塊長大的情人之間的真實關係，雖說她在進入激奮狀態之後，忍不住要反覆問我是否想她的傻話，面對我支支吾吾的默許，她當然不會相信，一旦身體的快樂消停，頭腦趨於冷靜，她便一把推開我，迅速穿上衣服，她說，算了吧！你不要再騙我了。

夜深人靜時，我將櫻桃送出屋子。這時，櫻桃才告訴我幾天後她就要結婚的消息。我一愣，而後伸出手攬住櫻桃的腰部，她推開我，輕聲說我走了，跨上自行車，很快消失在寧靜街道的黑暗中。

這以後我再也沒有見到過櫻桃，她好像在這座城市裡失蹤了。半年後，百無聊賴的我枯坐居室，窗外閃過的窈窕身影使我忽然想起櫻桃，我突發奇想，給櫻桃所在的單位撥了個電話，那邊的人告訴我：櫻桃早已調走。

我的劇本進入了緊張的彩排階段，每天一下班，我就從研究所趕到劇場，一直泡到深夜，才獨自回到我的寄居處。看到稿紙上的劇本經導演之手在舞台樹起來，我異常的激動，我給演員倒茶遞毛巾，有時還自己掏錢為大家買來消夜。

這天我正坐在導演旁邊觀看演員走台，側幕裡探出一個頭腦，說有我的電話。我走到劇院傳達室，電話是大白鯊打來的，我又驚又喜。我知道這位老兄具有無孔不入的能量，只要在這個地球上，他總有辦法找到他想要找的人。

大白鯊告訴我他要去漂黃河了，沒容我反應過來，大白鯊在電話裡哇哩哇啦地嚷了起來，他說你別這樣小看我，我不是矯情，我去漂黃河與為國爭光無關，純粹是一種精神漂流，精神漂流你不會不懂吧？不等我做出反應，他已掛了電話。

大白鯊畢業後分到了報社，他除了和我保持密切聯繫外，也和班上很多同學往來，在畢業分配的矛盾漩渦中，他和我一樣，完全游離在外，小北京分到東北是他送上火車的，寢室長被小齡同學搞得神經衰弱最後東渡扶桑，也是大白鯊送去機場的。在畢業分配這場戰爭中，沒有真正的勝者。大白鯊的性情和包容，使他成為畢業後聯絡全班同學的核心人物。

我放下話筒，在黑暗中沉吟良久，爾後，慢慢踱向劇場排練廳。我走進劇場，發現黑壓壓的後排座位上，坐著一個戴眼鏡身穿軍裝的觀眾。因耳邊還迴響著大白鯊的嗡嗡聲音，我並未對那個陌生的觀眾引起注意。落座導演身邊後，略略有些納悶，軍裝在這座城市已屬淘汰的服飾，不知道那個陌生人為什麼還穿著。我不由得回頭望了一眼，這一望，出問題了，那個陌生人竟然在朝我揮手，可我並不認識他啊。

連著幾天，那個陌生人每晚必到，他一直靜靜地坐在固定的位子上，彩排結束，才依依不捨地離去。有一天晚上，大幕徐徐落下，場燈忽然通明，我情不自禁地回過頭去，這一下讓我看得一身冷汗：那個身穿軍裝的人站了起來，他的身材頎長，臉頰上架著一副黃色的賽璐珞眼鏡，那不分明是已經死去的鹿嗎？

我的心撲通撲通亂跳，兩條腿簌簌打抖，我定定神，再一次回望，這回我幾乎已清晰地看到那個人黝黑的臉，甚至還看到了淡淡的黃褐斑，我倒吸一口冷氣，遲疑了許久，我堅決地朝這個人走了過去。

聽說這個劇本是你寫的？陌生人迎上來問我。

我頷頷首，眼睛死死盯住他的臉，我彷彿要從這個人臉上找出驚駭的祕密，那一刻，我覺得自己毫無恐懼感，彷彿跨越了生死之河。我朝前走近一步，意圖很明確，如果鹿沒死，如果前面不是鬼魂，他應該可以認出我來。

以前我也演過戲，對話劇有一種特殊的興趣。陌生人嘿嘿一笑，這樣說道。

我覺得他的笑聲陰森可怕，給人一種虛幻的感覺。我故意告訴他，這個劇本的原始素材來自於對海邊生活的回憶，它之所以叫《古堡》，是因為遙遠的海邊，確實矗立著一座久遠年代遺留下來的建築物。我還故意提到了防風林，提到了海嘯，還提及一個名叫鹿的人，我一面說，一面死死盯住他的眼睛，觀察他的反應。

是啊，好的作品都來源於生活。他好像很在行地點點頭。

如果此人就是鹿，那麼他一定患了失憶症。

陌生人的答非所問，使我無法再試探下去，我只能用目光盯視著那張形跡可疑的臉，竭力想與鏡片後面的眼睛對視，但他不給我機會，他的目光假模假式地斜視著舞台。

導演高聲叫我，我不得已離開了這個人。幾分鐘後，我重新轉過頭去，劇場後側已空無一人，唯有那個人坐過的位子上，留下了一串疑問。

離開劇場的路上，我神思恍惚，快速騎著自行車，一棵棵斑駁的梧桐朝後駛去。我不時回頭，總覺得身後僻靜的路面上燈光昏黃，忽隱忽現始終飄浮著一個身影。

7

冬去春來。

梧桐樹枝開始泛出嫩綠的季節，我又搬了一次家。原先的房主要準備結婚裝修新房，熊貓託派出所的同事，替我在郊區借了一處住所。要是沒有熊貓這個好朋友，真不知道偌大的城市我將如何安身，我像個流浪歌手，背起行囊，又開始了浪跡天涯的生活。

到了新住所，將居室簡單安排一下，我坐在熊貓的三輪摩托車上，沿著屋後的田野小道兜了一圈。摩托車停靠在一條蜿蜒的小河邊，我和熊貓跳下來，散步來到河坡上憩息。坡上有一大片青草地，腳踩上去能觸碰到濕漉漉的水珠，幾枝嫩黃色的野花在風中輕輕搖晃，河面上，一隻小船慢悠悠朝東駛去。

身穿民警服飾的熊貓捲起褲腿，走下河灘，他折斷一根蘆葦，在河邊的泥窟裡搗鼓，不一會兒，一隻青色的蟛蜞⑯從洞中匍匐而出。我對熊貓的舉動很熟悉，海邊的老職工們經常這樣來捕捉蟛蜞，改善伙食。也許是觸景生情的緣故，我忽然想起幾個月前在劇場裡邂逅鹿的奇遇。

不可能！熊貓十分肯定地打斷了我的話，開追悼會的那天我在場，鹿的臉雖說血肉模糊，但輪廓依然很清楚。

難道天底下竟有如此相像的人？我自言自語，怔怔地望著河面上漸漸遠去的船影。

在這間田野圍繞的小屋裡，我寫出了海邊系列的第二部劇作。寫完後我沒有馬上修改，而是將它擱置起來，又接著寫三部曲的最後一部。我渴望著某一天這座城市，同時上演我的兩部話劇。為此，我熬過了炎熱的夏天和令人憂傷的秋天，臨近歲末，我完成了第三部劇作的初稿。這一年的冬天早早來到，十二月初的某天早晨醒來，我看到窗外的田野上鋪了白茫茫的一層雪。

耶誕前夕，從凜冽的西北風中，姍姍走來了榴槤。她走近這幢矗立在田野上的孤零零小屋，放慢了腳步四處張望，一條粉紅色圍巾，裹住了她的脖子和大半個臉。榴槤肯定很奇怪，我為什麼喜歡住在這個靠近鄉村、離城市中心很遠的地方。

已經考上研究生的榴槤是怎麼找到我的，她用了什麼方法打聽到這處鮮為人知的居所，這一直讓我迷惑不解。

在這座城市四處遍尋的榴槤，一旦走入小屋便再也不肯離去。她請我不要緊張，她說，她是做好一切準備之後，才來與我重修舊好的，她不期望更多的東西，僅僅想得到應該屬於她的那部分情感。

我不能相信她的話，因為整整一個夜晚，蜷縮在我身邊的榴槤淚水漣漣，她咬著被角，為了

⑯淡水產小型蟹類。

不使她的嗚咽聲傳出小屋。

榴槤的狀態讓我煩躁不已，你為什麼要這樣，我說，你不是說得好好的嗎？

別管我，榴槤哽咽著說，別管我，我的腦子出了毛病。過一會兒，榴槤像隻小貓似的依偎於我的懷裡，你讓我愛你行不行，我要求的不多，你不知道我找你找得有多苦，說著榴槤又抽泣起來。

不行，這樣不行！我粗魯地推開榴槤說道，你應該去尋找幸福而不是尋找痛苦。

我做不到，做不到！榴槤的哭聲越來越響。

我的腦袋嗡嗡作響，我想，大概又得央求熊貓另找一處住所了。

第二天早晨，我堅決將榴槤送上了郊區公共汽車。臨別前，榴槤的腦袋探出窗來說，耶誕節晚上見，我扭頭走了。

耶誕節那天晚上，我故意深夜才歸。當我站在房門前，借助月光看到門上粘著一張賀卡，賀卡下面，用彩筆畫了一隻榴槤，我內心像有蟲子在咬。

進入房間，我手持賀卡走來走去，彷彿那是一塊炙手的烙鐵。窗外雪花滿天飛舞，很快，窗台上積滿厚厚的一層。榴槤各方面那麼優秀的一個女孩，為什麼偏偏要粘上我呢？我覺得自己對不起榴槤。捫心自問，我喜歡榴槤嗎？我想是喜歡的，可我不敢告訴榴槤，我不相信她說的把第一次給了我，但對我來說，千真萬確，榴槤絕對是我生命中第一個有性愛關係的女孩。思前顧後，我不願和榴槤長久廝守，沒有什麼大不了的原因，說穿了就是我受不了她嘴裡的那股——餿腐氣。可我怎麼說得出口呢？我私下曾偷偷諮詢過當醫生的朋友，醫生朋友告訴我，嘴裡有餿腐氣，一般都是胃有問題。榴槤啊榴槤，不是你的腦子出了毛病，而實在是你運氣不好，碰到了一個腦子有病的男人。

深夜兩點，已經躺在床上的我，聽到一陣急促的敲門聲，我頓時心驚肉跳起來。我擰滅床頭燈，我想我堅決不開門，背靠床架，雙手捂著耳朵。敲門聲異常固執，且愈敲愈響，嘭嘭嘭的聲音，在寂靜的四野迴響。

我忍無可忍，憤怒地跳下床，準備好與敲門者大吵一場，打開門，我驚呆了：站在門外的不是榴槤，而是身材魁偉、滿頭雪花的大白鯊。

大白鯊胡亂抖了抖頭上的雪花，樂呵呵地走進屋子。這位不速之客，神祕地在屋內東張西望了一陣，似乎半信半疑地問我：

就你一個人啊？

見我點點頭，大白鯊將一隻牛仔包往桌上一擱，而後，從包裡逐一掏出兩瓶黃酒，及一包包熟食。也不等我幫忙，他顧自將桌子拖到中央，拍拍我的肩膀說：

今天就不客氣了，占用一下你的銷魂時光。

我和大白鯊在寂靜的深夜邊飲邊聊，涉及的話題海闊天空，漫無邊際。

望著笑咪咪的大白鯊，我心想，這位老兄選擇大雪漫天的耶誕夜深夜來訪，不會是來陪我喝酒，和我作毫無目的的閒聊的，他一定遇到了什麼問題，很可能是情感方面的問題。

離開大學後，當上報社記者的大白鯊經常來找我聊天，談得最多的就是女人。大白鯊與我交談的坦誠深入都大大超過了以往。有時，話題觸及到雙方都感到困窘的私密領域，我們往往遲疑片刻，紅著臉果決地將話題引向深入，我有與斑馬、菠蘿蜜夫婦深談的經驗，對付大白鯊綽綽有餘。

果然，到了酒酣興濃之際，大白鯊吐露了內心的苦楚。

年初，挎著睡袋背包的大白鯊登上北去的列車，送他去車站的是他女朋友，大白鯊中學時代的同學。火車啟動的剎那間，大白鯊看到他的女友眼裡湧出了淚水，她隨著移動的列車一路小跑，水汪汪的眼睛與站在列車門口的大白鯊久久對視，那一刻，大白鯊的心都碎了，他差一點想縱身跳下速度愈來愈快的列車，緊緊抱住他的女友。

抵達北京的第三天，大白鯊會同黃河漂流隊的其他成員，朝內陸深處進發。將近一個多月的時間，大白鯊差不多隔天就要給女友寫信。他坐在雪地裡寫，坐在篝火旁寫，他常常離開宿營地，手持防身的木棍，在狼群綠瑩瑩眼光的逼視下，去幾十里外的小縣城寄信。黃漂隊順流而下，行蹤不定，死人事件常有發生，作為隨隊記者的大白鯊，拒絕隊裡夥伴們的一番好心，他在黃河上游幾處危險地帶，堅持下水漂過急流險灘。有一次，大白鯊眼睜睜地看著一股浪峰，將同船的一名隊員從他身邊裹捲而走。他甚至都來不及發出一聲呼喊，那大紅色羽絨衣在水中閃忽一下，便消失得無影無蹤。那時候，大白鯊的內心已毫無恐懼感，每次隊員落難帶給他的信念就是不當逃兵，似乎只要他堂堂正正從河面上漂過，那些難友亡靈的眼睛，就會高懸於河道兩旁的崖丘上朝他發出會意的微笑。

夜晚，大白鯊盤腿坐在帳篷裡奮筆疾書，手電筒照映出密密麻麻的似水柔情激揚文字，他把他在黃河邊尋覓到的一種深沉博大、不親臨無法體會的感受記錄下來，這些文字因其散發濃濃的思念，寄至女友手中，想像得出是如何的煽情，讀之如何催人淚下。

皮膚曬得黝黑、臂膀變得壯實無比的大白鯊回到這座城市，立即去找他無數次在黃河邊夢見的女友，他甚至都顧不上參加報社給安排的歡迎慶功會，為此他的頂頭上司還有些不高興。大白鯊和他的女友相聚，整整三天三夜，纏纏綿綿難捨難分。

然而，一切都不如他原先想像的那麼好。大白鯊的直覺告訴他，有什麼東西阻隔了他和女友之間內心深處的溝通，但他看不見找不到那東西，他想，也許是黃河邊的一幕幕壯烈景象轉移了自己的興奮點。

半年後，大白鯊意外地發現事情並非如此。他在女友的日記裡，讀到了他們分離期間女友的祕密和她當時的矛盾心情。從日記中，大白鯊知道了女友那時候常和一位男同事在一起。那位男同事如癡如醉地追求她，她在遊移之中頻頻奔赴男同事的約會。

我不是故意偷看你日記的，大白鯊對女友這樣說道，我一直感到我們之間存在某種疏離感，我既苦惱又不明原因。現在我明白了，這很好，你表個態吧。

女友撲上去，摟住大白鯊的頸脖說，我不能離開你！

那好，以前的事既往不咎，你和男同事必須一刀兩斷。大白鯊很痛快地說。

不——，女友從大白鯊的身邊急劇後退，她說她也不能離開男同事。

大白鯊愣了，他不會想到事情竟是這樣。過了一會兒他說，那好，我只有去和你的男同事打一架了，以此來決定誰贏誰輸。

女友說不要，她不許他們打架。大白鯊搖搖頭，表示事情已經無可挽回。

大白鯊和他的情敵相約在公園門口。夜色闌珊，樹影婆娑，大白鯊比約定的時間要早到一些。等了很久，一個瘦弱無比的男人從樹後走到大白鯊面前，對他說，你打吧，我不會還手的。大白鯊退後一步，上下打量對方，他覺得對方是個風都能刮倒的男人，原先設想的公平決鬥，眼看就要演變成恃強欺弱的把戲。大白鯊想了想說，你先打我三拳，然後你再讓我揍三拳。瘦男人不願意，嘟嘟囔囔連說好幾個對不起，身體還緊緊粘住大白鯊。對這樣的窩囊廢，大白鯊實在下不了手，只能警告他：那好，我放過你，從今以後你離她遠點。孰料那男人立即連連搖頭說他不能，他的神情異常痛苦，使大白鯊不得不相信那是一種真實的痛苦。大白鯊伸出了拳頭，你這王八蛋——，拳頭在空中運動，變成了張開的巴掌，大白鯊就那麼一推，瘦男人便趔趔趄趄，站不穩腳跟了。面對這個無用而又固執的東西，大白鯊不知如何是好。瘦男人還要貼過來，大白鯊只得閃身讓過他，撇下這個廢物走了。

這究竟是怎麼回事？這樣的男人她也會喜歡？大白鯊講完了他的故事，眼睛喝得紅通通的望著我。

是有些奇怪。我思索著。

那你認為，她說她離不開我是真的嗎？大白鯊問。

應該是真的。我的話帶有安慰朋友的性質。

那她為何離不開那個人呢？大白鯊接著問。

那也是真的。我說。

那我就不明白了……這算什麼事？大白鯊一臉的迷茫。

關鍵是你自己。經過這件事以後，在你的內心發生了什麼樣的變化？你還一如既往的愛她嗎？我說。

想她，不停地想她。有時又覺得她太不人道。她怎麼可以在我生命冒著危險的時候，與另外一個人幽會。這件事深深地刺痛了我，我想我不會忘記的。大白鯊的表情很痛苦。

你這麼想自有你的道理，因為所處的境況不同，人不能完全超越境況說話。你的女友也處於她的境況，你在遠方的時候，她孤獨寂寞，感情格外脆弱，這時候一點點的幫助，一些小小的撫慰，就很容易贏得她的好感，動搖她的意志，她也許糊裡糊塗就墮入了情網。我分析道。

照你看來，同時愛兩個人是有可能的？大白鯊關心的是另外一個問題。

你和女友談戀愛後，是否還會偷看其他女孩，是否還會旁顧從你身邊飄過的倩影？我反問道。

當然，還非常的忍不住。大白鯊點點頭。

這就對了，你看，人就是這樣的靠不住。我喝了一口酒，慢悠悠地說。

那你說我應該原諒她？大白鯊問。

如果你做得到的話。我說。

嘿嘿，你真像什麼你知道嗎？大白鯊一臉壞笑。

像什麼？

情感教父。

我苦笑了一下，一個自己生活一團糟的人，居然還能做什麼情感教父。我想，大白鯊的心裡其實比任何人都清楚，他需要的只不過是傾訴，疏導，痛飲，暢談，發洩一通，所謂當局者迷這句話是不適合他的，他心裡應該早就有了答案。

天大亮後，大白鯊又精神倍增地走出了小屋。他踏出的腳印又大又深，在鋪滿積雪的地上清晰可辨。

距這次徹夜長談不久，春節前夕，我收到了鯨魚寄來的一張聯歡會請柬。這張請柬，為我的生活帶來了意外的收穫，它如同一把鑰匙，開啟了一扇情感之門。很神奇的是，一不小心我也走入了與大白鯊相同的境地，我對大白鯊侃侃而談的理論全部應驗在自己身上，臨到自己頭上才發覺，我的那些狗屁理論一錢不值。你想對別人的生活指手畫腳，命運馬上就回敬你。

鯨魚大學畢業後，分配至政府機關工作，他喜歡穿著一件風衣，在這座城市裡到處跑來跑去，談吐舉止，已經完全是一副官員的口氣和做派。機關裡會發各種電影票戲票，他像個老大哥似的常會想到我們，他還經常充當發起人，召集朋友們聚會。

像任何改變個人歷史的關鍵細節一樣，那張請柬，直到大年初二早上才被我看到。我身穿一件海邊帶回來的舊棉襖，來到一棟異常氣派的大廈面前，看到絡繹不絕的人流都穿著新衣裳，才明白這是新年聯歡會。這足以證明我當時的生活糟透了，而且對漸漸臨近的好事毫無預感。

我在這次聯歡會上，遇到了充滿青春氣息的杏子。

除了鴿子有事缺席外，朋友們幾乎全到了。大家坐在一條長凳上，鄰座不遠處幾個嘻嘻哈哈的女孩，惹得我們這群小夥子眼睛飄忽，心神不定，身穿大紅毛衣的杏子就在那些女孩中間，她出眾的身材、活潑的笑臉、姣好的面容，使她從那幾個女孩子中脫穎而出。

事後才知道，那時候，這些女孩的男朋友們，正在大廈底層的遊樂場玩電子遊戲機。他們中一個戴眼鏡的大學體育教師，便是杏子的男友。螢屏上顯示的坦克裝甲車令體育老師亢奮無比，雷射炮彈的吼叫聲輕易掩蓋了身邊潛伏的危險，直到一星期後，體育教師還對已經發生的事變渾然不知。

缺少舞伴的小夥子們呆坐長凳，只有個子矮小的蜘蛛，邀請到一個十五、六歲的女中學生跳了一圈舞。這就是我們這群人唯一的收穫。這樣的情況令活動召集人鯨魚十分焦慮，他坐不住了，首先大膽地跑向鄰座那幾個女孩，和她們攀談起來。一問才知道，她們是化工院的大學生，無巧不成書，她們班主任恰好是鯨魚的大學同學。鯨魚將那些女孩從一些不三不四男人的圍困下引領出來，他走向朋友們的時候，神氣活現，威武得像娘子軍的長官。女孩們螞蟻搬家似的跟隨鯨魚而來，小夥子們發出一片歡呼聲。我們紛紛起立，差一點要鼓掌了，我們已等得太久太久，大家湧向鯨魚，毫不矜持地從他身後牽走一個又一個舞伴。

幾首舞曲過後，我才邀請到杏子跳舞。在此之前，我猶猶豫豫，幾次企圖出擊，結果都在朋友們的捷足先登下落空。好在樂隊幫了我的忙，一支快三步⑰的圓舞曲響起，在座的人都傻了眼，鴿子不在，沒人會跳快三。

脫了舊棉襖的我，不知哪來的勇氣，從容地走到杏子的面前，有禮貌地伸出了一隻手。杏子甜甜的笑了，她的笑容如旭日冉冉而升，照亮了舞廳，也照亮了人間。旋進人流之後，杏子悄悄告訴我，她最喜歡跳的就是快三。

今天碰到知音了，我也最喜歡快三。我說得像真的一樣，其實畢業後和鴿子一起就跳過一次舞，那還是幾年前的事。

事情就在一連串的偶然性中迤邐前行，恰如配合默契的一對舞伴，從擁擠的人群裡巧妙地穿行盤旋。

舞曲悠長。我平素缺少上陣操練的機會，整日伏案寫作難免筋骨僵硬，幾個圈子旋轉下來，大汗淋漓，氣喘吁吁，我不小心身子朝後趔趄，杏子眼明手快，搭在我肩上的手用力按了一下，使我不至於撞到後面的人，就這樣，我臉頰的一側擦過杏子紅撲撲的臉蛋，一股清香隨之撲鼻而來。

舞會結束前，我偷偷告訴杏子：明日下午我所就職的研究所還有舞會，我問杏子願不願意前來參加。我伸出三個手指頭，祕而不宣，像是曖昧的勾引。

杏子笑笑，抿嘴不語，她顯然已感覺到事情的性質發生了變化。我心裡忐忑不安，對杏子會否接受邀請完全沒有把握。

走出禮堂，人流如湧。女孩們走在前，小夥子們走在後。我幾乎都已經要絕望了，快走到大街上的時候，我看到杏子突然轉身，朝我疾走過來，她臉色緋紅，快速地問我：

明天在哪兒見面？

⑰維也納華爾滋，源於奧地利，似宮廷舞。

第三章 草原

1

一九八四年，我們的朋友鴿子出面召集大家聚會。這次聚會的地點，定在鴿子的那間愛情小屋。之所以把鴿子獨居的屋子叫做愛情小屋，是因為自從鴿子將他父母安頓到別處居住，他就像走馬燈似的換女朋友，過夜的女孩子總是晚上來早上走。小屋位於一樓，給鴿子的幽會帶來一定便利，但為了避人耳目，女孩子晚上抵達小屋之後，總是像地下工作者那樣篤篤篤敲三下窗戶，然後鴿子輕輕打開半扇門，女孩子幽靈一樣閃進那間瀰漫情欲的小屋。

朋友們紛至遝來，從不同之處走來的路上，大家難免會聯想起四年前的另一場聚會。在那次聚會上，鴿子向朋友們拋出揚名校園的計畫，他的計畫當時聽來無疑是激動人心的。

我抵達鴿子家已近黃昏，在暮色四合的街口，我首先遇到了蜘蛛。蜘蛛嘴裡銜著香菸，一隻手握著油瓶，正朝一家醬油店走去，看到我後，他揮揮手，遠遠地大笑起來，露出一口潔白整齊的牙齒，他比劃著示意我先去小屋。

走過小屋敞開的窗戶，我看到繫著圍兜的羚羊，站在煤氣灶前忙得不亦樂乎。羚羊微笑著朝我揚了揚一柄巨大的湯勺，然後對著裡屋大聲問道：

哎，鴿子，鮮辣粉放在哪裡，鮮辣粉？

疾步走出裡屋的鴿子迎面遇上我，有失遠迎有失遠迎，鴿子側身說。他讓出過道，彬彬有禮地請我進屋。

我落座不到幾分鐘，蝌蚪也到了，脫去員警服的蝌蚪是坐了一輛計程車來的。蝌蚪說計程車繞著小屋轉了好幾個圈子，蝌蚪才認出鴿子的住所。蝌蚪將三張十元的錢幣往司機前面一放，說了聲不用找了，便派頭十足地跨下車來。蝌蚪敘說這些細節時，明顯帶了炫耀的成分。

蝌蚪進屋時，我差一點沒認出他來。春風得意的蝌蚪西裝革履，頭髮吹得油光鋥亮，腹部微微隆起，完全是一副老闆的樣子。

這天晚上，鯨魚是最後一個到達的。

鯨魚穿著一件米黃色風衣，從門縫裡慢慢擠進來的時候，大家正端著酒杯準備一乾而盡，鯨魚佝僂著背，鍍金眼鏡後面的目光，奇怪地注視著屋內每個人。鴿子第一個放下酒杯，他笑嘻嘻走向鯨魚，似乎對鯨魚的姍姍來遲並不介意，朋友們也紛紛與鯨魚打招呼。

你們要乾就乾個痛快好了，乾完了我再進來。鯨魚繃著臉，兩隻手插在風衣口袋裡，慢悠悠酸溜溜地說。

哪裡哪裡，老鯨魚不到場，我們怎麼會痛快呢。鴿子邊說邊將鯨魚往桌邊推。

等等！鯨魚掙扎著舉起一隻大手掌，大家還沒反應過來，他已退到門口，將門拉開，這時大家才注意到，門外還站著一個高個子姑娘。

這次聚會原先規定不准帶女孩，鴿子說有要事同大家商量，他怕女孩在場，朋友們難以集中注意力，他的憂慮事實證明是有道理的。

鯨魚與高個子姑娘在桌邊坐下後，兩人眉來眼去，一會兒用肘推對方一下，一會兒又用腳踢還一記，一刻也沒停過。鴿子打住話頭，看看他們，那對活寶就老實一點；鴿子重新啟口，那一對又不安分起來，動手動腳，還發出奇怪的聲響。後來羚羊看不下去，他魯莽地往那對活寶中間一坐，迫使鯨魚與高個女孩的調情把戲再也無法繼續下去。

由鴿子發起的聚會，往往具有非同尋常的意義。鴿子不會滿足於朋友之間那種敘舊聊天的見面形式，鴿子一旦開始籌畫一次活動，那麼，某個完善而成熟的計畫，已在他胸中孕育誕生。

這次聚會舉行前，鴿子已同羚羊詳談過他的計畫，兩個情投意合的朋友，坐在鬧市區的咖啡館裡，一邊品啜咖啡觀賞流光曳彩的街景，一邊交換看法吐露祕不宣人的心事。到了聚會的那天晚上，鴿子計畫中的一些步驟，業已展開實施。當然，這是事隔多年後，鯨魚與我分析推理出來的，鴿子在那個晚上，並未向朋友們透露這一點。

兄弟們好久沒見了，最近忙些什麼，有些什麼打算？寒暄過後，鴿子似乎要言歸正傳，他的開場白好像有些嚴肅。

朋友們一個個面面相覷。

沉吟良久，沒想到蜘蛛先開了口，他說他談了個女朋友，想結婚。個子矮小的蜘蛛有了女朋友是一件很不容易的事，朋友們七嘴八舌地詢問情況。

接著說的是蝌蚪，他支支吾吾了半天，大家才聽清楚他的計畫。他說他正在辦離職手續，一切順利的話，他將出任某家跨國廣告公司的經理；鴿子的目光轉向了我，我說我最近在幹的事朋友們都知道。鴿子的目光掠過擠眉弄眼打情罵俏的鯨魚，他咳嗽了一下，好像是要引起在座各位注意似的，他說出以下這句話的時候聲音放得很低，但唯其這樣，他的話才顯示出了分量：

大家沒有考慮過出國這件事嗎？

沉默。

鯨魚和高個姑娘也察覺到了突如其來的寧靜氣氛，東瞧西望，不知發生了什麼事。

我考慮過。說話的是羚羊，年紀最小的羚羊，不失時機地出來接應鴿子，這給日後我和鯨魚的推理分析提供了依據，也就是說，這場聚會是鴿子和羚羊共同策劃的。

考上大學是第一步，大學畢業有了工作是第二步，想要圖發展，完成人生三級跳的最後一步，應該是出國，沒有其他路可走。坐在我辦公桌對面的一個老頭，混到白髮蒼蒼的年紀，才剛剛是一個副研究員，寒酸無比。不出國的話，我想這個老頭就是我的明天。化學系畢業的羚羊言簡意賅，條理清楚，幾句話已將他的想法說清楚了。

羚羊的話猶如微風，在朋友們的心湖上蕩過一層漣漪。

國家呢？這個國家交給誰？全跑了國家誰來管？誰來建設？鯨魚忽然愣頭愣腦地插入一串話，引得大家哄堂大笑，他在與高個姑娘調情的間隙，倒不忘憂國憂民。

我們出國後肯定還要回來的，那時候也許是回來做生意，也許是辦實業，總之是個人強大了，才有可能報效祖國。鴿子侃侃而談。

誰知鴿子的話，遭到鯨魚一陣猛烈的反攻：

拉倒吧，想逃跑就說想逃跑，還要冠之報效祖國的美名。我要想出國，決不美化自己。羚羊的話比較實在，我聽得進。我現在不想出國，我覺得在國內混得不行的人才會想到出國。

鯨魚和鴿子爭執不休的時候，我坐在一旁心事重重，思緒如麻。一切都不幸被我的法國朋友斑馬所言中，斑馬所預言的出國潮終於席捲而來了。我所在的研究所不少年輕人，都想方設法尋找出國的途徑。表面上相安無事，暗地裡很多人都在悄悄地活動。我置身其中不為所動，勤奮寫作，對周圍發生的變化不聞不問。而今天當我發覺我的朋友圈子也按捺不住，也被出國之風所鼓動，我的內心震動了。耳畔交替出現鴿子和鯨魚爭辯的聲音，愈想理清思路，愈找不到頭緒。

這天晚上的聚會，由於大家的想法大相徑庭而沒有取得共識。朋友們離開小屋前，鴿子說了一番語重心長的話，他說今天的聚會和四年前一樣，主要是互通情況，他說在出國這件事情上，應該允許有不同想法，有一個認識過程。不過他堅信，有一天在座的朋友們都會清醒過來，這是大勢所趨。

鴿子的話說完後，朋友們不歡而散。

一年過去，光陰如梭，鴿子的計畫一步步臨近目標，他在離開這個國家前，才向朋友們披露了他計畫的全過程：那次聚會前的某一天，鴿子給他遠在歐洲的一個朋友發了信。信中請他朋友替他在歐洲任何一個國家，找一個擁有居留證的妻子，沒有任何其他附加條件，哪怕是七老八十的老太太也行。

鴿子最後去的國家是西班牙。他的妻子也是一位中國人，這個離過婚、比鴿子大八歲的青田女人，經營著馬德里的兩家中國餐館。她需要一個幫手，也需要一個老實的丈夫，鴿子的條件幾乎全都符合。

持有一張旅遊簽證的鴿子，抵達馬德里的第二天，便與餐館女老闆迅速完婚。一年後，他們有了一個嬌小靈活的女兒。

在西班牙的兩年間，鴿子以最快的速度初通西班牙語，然後他以非凡的經營頭腦，將妻子的餐館擴展到四家，並在馬德里的市中心創辦了一家規模不小的超級市場。馬德里的華文報紙，登載了鴿子發跡的過程。很快，擁有上千萬美金資產的鴿子作為青年華人實業家，成為中國駐西班牙大使館的座上客。

鴿子在最短的時間內，完成了人生的轉折。他獲得了成功，也付出不小的代價。他每天上午十一點起床，然後忙忙碌碌，直到深夜兩點方有空閒。這時候，他慢悠悠驅車馬德里寂靜的街道，靜靜傾聽喜愛的樂曲，啜飲幾口冰鎮可樂，他所有的人生樂趣就在馬德里夜晚的街道上。他與妻子交流談論的話題，不外乎是餐館每天應該叫人送多少肉多少魚。在國外的日日夜夜，鴿子格外想念朋友們，格外留戀在中國時的瀟灑時光。後來，他急切地渴望回國。冬天來臨，生意進入淡季，鴿子將餐館囑託給了他的內弟，隻身乘機返回了中國。然而鴿子在中國待了僅僅一個星期，他又待不住了，想儘快地離開，不是因為空氣汙染程度高，也不是因為喝的水質差。我問他為什麼要來去匆匆，鴿子想了想說：也許我就是一隻候鳥吧，這片土地生育了我，但它永遠留不住我，我已失去故鄉，永遠地失去了。

鴿子出國不到半年時間，羚羊也動足腦筋，廣開門路，辦下了去法國的簽證。朋友們送他去機場，羚羊逐一握住大家的手說：

小弟我先走一步，希望大哥們趕快出來，我們可以繼續在一起奮鬥。

說完，羚羊朝我們揮揮手，步入了候機室。

從機場回來的路上，大家悶悶不樂。一群朋友中少了兩個，感覺像是一下失去了重心。鯨魚拚命插科打諢，但無法使大家快樂起來。蜘蛛哀聲嘆氣，不停地大口大口抽菸。蝌蚪拍拍我的肩膀，好像是鼓勵，又好像鞭策，也許在他看來，接下去最該出國的就應是我了。

如果說鴿子和羚羊的先後出國，還在我的預料之中，那麼當某一天大白鯊告訴我，他也要去美國時，我驚詫得半天說不出話來。一些年來，大白鯊已成為我精神上重要的朋友，與大白鯊探討的問題無法對第三人言及，然而，大白鯊也要走了。

你非走不可嗎？我愣了半天，怔怔地問了一句。

我想到這個世界的別處去走走。幾年來，我被愛情折磨苦了，我離不開我的女朋友，但她確實毀了我的理想，毀了我的夢。我想出去後，經過一段時間的調整，再來好好考慮我與她的關係。不管以後怎麼樣，我不會忘記和你暢飲長談的美好時光。大白鯊說得很輕鬆又很矯情，他竭力想使氣氛不要太沉重。

大白鯊去了美國後與我書信頻繁，大白鯊的女朋友不久也出國了，在美國，大白鯊和他的女朋友冷靜地分了手。之後，大白鯊因為熱情、性格開朗、樂於助人，成了幾個中國女孩共同追逐的對象。

我愛她們每一個人，大白鯊在信中告訴我，但她們沒有一個人可以在我內心誘導一場火山爆發，我渴望火山爆發般的狂熱戀情，但我卻找不到，在國內找不到，到了國外依然找不到。我的內心不愉快，真的不愉快，美國政府哪一天將我遣送上飛機，我連頭都不會回一下。

收到大白鯊的來信，我很替我的朋友著急。

第二天我就給大白鯊回了一封信。我在信中指出，我們的情感之所以常常沒有著落感，是因為我們心目中把愛情不恰當地強調到了宗教的位置，而事實上這個世界已不再需要宗教，物質至上的意識日益取代了宗教意識。將真正的神聖愛情深埋心底吧，作好永遠不與任何一個女人簽約的準備，這樣，你也許會活得瀟灑自在些。

大白鯊在美國替我聯繫了好幾所大學，把擔保也替我搞定，但當時的我馬上要捲入一場熱戀，根本沒把他的好意當回事。

2

比約定時間晚十分鐘，我在車站把杏子等來了。充滿青春氣息、活潑可愛的杏子一跳下公共汽車，便牢牢占據了我的目光。那一刻，車站上熙攘的人群，在我眼裡，似乎全都隱遁了，消失了。

杏子環顧了一下四周，然後踩著輕盈的步子，笑容滿面地朝我走來。與昨天相比，杏子的服飾明顯講究多了，而且還化了淡妝。我在車站周圍徘徊的時候，不知道那時候的杏子正面對全身鏡，打量自己出眾的身段，猶豫著是否要來見我，因為她只要一走出家門，就意味著對她男友的叛變將真正付諸行動。很久以後，當我問及杏子第一次為何出來和我約會，杏子的回答是：她與男朋友的裂隙由來已久，只不過沒有一個分手的理由。

這天的舞會上，我占盡了風光，單位裡的同事，忍不住都要朝我的舞伴投來豔羨的目光。笑盈盈的杏子也感覺到這一點，她一次次隨同我，步入舞池中央翩翩起舞。枝型吊燈，彈簧地板，杏子的舞姿柔曼優美，樂感極好，她和這裡的氣氛極為融洽，好像生來就應該在這種氛圍裡展現她的稟賦。舞曲間隙的交談中我才知道，杏子出眾的身段和精湛的舞藝，得益於數年藝術體操的訓練。

難怪我覺得有些力不從心，原來我是在與專業舞蹈演員一起跳舞哩。我笑嘻嘻的調侃道，我的舞技看來是要被你取笑了。

杏子格格地笑著說：還好，你跳得不算差。

她這麼一說，我內心得到些許寬慰，舒坦了很多。

與高手在一起跳舞肯定長進很快，以後還請杏子小姐多多指教，我說。

不知道為什麼，從一開始我在杏子面前說話就特別順溜，平素與女孩子交談的心理障礙，在杏子面前蕩然無存。我想，也許是杏子天真無邪透明純潔的笑容鼓勵了我。

一般的舞曲我基本上還能對付，輪到探戈舞曲響起，我只得眼睜睜地看著別人將杏子請走。我坐在角落裡，遠遠的注視著杏子與陌生人共舞，望著望著，心裡不由自主湧出一股莫名的悲哀來，我無法阻止自己作這樣的聯想：像杏子這樣活潑可愛的女孩，大學裡不知有多少小夥子跟在後面追她哩。

舞會結束，我送杏子回家。分手時，她欲言又止，留下一個燦爛的笑，像朵夜來香悄悄綻放。杏子離去的背影，在跳躍的霓虹燈的映照下，顯得那樣的虛幻。我站在人行道旁，望著漸行漸遠的背影，心情黯然若失，某一瞬間忽然萌生的猜測、推斷、悲哀和自卑，導致那天晚上和杏子分手後的半年時間裡，我再沒去找過她。

和杏子再度相見，鯨魚起了關鍵的作用。一天下午，我坐在借居的小屋門口，面對一大片金黃色的油菜地愣愣的出神，身材儼然像個老頭的鯨魚披了一件風衣，穿過田間小道，沿著泥土路朝小屋蹣跚走來。

作為不速之客的鯨魚，這一天似乎專門就是來解決我的問題的。我們喝茶聊天，東拉西扯一番，最終進入核心內容：

你現在有沒有女朋友？鯨魚問我。

沒有啊。我回答。

有合適的追求目標嗎？鯨魚又問。

原先——倒是有一個，不過有半年沒來往了。我吞吞吐吐地說。

她在你的心目中占有怎樣的地位呢？鯨魚像是有備而來。

倘若能得到這個女孩，此生別無他求。我的目光遠眺金黃色的油菜地。

那還猶豫什麼，明天就去找她！鯨魚果斷地說。

可她要是已有男朋友呢……我遲疑道。

公平競爭你怕什麼？你的優勢你自己看不見。她不喜歡你就不會跟你去跳舞。退一萬步講，失敗了也比你一個人犯傻強。下手要快，事不宜遲！鯨魚好像什麼都知道。

鯨魚臨走時說的話更讓我驚訝，他沿著小路走出去很遠，突然轉身說，唉，有時間回去看看你的老母親。他的鍍金眼鏡後面閃著狡猾的光澤。

第二天，我毅然決然地坐了兩個多小時的長途汽車，闖到了杏子的學校。我的貿然闖入，使正處分配階段的杏子喜出望外。她會同幾位女同學，熱情地接待我。我們在校園裡逛了一大圈，然後在校門口的川菜館吃了飯，是我買的單。

晚上十一點左右，我才離開學校，杏子依依不捨地一直送我到車站。回歸途中，晚風習習，望著車窗外掠過的黑魆魆田野，和杏子重逢的亢奮夾雜淡淡的憂傷，一齊襲擾我的心頭。

這次長途奔襲的意義在一星期後顯現出來：杏子主動給我寫信，約我見面。

杏子又來到我們研究所，研究所大院的中央有個小池塘，爬滿蔦蘿和葡萄青藤的涼棚遮天蔽日，人造噴泉飛濺出蓮花形狀，熾熱的夏風偶爾吹來如絲的水珠，我和杏子面對面，坐在涼棚底下的石桌旁。杏子的講話節奏很快，她在分配方面遇到了麻煩，杏子沒有忘記，我的好朋友鯨魚是他們班主任的同學。

我爽快答應了杏子的要求，儘管當時我並無太大的把握，但我想，應該緊緊抓住這天賜的良機。

整整一個夏天，我陪著杏子四處奔走，我不斷給杏子打氣，出謀劃策，在忙碌之中，我看到了自己身上的潛力，看到了一個活力被充分調動起來的自己。我再不是那個猶豫不決、優柔寡斷、瞻前顧後的生活旁觀者，而很像是一個有主見、給人以依靠的男子漢。那些日子裡，我覺得身心特別的健康，心理每一處陰暗的角落都被明媚的陽光照射到了。我時常會想到斑馬和菠蘿蜜經常強調的名言，醫治百病最好的一帖藥就是行動。

最最難熬的炎夏過去了，杏子如願以償，終於去化工研究所報到。分配問題解決以後，我和杏子的關係也到了攤牌的時候。

傍晚時分涼風習習，我和杏子從化工研究所走出，來到暑氣蒸騰的林蔭道上，樹上的知了不停鳴唱，灑水車一路開去，水珠飛濺到我們身上。走著走著，身穿白色超短裙的杏子忽然憂鬱起來，愁容滿面，我問她有何不舒服嗎，她指指心，我說心為何會難受呢，她說因為她原有一個男朋友，是化工學院的體育老師，一直沒敢告訴我。

我如聞驚雷。杏子困難地說出她想說的話後，輕輕吁出一口氣，並用眼光偷偷打量我。

其實事情已經非常明瞭，對杏子來說僅僅需要一個理由，感情的天平，早在不知不覺之中向我傾斜。但我還蒙在鼓裡，面對表面複雜實質簡單的形勢，我又開始煩惱起來。我不知道，這僅僅是一個必經的環節，照杏子的說法，她不能因為瞞著我她有男朋友而讓我瞧不起，她要從我這兒得到對這件事情的明確態度。

我找到了鯨魚，一五一十地說明了情況。鯨魚推推眼鏡，老謀深算地說：

這事情成了。

鯨魚讓我把杏子請到他的辦公室，然後要我迴避一下，鯨魚與杏子關在房間裡，整整談了一個多小時，杏子出來時笑盈盈的，眉結舒展，渾身輕鬆的樣子。

鯨魚究竟對杏子說了些什麼至關重要的話，這始終是一個謎。

後來杏子和我並排躺在小屋的床上，她告訴我，假如不是鯨魚那天晚上的一番話，她與我恐怕不會有戲。她說那些日子，那個體育老師每天坐在杏子的家中，幸好杏子的父母並不喜歡他，對他比較冷淡，也沒干涉杏子和我交往。

聽到杏子那麼輕鬆地提到她的過去，我的心底掠過一絲隱隱的不快。她的過去因其雲霧繚繞，一次次吸引我的好奇心。她的過去是怎麼樣的？還有些什麼樣的經歷？隨著感情的不斷深入，隨著我愈來愈憐愛這個把什麼都奉獻給我的女孩，我的腦際常常冒出這樣的傻念頭，和大白鯊談起來我頭頭是道，遇到我自己的事情，我是那樣的弱智和低能。我還想貪婪地擁有杏子的過去嗎？我不是表示過自己不介意她的過去，我不是非常瞧不起別人的嫉妒心理嗎？

我轉過身，將杏子擁進懷裡，像隻小狗似的聞遍她的全身，我喜歡她身上的清純氣味。我想，我要一輩子好好待她，疼她，我在心裡暗暗請她原諒自己一閃而過的狹隘心理。

從夏天到冬天，我沉浸在熱戀之中。我真正品嘗到擁有一個所傾心的姑娘，是怎樣一種如癡如醉的狂熱和甜蜜。

戀愛使我換了個人。一個星期有三個晚上，我推著自行車，守候在夜校門口，等待進修英語的杏子下課後走出教室。無論是雨天，還是北風凜冽的冬天，我不間斷地準時自郊區趕到地處市中心的夜校，然後將杏子送回家。坐在自行車後架上的杏子，雙手緊緊抱住我的腰，臉蛋無限依戀地靠在我的背脊上，一路上，杏子像隻百靈似的喊喊喳喳說個沒完，一會兒告訴我單位裡的笑話，一會兒又說說夜校課堂上的趣聞。

初夏季節，鯨魚幫我覓得一次去郊縣旅遊區度假的機會，我慫恿杏子一起去。杏子好說歹說，好不容易說服了她的父母，挎包裡揣了一大堆零食和泳衣，隨我登上了大巴士。

到達宿舍地，我和杏子租了一頂帳篷，把行李放好，我們跑去海濱游泳。海水洶湧，不會游泳的我，只能在淺水區抱著杏子隨波逐浪。我撫摸著杏子如水波一樣光滑的肌膚，嘴唇湊近杏子的耳畔，輕輕說了句淫穢的話，杏子旋即格格笑了起來，我的熱情和欲望在杏子的笑聲中一點點膨脹奔湧。

晚餐時，我和杏子、鯨魚隨人群來到燒烤場，圍著篝火品嘗野味。不一會兒，一團烏雲從海上慢慢聚集過來，天空陰沉，淅淅瀝瀝的雨點開始飄落下來。我偷偷瞄了鯨魚一眼，發覺他正和一個女孩聊天，我悄悄拉一下杏子的裙裾，而後離開了燒烤場，潛回到帳篷裡。在這方屬於我們的小天地裡，我們一次次擁抱，一次次的做愛，雨點輕輕擊打帳篷，掩沒了我們的喘息聲和呻吟聲，直到第二天早晨天色大亮，我們這對情人才筋疲力盡地沉沉睡去。

在以後的歲月裡，我屢屢回想起我和杏子甜蜜的如夢如幻的戀愛經歷。我想，這是愛的頂峰，愛的至境，我和杏子畢竟攀援上去了，我們流連忘返，樂不思蜀。那段時間，我內心真的希望和杏子永遠在一起，永遠不分離，永遠。

那麼，兩年後，當杏子正式提出要和我結婚，我為什麼又遲疑了呢？

杏子神情嚴肅地說，應該是你而不是我提出這件事，我不知道你心裡想什麼，如果你再這樣遲遲不表態，我就要另作考慮了。

面對杏子忿忿的質問，我顯得很茫然。我想，要是兩年前那次去海邊度假，我們來討論結婚這件事，我會毫不猶豫地作出肯定的回答。而兩年過去了，審視我與杏子的關係，我覺得我們是相愛的，但愛得循規蹈矩，和生活中所有的未婚男女一樣，少了激情，多了規矩，我感到自己像樹木一樣，被漫長的馬拉松式的戀愛一點點修剪掉枝葉，我感到我正在失去自己。杏子的研究所已無科研專案可做，所裡要他們自己養活自己，資深的工程師都被派去農村創收去了，作為助理工程師的杏子留守在家，無事可幹，整日怨天尤人，她常常指責我不夠用心，說我不是個優秀的男朋友，她經常用別人的男朋友來比照，以突出我的不是。我試著去理解杏子工作上的不順心，但她的話重重傷了我的心。我想我愛杏子，這是毫無疑問的，可是當彼此雙方都感到很累的時候，是不是結婚就是最後的歸宿？

杏子是一個十分傳統的女孩，她覺得我遲遲不向她求婚，就是內心還不夠愛她。可惜我在情感方面遠遠沒有好朋友鯨魚那麼老道，在處理情感危機時，態度尤為消極。

我自認為在等待生活中的奇蹟發生，過一種庸碌的生活，我還有些不死心。如果說以後我和杏子的結局是一種必然的話，那麼我的這種等待，無疑鑄成了不可挽回的錯誤。

終於有一天，杏子對我提出了她想出國的想法，身處矛盾之中的我，知道杏子也在努力尋求一條改變我們關係的途徑。杏子說她不出國的話，也許會活活憋死。那時候我怎麼那麼糊塗呢，居然就同意了杏子的決定。以後很多年裡，鯨魚一次次惋惜地提到杏子，他說我在情感方面實在是一個低能兒。

出國的手續全部辦妥之後，杏子再一次問我，願不願意和她結婚。

我想了想，說：讓命運來決定吧。

奇怪的是，我和鯨魚送杏子去機場的那天，占據我內心的不是離愁別緒，而是一種無法言說的輕鬆感和解脫感。

那天，淚水漣漣的杏子緊緊挽住我的手，直到最後一刻，才紅著眼圈說了聲多保重，扭頭走進候機大廳。

3

劇團團長握了握我的手，請我在辦公桌對面的椅子上坐下。

我們曾經合作過兩次，都很成功很愉快，可以這麼說，你的劇本為我們劇團帶來了好名聲。包括這第三個劇本，團裡的導演也非常喜歡。劇團團長頓了頓，繼續說道，可現在情況變了，國家只撥給劇團很少一點錢，我們需要自己養活自己。在這種情況下，我們別無選擇，只能挑選一些上座率比較高的本子來演。你的劇本藝術上很有追求，但寫的都是過去年月裡發生的事。現在的話劇觀眾大多數是年輕人，而年輕人對回憶過去毫無興趣。

沒辦法，人民不需要回憶。團長接著說，前不久我們把一齣反映戰爭時代生活的話劇搬上舞台，演了一個星期，只賣出一百張票，演員最後一天演完這個戲，互相抱頭痛哭。

我聽懂了你的話，我理解劇團的難處。如果確實像你所說不是劇本本身的問題，我心裡還算踏實，把劇本還給我吧。我不動聲色地說道。

劇團團長打開抽屜，拿出我海邊系列的第三部話劇稿，小心翼翼地朝我面前推過來，臉上滿含歉意地說：

對不起，耽擱了一年多，劇本還是未能搬上舞台，希望這個結果，不至於影響你和我們劇團這些年建立起來的友好關係。

我搖搖頭。從桌上拿過劇本，起身告辭了。

劇團團長送我到門口，忽然想起什麼似的，從口袋裡掏出一張請柬塞給我，說：這是劇團舉行冷餐會⑱的通知，請你務必出席，幫我們出出主意，如何度過目前的難關。

我接過請柬，若有所思地沉吟良久。走出劇院辦公室，差不多來到林蔭道，我突然回轉身，對送我到劇院門口的團長高聲問道：

你說，我們能夠將昨天隔斷嗎？

團長一愣，然後略顯尷尬地說：不能，當然不能。

那好，再見了。我伸出手和團長握了握，疾步離去。

公共汽車沿著狹窄擁擠的街道緩緩行駛，我坐在臨窗的位子上，木然凝望都市街道旁川流不息的人群和琳琅滿目的商店。陽光穿越高大的建築物斜射下來，空氣中浮動金黃而發黑的塵埃，人流在梧桐樹蔭下匆匆而過，嘈雜的喧囂聲四處瀰散。

公共汽車在一家豪華賓館門口停下。我下了車，慢慢朝賓館的旋轉門踱去。幾個散立在街道兩旁的男人將我包圍起來。外幣，有沒有外幣？他們湊過來，急切地欲從我臉上尋找答案。我讓開去，這些人不依不饒，一直追蹤到賓館門口，才悻悻地往回走。

身穿黑色禮服的侍者給我指點方向，我穿過大堂，走到電梯前面。

進入電梯，剛想撳按電鈕，一個時髦的中國女孩，挎著一個外國大鬍子老頭的臂彎箭步闖了進來。電梯上升，我看到一臉稚氣的中國女孩一邊用漢語說著什麼，一邊用手使勁比劃著，外國老頭似懂非懂地一個勁點頭。

電梯停靠八樓，我走了出去，眼睛的餘光瞥見一隻毛茸茸長滿褐斑的手，伸進中國女孩的襯衣，很快，急速閉合的電梯門阻斷我的視線。

我走到八〇四室前停住，摁了摁門鈴，屋裡傳出一聲響亮的「請進」，我擰開門鈕，推門而入，看到西裝革履的蝌蚪，從一張大沙發上朝我招手示意，蝌蚪手裡拿著電話，正與什麼人在討價還價地談生意。

我環顧了一下房間四周，一排衣架上掛滿了時裝和領帶，沙發旁邊的角落裡，摞滿錄影機和電視機的紙盒。

蝌蚪放下話筒，笑嘻嘻地沏了一杯茶端給我。蝌蚪敞開的西裝裡，腹部明顯隆起，多日不見，蝌蚪大概是真發了。

知道我為什麼打電話把你叫來嗎？寒暄幾句，蝌蚪忽然神情嚴肅起來。

我搖搖頭。

蜘蛛死了。蝌蚪說。

---

⑱自助式酒會（Buffet）。

什麼？我不相信自己的耳朵。

蜘蛛死了。前天晚上，公安局的老同事打電話告訴我的，他知道蜘蛛是我們的朋友。蝌蚪給我一支菸，我沒接，他把菸在茶几上彈了彈，銜在嘴裡點著了。

為什麼？他為什麼要這樣？我不能理解，一個年紀輕輕的人為何要尋絕路。

直接的原因是為了他妻子。蝌蚪說。

他結婚了？我問。

是的，我也不明白，蜘蛛為什麼要將結婚這件事瞞著我們，沒請任何人。他是去年結婚的，他妻子我見過，是一個很可愛的女孩，是的，很可愛。有一次約人談生意，我在賓館的酒吧，意外見到蜘蛛和他的妻子。蜘蛛妻子給我的談判對象，一位生意圈裡的老闆當助理。當時我就覺得很奇怪，談生意時，蜘蛛妻子不斷支使蜘蛛幹這幹那，看上去她好像不是蜘蛛的妻子，倒像是那位老闆的太太。而蜘蛛呢，完全像個馬仔。蜘蛛死了之後，他妻子哭得死去活來，她說是她害了蜘蛛。蝌蚪把菸撳滅在菸灰缸。

還有什麼其他原因嗎？我問。

警官在調查這宗案件的時候，偶然發現蜘蛛的家族中有自殺的歷史。蜘蛛的祖父患有憂鬱症，是割腕死的；蜘蛛的父親，十年前突然奔向一列疾駛的火車，後來被人救下；蜘蛛的姐姐幾次自殺未遂——……

走出賓館的時候，我腦海裡不斷浮現蜘蛛笑盈盈的臉龐。我不明白性格開朗稟性軟弱的蜘蛛，何以有勇氣去打開居室的煤氣閥。

記得海邊時，蜘蛛在緊張複習的間隙，跑來給鴿子和我講述一些快活的事情。他還會找出一些冷僻的題目來考我們，一旦被考住，他矮敦敦的身體裡，就會爆發出一陣得意的響亮笑聲。一個曾經共過患難的夥伴，一個從海邊走出來的朋友，異常成功地隱瞞了他的家族史，他歡樂爽朗的外表完全是假象，矇騙了大家的眼睛。這時候，我感到通往心靈世界的繩索驟然崩斷，每個人其實只不過是一粒微不足道的塵埃，浮游於虛無縹緲的世界裡，永遠作徒勞的尋覓。

走過一家商店門口，我將手裡揣著的劇本，扔進了一隻放紙屑垃圾的籮筐。我想，這算是對死去的蜘蛛的一種祭奠。

車站上人頭攢動。四周的攤販們扯著嗓子招徠顧客，叫賣聲此起彼伏。一個盲人雙手撫摸著一個十七、八歲的姑娘的手，空洞的眼睛仰天眨動，嘴裡嘀嘀咕咕念念有詞，他在給姑娘預測命運。四周旁觀者圍成一個圈。

公共汽車徐徐駛近。人們蜂擁過來，互相推搡著，誰都想早點踏上歸途，誰都不願意被公共汽車拋下。

我在人群的擠壓下漸漸後退，泥沙般湧動的人流從我身邊緩緩而過。我正猶豫著是否也使出吃奶的勁，擠上人滿為患的車廂，這時，我忽然看到一輛進口旅遊車，從右向左橫駛過路面，茶色玻璃窗掠過一張熟悉的臉龐。

我懷疑是自己的眼睛出了差錯，後來旅遊車上的人也看到了我，那人倏地站起，朝我點點頭，粲然一笑。我終於看清那人身穿軍裝，黑裡透紅的臉頰上，架著一副賽璐珞眼鏡。沒錯，肯定沒錯，我想這次終於看清了，這次再也不能錯過了。

我招手攔住一輛計程車。

上車後我讓司機緊緊盯住那輛旅遊車。黃昏降臨，路上車水馬龍，旅遊車在相距一百米左右的前方開開停停，我的目光一刻也沒離開過它。司機不時用狐疑的眼神，斜睨旁邊焦慮而奇怪的我。

轉眼間來到一座大橋下的十字路口，旅遊車穿過馬路，緩緩駛上橋面。計程車開到路口，遇上紅燈，司機一個急煞車，將車停在斑馬線上。

糟糕！我眼望遠去的旅遊車，不由得高聲喊叫起來。

時間滴答滴答飛逝，我急得滿頭大汗。好容易等到紅燈轉跳綠燈，我一個勁催促司機快開，追上前面的旅遊車。司機加大油門，計程車猶如脫韁的野馬，嗖的一下竄上了橋面。過了橋那輛旅遊車失去了蹤影，我左顧右望，忽然我看到橋下右側的寬闊廣場上，停泊著那輛旅遊車。

快，那邊！我指了指廣場中央，司機驅車駛下橋面。

計程車發出吱的一聲尖叫，停住了。我將一張五十元票面的人民幣，往司機手裡一塞，推開車門跳了出去。

我跑到旅遊車跟前，看到車門敞開著。我一步登上車廂，車廂內空空如也，只有司機座位上，有個人伏在方向盤上打瞌睡。

我走過去推推那人的背部，被吵醒的司機很不高興，抬頭看看我，沒好聲氣地回了句「幹嘛？下班了」，又伏頭呼呼睡去。

我一個人孤零零地在廣場四周的道路上徘徊，明晃晃流動的車燈，宛如曳光彈急速地穿來穿去。

4

五月裡的一天，鯨魚借來一輛卡車，替我又搬了一次家。

鯨魚一邊將我的鋪蓋往車上扔，一邊嘟嘟囔囔地說，已經失去了一個蜘蛛，不能再眼看你住在偏僻的郊區慢性自殺。

新居所離市中心不遠，坐落在一片商業區後面的新村裡。房東是鯨魚的一個朋友，新婚不久便出了國。家具都是新的，設備也很齊全，裝有私人電話。平素不上班的日子，我通過電話與外面的世界保持聯繫。夜深人靜時，寫東西累了，我走出樓房，在樹木蔥鬱的小路上散散步，呼吸呼吸戶外的空氣，活動一下痠疼的筋骨。

這天，鯨魚的一位朋友在一家豪華大酒店設宴請客，鯨魚邀請我和蝌蚪前去出席宴會，說我們幾個已好久沒碰面了。我本來就沒什麼事，蝌蚪答應鯨魚會去，但他說晚上有個應酬，可能要晚到一會兒。

五點左右，我穿戴整齊，剛欲出門，電話鈴響了。電話是話劇團的團長打來的，團長與我寒暄一陣，最後才吐露真實意圖：他想約請我寫一齣娛樂劇。風格要輕鬆詼諧的，劇本中最好能穿插四、五首流行歌曲。

我考慮考慮吧。我想了想說。

劇本一旦採用，我們立即付高稿酬。團長大概找到了贊助，聲音在電話裡嗡嗡作響。

我掛了電話，走出了房間。

到達酒店，我找到了寬敞嘈雜的宴會廳。宴會廳內裝飾華麗，燈光璀璨，服飾高雅的男男女女圍坐在十幾張餐桌前，一支爵士樂隊演奏著古典名曲。我走入宴會廳，看到穿著襯衫、繫著領帶的鯨魚坐在一張桌子前，朝我使勁招手。

我在餐廳小姐的引領下，走到鯨魚面前，鯨魚紅光滿面地給我介紹同桌的幾位朋友。一個漂亮女孩落落大方地將手伸給我，說：

我們是校友，很早就聽說你的大名，看過你寫的話劇。

漂亮女孩的寥寥數語，驅除了初次置身這般豪華場面的矜持，我覺得周身略略鬆弛了一點。

直到宴會開始，蝌蚪始終沒有出現。

我們不等他了。鯨魚儼然以主人的身分，舉起了酒杯。

酒席進行過程中，漂亮女孩不斷給我挾菜，這引起鯨魚的極大不滿，他的目光透過鏡片斜睨著我說：

哪有這種事，有沒有搞錯？

乖巧的漂亮女孩，旋即也往鯨魚的菜碟裡挾了一隻大明蝦，鯨魚支支吾吾說不出話來，抿著嘴兀自好笑。

鯨魚的朋友走過來給大家敬酒，他曾是鯨魚的同窗，移居國外後成了一家公司的董事。於今作為外商代表，回大陸洽談投資業務。他摟著鯨魚的肩膀，對大家說：

我永遠不會忘記鯨魚在兄弟最困難的時候對我的幫助，你們是鯨魚請來的朋友，也就是我的朋友，來，乾一杯！

大家一乾而盡。鯨魚的朋友朝餐廳小姐招手，示意她給大家斟酒。酒杯又咕嚕嚕斟滿。稍頃，鯨魚慫恿漂亮女孩與我乾了一杯，我依仗生就的好酒量，來者不拒，一個晚上乾了十幾杯酒，散席時，已有幾分醉意。

鯨魚的朋友請大家上頂樓迪斯可舞廳跳舞，我腳步踉蹌地離開餐桌，手臂被眼明手快的漂亮女孩一把扶住。

舞廳內音樂震耳欲聾，燈光幽暗，紅男綠女擠在圓形舞池中央群魔亂舞。頭戴一頂黑色禮帽的女調音師邊歌邊舞，時而朝瘋狂的人們飛吻，時而輕捷地跳上桌子撩起旗袍搔首弄姿。

我跟隨大家在吧台旁落座，鯨魚的朋友為每人要了一杯XO。我舉起放了冰塊的酒杯與漂亮女孩碰了碰，說乾杯，將黑紅色的酒液一乾而盡。

你這樣很快會喝醉的。漂亮女孩舉起酒杯抿了抿，不並憂戚地望著我。

沒事，再來一杯。我將酒杯往吧台一推，吧台小姐遲疑之際，我大聲問道，你們這兒有沒有酒啊，還五星級酒店？

吧台小姐不敢怠慢，立即又往我的酒杯裡斟上酒。

你不能再喝了。漂亮女孩用手掐了掐我的膝蓋。

我捏住了漂亮女孩的手，轉過臉問道：不喝酒，還有什麼好玩的？

我們跳舞去。漂亮女孩將我拽至舞池中央。

燈光旋轉。

音樂旋轉。

天地旋轉。

漂亮女孩旋轉。

你哪兒不舒服？漂亮女孩面對面地問我。

我指了指胸，說：這裡。

你們這些舞文弄墨的人總是自以為是，總覺得生活虧待了你們。誰心裡痛快了？放鬆一點吧，別把自己的神經繃得那麼緊。漂亮女孩說。

誰不放鬆了？誰神經繃緊了？我看是你，你……我說話已有些大舌頭，邊說著一把將漂亮女孩攬進懷裡，她的身體在我的懷裡哆嗦了一下。

我們的腳步慢慢晃悠，完全游離了強勁的音樂節拍。漂亮女孩的身體漸漸變得酥軟無比，我聽到她的心房怦怦亂跳，也聽到自己胸膛內急劇的迴響。樂曲一個接著一個，漂亮女孩猶如溫順的羔羊依偎著我，輕輕搖晃身體，似幻似夢。透過舞廳的落地窗，我看到城市迷離的夜景，無數個夜晚我在寫作，而很多人卻在尋歡作樂，歡度良宵。從城市到海邊，從海邊到城市，我尋求的是什麼，我尋求的東西究竟有什麼意義？當我剛剛感到可以實現人生價值的時候，生活又一次將我遠遠拋下了。

也許是我們出了問題。我自言自語地悄聲說道。

漂亮女孩猛地抬起頭，你說什麼?!

我說……也許是我出了問題。我改口說。

真沒勁！漂亮女孩一把推開我，扭頭走向了吧台。

過了一會兒，鯨魚走到我的身邊，附在我的耳畔問道：你說什麼啦？那女孩在吧台那兒流淚呢。

你可要小心，鯨魚扭動笨拙的身體又說道，那女孩一旦愛上一個人，是不顧一切的。你老兄胡說些什麼！我在鯨魚的胸前猛擊一掌，傻笑著說。

我是為你好，那女孩被她國外的男朋友甩了，現在正是空檔。她要真愛上你了，杏子怎麼辦？別忘了，我可是你和杏子的月老。鯨魚說。

淩晨兩點，我們才走出酒店，一輛輛計程車停泊在門口，將紅男綠女紛紛載走。晚風一吹，我感到腦袋一陣陣脹痛，餘興未盡的鯨魚邀請朋友們去他家繼續跳舞。

我們剛剛在鯨魚家中坐下，門外響起一陣敲門聲。

大概是蝌蚪。鯨魚邊說邊走過去開門。

門打開，兩名陌生人站在門口。他們走進來，逐個打量屋內的人，然後問道：

怎麼，蝌蚪不在你們這裡？

不在。你們是幹什麼的？鯨魚問道。

陌生人從口袋裡掏出証件，在鯨魚面前晃了晃，說：

我們是公安局的。有人告發蝌蚪詐騙錢財，他要是出現的話，請轉告他：逃是逃不掉的。局裡已下令抓他，他是公安局出去的，應該知道潛逃拒捕意味著什麼。

兩個便衣走後，鯨魚哇哇大叫起來：

這個傢伙是怎麼搞的！我們單位還有一筆錢在他那兒哩，這叫我怎麼做人？這個蝌蚪，生意做虧了，也不能坑害朋友，你們說對不對？

大家面面相覷，一時不知說什麼好。

鯨魚國外回來的朋友走到他旁邊，一副風雨同舟的樣子，拍拍胸脯說：

老同學，真要有什麼事，別忘了還有我哩。

神情沮喪的鯨魚看了看他的朋友，漸漸緩過神來。

真沒勁！漂亮女孩從座位上一躍而起，跑過去從酒櫃裡拿出一瓶葡萄酒，斟滿一杯一飲而盡，然後像打開答錄機似的說：跳舞、跳舞，誰顧得上明天的事！拉起我開始晃了起來。

其他人見狀，也成雙作對地翩翩起舞。

5

我迷迷糊糊睜開雙眼，怔怔地望著屋頂的吊燈，我一下想不起來這是在什麼地方。鵝黃色的窗帷緊閉著，灰濛濛的亮光從縫隙間透進，淅淅瀝瀝的雨滴擊打在窗櫺上。伸手一摸索，感覺我是躺在一張大床上，撩開覆蓋身上的毛巾毯，很奇怪，自己的衣褲竟然凌亂不堪。我挺身緩緩坐起，毛巾毯的一角被什麼東西牽扯住了，我拉開毛巾毯，不由得暗暗吃了一驚：毛巾毯下面，躺著一個赤身裸體的女人——我猛然想起，這是在鯨魚的家裡。我揉揉額角，竭力地回憶，昨晚的情景依稀浮現，記得是鯨魚和那個漂亮女孩將我攙扶進臥室的，以後發生了什麼，我怎麼也想不起來。

我穿好衣服，翻身下床，蜷曲在床上的女人夢囈一陣，翻了個身，拽過毛巾毯又沉沉睡去。女人的長髮披掛臉龐，側身安睡的姿態嫵媚動人。我光著腳，從地毯上悄沒聲息地走向門邊，我在床的另一頭，看到了漂亮女孩的一堆衣服和髮夾之類的飾物。

我來到客廳，沙發上，躺椅中，七倒八歪地放倒著鯨魚和另外幾個人。茶几上擱滿沒有喝完的酒杯，菸蒂和瓜果皮扔得滿地都是。

我走進盥洗室，從一面圓鏡裡，看到自己的臉色灰暗無比，眼睛布滿血絲。我匆匆漱洗一下，繞過客廳，朝歪頭酣睡的鯨魚望了一眼，躡手躡腳地走出鯨魚的家。

天色灰暗，雨水涔涔。我站在屋簷下，透過如注的雨簾，尋找著自己的自行車。我看到自行車形象猥瑣地倚靠在一棵榆樹下，我衝過去，打開車鎖，跨上車使勁蹬踏，自行車猶如箭鏃一般，朝茫茫雨天裡飛馳而去。

雨愈下愈大，愈下愈密。不一會兒，我周身已淋得精濕，像從水裡撈起來似的。過往的行人不時用好奇的目光，打量這個不戴雨具的橫衝直撞的傢伙。

我像一個穿行在雨幕中的逃兵。我在逃離什麼？是在逃離一次偶然的放蕩，還是在逃離一種想起來都有些後怕的生活狀態？我害怕的不是酗酒和豔遇本身，而是在這種生活狀態中，我明明白白地感覺到自己失去了重心。此時此刻，我是那樣的孤獨，那樣的憂傷，我不能再這樣下去，不能過一種自己都不滿意的凌亂生活。我想念杏子。分別一年多，我愈來愈覺得，我深深地愛著那個遠在大洋彼岸的姑娘，比任何時候都愛，我甚至願意為這種愛放棄事業追求，因為生活一次又一次的告訴我，在這個世界上，除了銘心刻骨的愛情之外，我一無所有。

落雨了，打烊了

小巴拉子開會了

員警叔叔下班了

無軌電車打彎了……

杏子，還記得我唱給你聽的這支兒歌嗎？你聽到我的心聲了嗎？你知道嗎，我的生活不能沒有你。我已經過了三十歲，厭倦了流浪和漂泊，杏子，你等著，等著我好嗎？我將拋棄一切奔到你的身邊，人活一世不容易，最不容易的不就是尋找愛情嗎？我們彼此相愛，曾發誓誰也不放棄誰，後來怎麼啦？是的是的，那都是我的錯，你是一個善良寬容的好姑娘，我現在才明白，以前拒絕和蔑視的普通人生活，只要有愛，其實就是最最幸福的生活。人為什麼經年歷月，方才明白最淺顯不過的道理？你會原諒我嗎？我知道你會的。你不是一次次來信說非常懷念我們曾經相愛的日子，你不是一次次說那些熱戀的歲月是你在國外苦苦掙扎的精神支柱嗎？

我來到電訊大樓門口。我飛速地將車停靠在一棵梧桐樹下，然後疾步奔上高高的台階。我很快走進業務大廳，在人群裡像一條魚似的穿梭前行，我找到國際長途服務台，撥通了電話。

哈囉？對方接電話的是一個男的。

我找杏子，我是她的男朋友。汗水夾著雨水，在我臉上汩汩流淌。

喂？過一會兒，話筒裡傳來杏子的聲音。

是我，駱駝。我想通了，我決定出國，我要和你在一起。你聽明白了沒有？我要和你在一起！我飛快地對著話筒吶喊。

沉默。

喂喂喂，杏子，你聽到我的聲音了嗎？是我，是我啊。我要出國，你聽到了嗎？

我聽到了。杏子異常冷靜的聲音，通過越洋電話傳了過來。

你怎麼啦？你不是一次次來信讓我學外語，做好出國的準備嗎？我說。

是的，可現在太晚了！杏子在電話裡哇地一聲哭了起來。我沒有辦法，你不是相信命運嗎？也許命運注定我們不能再待在一起。你要出國我可以幫助你，去什麼國家都行，就是不能來澳洲。

我兜頭被潑了一盆涼水，木然地愣在那兒。半晌，我才吐出一句話：明白了。

你不要怪我，你無法想像國外的生活。我一直猶猶豫豫，不知如何對你說……杏子嗚咽著說。

我慢慢擱下了話筒。

杏子哭泣的聲音依稀可辨，我拖著沉重的腳步走出電訊大樓，跨上車，慢悠悠地蹬踏著，雨水嘩嘩地澆潑在我臉上——

落雨了，打烊了

小巴拉子開會了

員警叔叔下班了

無軌電車打彎了

……

回到寄居處，我關閉窗戶，拉上窗簾，隨後脫光衣服，赤裸裸攤手攤腳地躺在床上，兩眼直直地盯視著房頂發呆。

我這樣躺了足足有一個星期。期間，僅僅起來咀嚼幾塊餅乾，喝了幾口飲料。電話鈴聲時常響起，但我已經完全聽不見任何聲音，也不想聽見。

一星期後，我起床了。

我拉開窗簾，推開門，來到陽台上，我在那兒久久凝立。渾身乏力，頭重腳輕。樓房前飛過的鴿子群，偶爾閃躍在視線裡的裙裾，都讓我的心隱隱作痛。

那些日子裡，某種顏色，某種聲音，甚或公共汽車掠過的某張面影，都會像針錐般刺痛我的記憶。夏天來臨，空氣中流動悶熱難熬的暑氣，但我卻心如止水。

一個深夜，我正坐在陽台上遠眺浩瀚的星空，聽到電話鈴聲驟然響起。

我走回房中，拿起話筒，奇怪的是沒有聲音傳出。我放下話筒，回到陽台上。不一會兒，電話鈴又一次響起，我沒有去接電話，電話鈴持續而固執地迴響。我不得不再一次返身入室，拿起話筒後，聽到的是嘟嘟嘟的盲音。

接連幾個夜晚，總是在萬籟俱寂的時候，電話鈴會突兀地震響。終於有一次，我突然奔至電話機旁，趁鈴聲大作之際，猛然拿起話筒，這時，我聽到了一種類似吆喝，類似呼天搶地的歌唱聲。

我從未聽到過這般奇異的歌聲。那歌聲彷彿從遙遠的地方，彷彿從久遠的年代裡穿越過來，蒼老而悠長，像是呼喊，像是哭訴，更像是一種召喚。

歌聲漸漸遠去，像隕星般墜落遁逸。後來，我聽到一個喉音很重共鳴很好的人在說著什麼，開始我沒聽懂，可是漸漸地我聽明白了。那人說到了北方，說到了草原，說到了馬車，他說他是鹿，他在北方的草原上等我——

是的是的，我似乎一下就明白了，快速地重複著鹿的話，北方，草原，馬車……

我手持話筒，淚流滿面。

6

空空如也的列車日夜兼程，一直向北行駛。黎明時分，列車徐徐停靠在一個臨近草原的小站上。我提著旅行袋走下列車，孤零零的車站幾乎沒有人，一眼望去，四周荒無人煙。

車站上見不到一個人影，只有一條毛色發白的禿尾狗，賊頭賊腦地從我面前穿過。繞過矗立鐵道旁一間無人小屋，在出口處，我看到了一輛停靠著的馬車，馬車上蹲伏著一個老人。老人身穿天藍色的破舊蒙古袍，頭戴一頂髒兮兮的黑色鴨舌帽。他帽沿拉得很低，懷持一根馬鞭，使人摸不清他是醒著還是睡著。一匹老馬垂頭喪氣地站在那兒，它紋絲不動，宛如木偶一般。

我走到馬車跟前，沒想到，老人竟然緩緩抬起低垂的頭顱，用鞭杆頂了頂帽沿，露出一張佈滿皺紋的古銅色臉龐。老人朝我頷頷首，示意我上車。

我剛想和老人說什麼，他已鬆開馬轠，作好上路的準備，我只得縱身跳上馬車，馬車在坑坑凹凹的泥路上顛簸前行。

一小時後，我看到了草原。漫無邊際的綠草從天邊鋪展過來，天地是如此的遼闊，湛藍的天空，飄浮著棉絮般潔白的雲朵，一望無際的草原上見不到人跡，天地之間，唯有這輛馬車慢慢朝前移動。老人左手緊了緊韁繩，那匹溫馴無比的老馬，一頭栽進綠草覆蓋掩映的小路，一些黃色的星星草，拂掠過我伸在車外的腳踝，草叢中隨處可見堆滿蛋殼的鳥窩。

馬車就這麼走著，直到天色暗下來，草原上也沒出現可以落腳的帳篷或茅舍。有那麼一會兒，我實在憋不住，向老人探詢我們的目的地，但老人沒搭我的腔，不知是聽不懂呢還是沒聽見，依舊一動不動地坐在馬車上，把冷冷的背脊對著我。

夜幕降臨的時候，馬車悠悠地停住。

老人跳下馬車，從坐墊下，拽出一隻黑乎乎的麻袋，輕輕一抖，麻袋像變戲法似的變出一隻帳篷。老人默默地架起帳篷，然後抱來一些草秸，鋪在帳篷內。

我走進帳篷，看到草堆上放著一塊白色的乳酪，乳酪上刻著圓形圖案。我餓壞了，拿起乳酪大咬一口，咀嚼幾下，吞下肚子。又羶又腥的乳酪順著食道下滑，反芻回來的氣味非常難聞，我幾乎要嘔吐，挺胸直腰，強忍一會兒，眼中已滲出淚水。

老人不知從哪兒搞來的柴禾，在帳篷外點起篝火，一隻茶缸裡煮熬著什麼東西。幾分鐘後，老人端著茶缸走進帳篷。這是我第一次和老人面對面雙目對視，老人的眼睛混濁不堪，眼角滿是眵目糊。他把茶缸遞到我面前，茶缸裡是稠乎乎的黑黃色液體。

你先喝吧。我說，其實是喝不下。

老人依舊一動不動的舉著，表情木然。

我們一起喝，好嗎？我用手勢比劃著。

老人將茶缸送到我手裡，我剛接住，他轉身走出了帳篷。

看著老人的背影離去，我端起茶缸喝了一口，又苦又澀又膻，我想這大概是奶茶吧。

天色完全黑下來以後，我將草秸堆勻出一半，鋪放在靠近門口的一側，我自己緊靠帳篷裡側，頭枕旅行包躺下了。我不知睡了多久，一覺醒來，發現旁邊並沒有人。

天微亮時，帳篷外有一些響動。我迷迷糊糊醒來，走了出去。老人又在那兒煮奶茶了，天知道昨天晚上他是在哪兒過的夜。草原的早晨陰涼無比，草叢中沾滿露水，才走幾步，褲管已濕透。

喝了早茶之後，我們又上路了。日復一日，走走停停，這樣過了三天。茫茫的大草原，似乎永遠也走不到盡頭。寂寞而遙遠的途中，老人枯坐著，始終也沒開過口，以至於我有點懷疑他是不是一個啞巴。

第四天下午，前方的草原上出現了馬群。黑色的駿馬像一陣颶風，一片烏雲，在天地之間黑壓壓地掠過，壯觀的景象令我興奮不已，我哦呵呵的喊叫起來，幾日來旅途的勞頓和沉鬱的情緒拋之九霄雲外。我激動了一陣子，發覺老人依然無動於衷，沒有反應。

臨近黃昏，我看到一些散落的蒙古包。蒙古包的背後，有一道長長的巍峨的山梁，山梁上等距離矗立著像烽火臺又像炮臺的建築物。馬車駛近蒙古包，一些身穿蒙古袍的男人女人迎過來，這些人紛紛朝我點頭示意，好像與我很熟似的。

我跳下馬車，一個年輕女子過來將我領進一座帳篷。帳篷內整潔無比，地上鋪著地毯，四壁掛滿掛毯，圖案鮮豔抽象，像是一幅幅現代畫。年輕女子給我端來一盆羊肉和一壺清冽的奶酒，而後走了出去。

酒足飯飽，我感到渾身舒坦。帳篷外，傳來馬頭琴如泣如訴的悠揚聲音，一種歌聲，一種我在電話裡聽到過的歌聲，在草原上此起彼伏。我將杯中僅剩的一口清醇奶酒仰脖乾完，暈乎乎的走向帳篷門口，站在帳篷外的年輕女子，伸手攔住了我。

為什麼，為什麼不讓我去看看草原的夜景？我醉眼朦朧地看著年輕女子。

女子笑而不答。我推開女子的手臂，準備往外闖去，誰知那個女子一把拽住我的胳膊，用力一甩，我像只麻袋似的摔倒在帳篷內的地毯上。我歪著腦袋仰望女子，女子朝我眨眨眼睛，笑嘻嘻的又退回到門邊。

第二天一大早，我被齊鳴的鼓樂聲吵醒。翻身起床，看到桌几上已擱放著奶茶和乾點。我匆匆喝了一碗茶，朝門口走去，那個年輕女子笑嘻嘻地打量著我。我拍拍肚子，表示已喝過早茶，女子一歪腦袋，讓我隨她而去。

草原上旗幟飄揚，馬群奔湧。我跟在女子身後一路走去，不少人都朝我點頭行注目禮，他們身穿袍子，面目黝黑。我追上女子，忍不住詫異地問道：

這些人好像都認識我似的，他們知道我要來嗎？

女子抿嘴嘻笑，我猜想她可能聽不懂我的話，誰知女子突然開口了：

你的右邊眉毛上不是有一道豎立的疤痕嗎？那是我們家族的印記。成吉思汗侍衛軍的後代，都有這道印記。

女子說話間，我看到她的右眉毛上，確實也有一道細細的疤痕。我想告訴那女子，我的疤痕是小時候摔在搪瓷鐵碗上落下的，但想了想，終究沒說。此時此刻，我的內心被一種神奇的力量所震懾，對面前發生的一切都產生了似真似幻的疑問。

年輕女子領著我爬上山崗，山坡上，散落著形態各異的馬群和羊群。沿途的岩壁，到處鑿刻著車輪、太陽、弓箭等圖畫，還有一些簡形人體，這些岩畫分別上了各種顏色，很奇怪，這些場景我彷彿都曾在夢中見過。

女子在一面獵獵飄揚的黃色大旗下站住了，我看到一塊巨型地毯前，很多人簇擁著一位虬髯長者。這位虬髯長者蒼老無比，像是一塊活化石，他眼皮耷拉，面無表情，牙齒全部掉落，說話時嘴唇艱難蠕動著。

年輕女子湊在虬髯長者的耳邊嘀咕一陣，虬髯長者開始說話。他說話時聲音嗡嗡的，聽上去猶如蚊蟲細弱的嚶嗡，女子在翻譯他的話。

虬髯長者說，你終於回來了。這次回來後，就不要再走了，你是屬於草原的，你的血管裡流動著草原人的血液。我會給你找一匹駿馬，真正的騎手才配得上的駿馬。

虬髯長者朝身後揮了一下手，那個帶我來的啞巴老人從人群裡默默走出。啞巴老人走上山坡，牽來一匹沒有鞍的棗紅馬。那馬毛色鋥亮，體形健美，牠昂著頭，用一種充滿敵意的目光掃視我。

年輕女子捧來一副嶄新的馬鞍，棗紅馬配上馬鞍後，更是盛氣凌人，不可一世。

虯髯長者說，今天是草原人的節日，你要能降伏這匹馬，不從牠的身上摔下來，牠就屬於你了。

我的情緒漸漸亢奮起來，我渴望成為一名真正的騎手。

我慢慢走近棗紅馬，從啞巴老人的手中接過轡繩。棗紅馬支楞著眼睛，馬蹄倒騰著，拒不聽我的使喚。我咬咬牙，用勁將棗紅馬牽下山坡。棗紅馬來到山下，更是蠻橫無理，牠在原地團團打轉，不停地提臀尥蹶，使我接近牠的企圖一次次落空。正為難之際，一個頭戴小紅帽的男孩騎著一匹高頭大馬，從我身邊飛馳而過，他一邊哼著小曲，一邊朝棗紅馬揮手吆喝。

我悄悄走近棗紅馬，收緊轡繩，手輕輕撫摸柔順光滑的馬鬃，趁棗紅馬不備，我一腳踩上馬蹬，飛身翻上馬鞍。棗紅馬暴怒了，牠跑起來，一會兒高高抬起臀部，一會兒又豹子甩頭，卯足了勁要把我摔下來。我死死拉住轡繩，雙腿緊夾馬腿，那馬幾次三番未能將我甩下，野性大發，突然，牠像十分生氣似的一揚頭，撒開雙蹄，流星般跑向廣袤的草原。

我沒想到身下的座騎如此陰險蠻烈，牠啟動馬蹄的剎那間，我身子猛地後仰，差點翻下馬來，幸虧我反應敏捷，及時調整身體的重心，受了剛才一陣驚嚇，我已是汗水涔涔。

駿馬奔馳。天地變小了。草原起伏蕩漾。

我緊緊地拉住轡繩，夾住馬肚，因為夾得太緊，我兩腿內側和臀部被顛得生疼。棗紅馬的速度愈來愈快，某一瞬間，我覺得自己不行了，要被牠甩下來了，幾幾乎有一種想哭的欲望。我想像自己怎樣被棗紅馬甩掉，馬蹄怎樣從我身上殘忍地踩過，我的五臟六肺被踩得粉碎……沒有人可以來幫我，只要稍稍一鬆懈，我傾刻間就會從馬背上墜落，葬身馬蹄之下……這時，我聽到遠處小男孩開始唱歌，他的聲音清脆嘹亮，在漫漫草原上迴蕩，長長的地平線，忽然湧出大群大群的黑駿馬——

我的眼睛濕潤了。風在我耳邊呼嘯而過，我沒有從馬背上摔下來。最最難受的那一時刻，我似乎已將生死置之度外。生和死，喜和悲，人世間的恩恩怨怨已被遠遠拋在身後，隨風飄散。那時候，我看到前方一大群黑駿馬呈扇形擴展，閃開一個空檔，一輛手扶拖拉機猶如戰車般奔突而出，身穿軍大衣、戴著賽璐珞眼鏡的鹿，高高直立著，他像一名威武無比的古代騎士，駕馭著手扶拖拉機，穿越時空朝我飛奔而來……

◎後記

個人經驗和虛構

二〇一〇年的諾貝爾文學獎給了秘魯作家巴爾加斯．尤薩，西方媒體普遍認為是實至名歸。尤薩是我們非常熟悉的作家，八〇年代，他的《綠房子》、《胡利婭姨媽和作家》、《城市與狗》在中國風靡一時。同為拉美文學的代表人物，馬爾克斯彰顯詭異靈動的感覺，博爾赫斯以書齋式的想像力著稱，尤薩最大的不同就是在他的創作中注入豐富的個人經驗，他的每一部小說幾乎都與他的生活經歷有一種內在密切的關係，以至於西方有批評家專門著書研究尤薩作品中的情節，哪些是作家履歷的寫照，哪些則是演繹和變奏。

八〇年代，我所尊敬的前輩批評家李子雲老師，曾在一篇評論王安憶小說的文章中談到作家的寫作如何從「小我」走向「大我」，至今印象深刻。時光飛逝，世事如煙，文學蜿蜒走到今天，如何杜絕寫作中空洞、浮華、虛假乃至大而無當的風氣，尤薩大量有效注入個人經驗的方法，也許為我們提供了有益的啟示。

《氣味》是流浪三部曲的第二部，第一部《穿旗袍的姨媽》是表現上世紀五〇年代末到七〇年代中的生活，《氣味》是表現七〇年代中到九〇年代初的生活，時間跨度都是十多年，根據推斷，第三部就應該是從九〇年代初寫到新世紀。這整整幾十年，中國發生了翻天覆地的變化，我的成長經歷、生活道路，無疑和小說的敘事時間相吻，但我並不認為自己在寫一部自傳體的小說，批評家洪治綱讀了《氣味》初稿，說這是在表現新三居[1]的歷史，出乎我的意料，又在情理之中。但我想，真實展現個人的精神史，在虛構中尋找現實的拐杖，「大我」就有依附記憶體的可能性。

感謝我的朋友張燕玲、楊揚、張生、洪治綱、潘凱雄、孟繁華、吳洪森、林建法、何平、王堯、丁小禾，他們都在文學的現場，個個身懷絕技武功超凡，百忙之中抽空讀了《氣味》的初稿，並提了非常中肯具體的意見，使我在修改《氣味》的過程中獲得靈感和勇氣。

1 「新三居」指的是中國1977年恢復高考後的77級、78級、79級大學生，用以區別於文革期間66、67、68級「老三居」中學生。

文學叢書 286

氣味

作　　者　　里　程
總 編 輯　　初安民
責任編輯　　陳健瑜
美術編輯　　黃昶憲
校　　對　　林其煬

發 行 人　　張書銘
出　　版　　INK印刻文學生活雜誌出版有限公司
新北市中和區中正路800號13樓之3
電話：02-22281626
傳真：02-22281598
e-mail : ink.book@msa.hinet.net
網　　址　　舒讀網http : //www.sudu.cc

法律顧問　　漢廷法律事務所
劉大正律師
總 代 理　　成陽出版股份有限公司
電話：03-2717085（代表號）
傳真：03-3556521
郵政劃撥　　19000691　成陽出版股份有限公司
印　　刷　　海王印刷事業股份有限公司

出版日期　　2011年 6 月　初版
ISBN　　978-986-6135-35-4

定價　　300元

國家圖書館出版品預行編目資料

氣味／里程著 .--
初版 .　--新北市中和區：
INK印刻文學，2011.05
面；　　公分. --（文學叢書；286）
ISBN　978-986-6135-35-4　（平裝）

857.7　　　100008381